CB067694

seven rue

echo

Traduzido por Mariel Westphal

1ª Edição

The GiftBox
EDITORA

2022

Direção Editorial:	**Revisão Final:**
Anastacia Cabo	Equipe The Gift Box
Gerente Editorial:	**Arte de Capa:**
Solange Arten	Bianca Santana
Tradução:	**Diagramação e preparação de texto:**
Mariel Westphal	Carol Dias

Copyright © Seven Rue, 2020
Copyright © The Gift Box, 2022

Todos os direitos reservados.
Nenhuma parte do conteúdo desse livro poderá ser reproduzida em qualquer meio ou forma – impresso, digital, áudio ou visual – sem a expressa autorização da editora sob penas criminais e ações civis.
Esta é uma obra de ficção. Nomes, personagens, lugares e acontecimentos descritos são produtos da imaginação da autora. Qualquer semelhança com nomes, datas ou acontecimentos reais é mera coincidência.

Este livro segue as regras da Nova Ortografia da Língua Portuguesa.

CIP-BRASIL. CATALOGAÇÃO NA PUBLICAÇÃO
SINDICATO NACIONAL DOS EDITORES DE LIVROS, RJ
Meri Gleice Rodrigues de Souza - Bibliotecária - CRB-7/6439

R86e

Rue, Seven
  Echo / Seven Rue ; tradução Mariel Westphal. - 1. ed. - Rio de Janeiro : The Gift Box, 2022.
  212 p.

Tradução de: Echo
ISBN 978-65-5636-130-7

1. Romance americano. I. Westphal, Mariel. II. Título.

22-75463   CDD: 813
            CDU: 82-31(73)

Para aqueles que agora chamo de amigos.
Obrigada pelo seu incrível apoio.
Vocês sabem quem são.

prólogo

Há horas que ando descalça. Dias, até.

Eu estava cansada; com fome. E minha mente estava lentamente se desligando.

Eu precisava de uma cama.

Dormir e comer.

Mas, no meio da Floresta Nacional de Tongass, era difícil encontrar algum tipo de civilização.

Eu tive que fugir, mas não por escolha minha.

Meu padrasto me fez fazer isso, e se eu tivesse que escolher entre ficar com ele e caminhar por uma floresta por dias, eu ainda escolheria a floresta.

Porém, da próxima vez, eu seria inteligente o suficiente para embalar mais comida. Mais roupas para me manter aquecida à noite e um par de botas que resistissem a quilômetros intermináveis.

No entanto, não houve tempo para criar uma lista antes de partir. Não passou pela minha cabeça trazer um mapa, mas seguir as direções enquanto caminhava por uma floresta sem placas de sinalização não era fácil.

Eu só esperava que logo encontrasse uma estrada.

Estava ficando tarde e a luz do sol não se infiltrava mais pelas copas das árvores. Eu tinha apenas cerca de mais uma hora até que estivesse totalmente escuro, mas, felizmente, trouxe uma lanterna para me ajudar a ver.

Ver.

Isso era uma coisa que eu era capaz de fazer muito bem. A audição era outro sentido que não foi tirado de mim depois do meu nascimento.

Sempre foi difícil de explicar às pessoas por que minha audição era perfeitamente boa, mas que eu não conseguia falar.

Após meu nascimento, nada se ouviu quando eu chorei. Os médicos logo descobriram que minhas cordas vocais não podiam produzir nenhum som devido a um nódulo. Eles trabalharam rápido e o eliminaram, me deixando sem a capacidade de falar.

Não que falar fosse algo que eu gostaria de fazer de qualquer maneira.

Meus gritos de socorro seriam silenciados por sua mão grande e áspera, e quando ele usava seu cinto para bater em todas as partes possíveis do meu corpo, ninguém jamais ouviria nada além do couro em minha pele.

Tortura.

Foi isso que passei pela maior parte da minha vida.

Mas pensar nisso só me deixou fraca e eu tinha que permanecer forte para sobreviver. Eu estava bem por enquanto, mas precisava encontrar um abrigo.

Mais uma hora se passou e eu estava ficando mais exausta. Por que não peguei o primeiro avião que saísse de Juneau? Voar para algum lugar onde eu pudesse recomeçar? Começar uma nova vida.

Eu ainda tinha hematomas nas pernas da última vez que o cinto dele me atingiu e, felizmente, as marcas foram tudo que consegui dele. Ele não tirou nada de mim que eu não pudesse conseguir de volta, mas causou uma dor que eu não conseguia esquecer.

Senti o cascalho sob meus pés descalços e apontei a lanterna para baixo, arregalando os olhos ao perceber que finalmente havia chegado a uma trilha de caminhada.

Minha frequência cardíaca aumentou e a animação cresceu dentro de mim. A trilha me levaria a uma estrada principal e, por lá, haveria carros passando.

Meus passos ficaram mais rápidos, embora as pedrinhas doessem.

Apontei a lanterna adiante, vendo como o pequeno caminho serpenteava na minha frente. Eu não conseguia ouvir nada ao meu redor, apenas o vento soprando entre as árvores.

Mas então, do nada, uma cabana apareceu na lateral do caminho.

Comecei a correr.

A felicidade crescia dentro de mim pela primeira vez em dias e, quando alcancei a porta da frente, comecei a bater.

Ninguém me ouviria se eu tentasse gritar.

Caramba, apenas o pensamento de gritar fez minha garganta doer.

Continuei batendo meus punhos contra a madeira, mas quanto mais eu tentava chamar a atenção de alguém, mais eu perdia a esperança. Não havia ninguém lá dentro. Eu deveria ter percebido isso pela falta de luzes da cabana. Talvez já estivessem dormindo.

Bati mais algumas vezes, desisti e suspirei.

No meu caso, um suspiro significava soprar forte pelo nariz.

Olhando em volta, decidi que não poderia ir embora. Não depois de encontrar um lugar para dormir, e eu tinha certeza que essa cabana tinha tudo que eu precisava.

echo

Provavelmente não teria comida, mas pelo menos uma cama. Ou um sofá. E se também não tivesse, eu pelo menos teria um teto sobre minha cabeça e paredes me protegendo dos animais selvagens ao meu redor.

Dei a volta pela lateral da cabana para me certificar de que estava sozinha e, depois de espiar pela janela para a sala escura, levantei o punho, pronta para bater contra o vidro.

Ideia idiota, Echo, pensei.

Eu precisava das minhas mãos no caso de alguém aparecer e conhecer a língua de sinais.

Era assim que me comunicava desde pequena.

Minha mãe me ensinou, e então, na escola, eu tinha um professor especial apenas para me ajudar a me comunicar com outras crianças e adultos.

Meu padrasto não sabia língua de sinais, e isso se somava ao fato de que ele não se importava comigo ou com o que eu pensava sobre as coisas.

Ele decidia por mim e não havia nada que eu pudesse fazer.

Tentei escrever em bilhetes, mas ele os ignorou. Jogou no lixo no segundo em que os viu, sem nunca lê-los.

Virei-me para procurar uma pedra com a qual pudesse quebrar a janela e vi uma que era grande o suficiente para usar. Eu a peguei e recuei; em seguida, arremessei contra o vidro.

O barulho que fez foi alto o suficiente para assustar qualquer animal e, assim que tive certeza de que não havia ninguém dentro, quebrei os pedaços de vidro que espetavam da moldura e entrei.

Uma vez lá dentro, olhei em volta com a minha lanterna.

Eu estava na sala de estar e as peles de animais nas paredes e no chão me disseram que eu estava na cabana de um caçador.

Os caçadores costumavam estar por perto nesta época do ano, então talvez houvesse alguma comida por aqui. E talvez ele volte logo.

Depois de verificar todos os três quartos e banheiros, fui até a cozinha e comecei a abrir os armários. Havia pratos e copos suficientes para pôr a mesa para uma família de seis lugares e, para minha sorte, também havia algumas latas de comida nos armários.

Feijão e ravioli.

Eu poderia viver com isso.

Minha fome aumentou e eu realmente não me importava se alguém entrasse neste momento, então abri as duas latas e as esvaziei em uma pequena panela para aquecer a comida.

O fogão também funcionava.

Com certeza havia um homem que morava aqui algumas semanas por ano, mas, por enquanto, era a minha vez de habitar esta cabana.

Enquanto o feijão e o ravioli esquentavam, peguei o cobertor grosso de lã do sofá e o coloquei sobre a janela quebrada para que o vento não esfriasse ainda mais o lugar. Prendi no suporte da cortina acima da janela e, para minha sorte, cobriu o suficiente do vidro que quebrei.

O jantar não estava tão bom, mas pelo menos meu estômago estava cheio. Até encontrei picles na geladeira, ao lado de três latas de cerveja. Eu não era fã de cerveja, então teria que me contentar com a água da torneira.

O dono desta cabana não chegaria tão tarde da noite, mas eu teria que acordar cedo para o caso de ele aparecer.

Depois de lavar a louça, caminhei até o pequeno corredor onde as portas dos quartos estavam abertas.

Qual eu escolheria?

Olhei dentro de todos os três, então escolhi o do meio. Parecia mais aconchegante do que os outros, e provavelmente era o único quarto que era mais usado.

As roupas que eu vestia estavam sujas, bem como as que estavam dentro da mochila, mas, novamente, tive sorte. Havia suéteres no pequeno gaveteiro ao lado da cama, e escolhi um para dormir.

Depois de me despir, olhei para o banheiro e me perguntei se deveria tomar um banho primeiro. Ir para a cama limpa seria bom, mas então, usar o chuveiro de um desconhecido parecia *estranho*. Mas... eu estava na cabana de um desconhecido, então por que não tomar um banho?

Entrei no chuveiro e esfreguei toda a sujeira do meu corpo com as mãos, depois usei o shampoo que tinha um cheiro masculino e esfreguei em mim. A água não corria muito rápido, caso houvesse um barulho e eu tivesse que sair depressa.

Depois de alguns minutos, me enrolei na toalha preta e me sequei antes de vestir o suéter. Arranhava a minha pele, mas pelo menos era quentinho.

Meu sono era leve, então deixei uma fresta da porta aberta apenas no caso de o proprietário chegar. Pulei na cama e puxei as cobertas sobre meu corpo.

Respirei profundamente, olhando para o teto.

Por enquanto, eu estava segura.

E enquanto nenhuma espingarda fosse apontada contra minha cabeça, eu estaria bem. Afinal, caçadores atiram em animais, não em garotas que precisavam de abrigo.

Certo?

capítulo um

ECHO

Os dias se passaram e eu ainda estava naquela cabana.

Ninguém apareceu por aqui, e comecei a me perguntar se só era usada durante o inverno.

Era meados de maio e logo eu teria que decidir ficar aqui mais um pouco ou continuar caminhando pela floresta e talvez encontrar outro lugar para ficar.

Sabia que havia algumas para alugar. Para famílias que gostavam de passar as férias de verão nas montanhas. Mas qual seria a distância que essas cabanas estavam?

E eu realmente não gostava da ideia de passar mais dias andando por aí sem sapatos. Não havia nenhum ao redor da cabana, e todos os dias eu vestia um daqueles suéteres grandes que encontrei no gaveteiro.

Consegui lavar minhas roupas no chuveiro, mas, sem sabão, elas acabaram cheirando mal. Pelo menos, estavam limpas.

As latas de comida nos armários diminuíam a cada dia, e comecei a comer metade pela manhã e a outra à noite. Assim poderia ficar aqui mais alguns dias. Eu poderia facilmente colocá-las na minha mochila, levar a pequena panela comigo e acender uma fogueira sempre que sentisse fome, mas ficar dentro da cabana parecia a melhor ideia por enquanto.

Era como estar na minha casa em Juneau.

Eu ficava sentada por horas, lendo um livro sobre um assunto que não me interessava, e esperava meu padrasto voltar para casa para que eu pudesse fazer o jantar.

Eu até tinha um celular, onde sempre ouvia música, e, às vezes, dançava pela casa sem que ninguém me visse. Eu trouxe o celular comigo, mas não era muito útil sem nenhum sinal tão adentro na floresta. A única coisa que fiz com ele nos últimos dias foi jogar. Havia apenas três jogos instalados, e dois deles eram chatos.

Eu precisava encontrar outras coisas para fazer.

Via animais se movendo do lado de fora da cabana e, uma vez quando estava sentada nos pequenos degraus da área externa, esperando que alguém aparecesse, vi um coelho, depois alguns esquilos.

Uma noite, acordei com um barulho alto, um arranhão na lateral da cabana. Quando me levantei e apontei a lanterna para as janelas, pulei ao ver um urso de pé nas patas traseiras. Não havia nada que ele pudesse fazer para me machucar, então esperei até que voltasse para a floresta, e deslizei de volta para a cama.

Claro, eu estava sozinha, mas isso era melhor do que ficar em casa, ouvindo gritos e sendo espancada, sem nunca ser capaz de lutar. Revidar teria funcionado apenas com os punhos, mas eu não conseguia bater em um homem que não tinha autoestima. Quase me senti mal só de pensar em bater nele, embora meus punhos não fizessem muita coisa contra seu corpo grande.

Ele se perdeu desde que minha mãe foi embora e deixou toda a sua raiva fluir sobre mim. Claro, porque foi tudo culpa minha, ela fugir com um outro homem e deixá-lo para cuidar de mim.

Não levei para o lado pessoal minha mãe ter ido embora. Na verdade, fiquei feliz por ela ter encontrado uma saída, mas talvez ela pudesse ter me levado junto.

Minha raiva não apareceu, em vez disso, segurei-a dentro de mim por tempo suficiente até que desaparecesse ou eu me esquecesse dela.

Ficar brava com as coisas não ajudava na minha situação, e agora que eu tinha encontrado uma saída, a esperança era tudo o que restava dentro de mim.

Esperança de que alguém finalmente me encontrasse e me levasse para algum lugar seguro.

WILLEM

Tem alguém na nossa cabana.

Não era a primeira vez que isso acontecia, mas surpreender invasores do nada nunca acabava bem. Eles sempre tinham uma arma pronta, apontando-as para nós como se fossem os donos deste maldito lugar.

Aprendemos da maneira mais difícil que, muitas vezes, caminhantes que se perdiam encontravam nossa cabana e decidiam acampar por lá até encontrar forças para continuar sua jornada. Muitas vezes, eles usavam nossa comida, nossos banheiros e nossas roupas.

Era por isso que, cada vez que vínhamos aqui, comprávamos de tudo, sabendo que provavelmente havia alguém consumindo nossa comida e usando nossas coisas.

Desta vez, nosso convidado ainda estava lá dentro, provavelmente dormindo e aproveitando o calor de nossas malditas cobertas de lã.

Da última vez que alguém dormiu na minha cama, tive que trocar as cobertas e os lençóis por causa da porra do odor corporal que ficou impregnado.

Eu esperava que, desta vez, o hóspede indesejado tivesse dormido em um dos outros quartos. Talvez do Nordin. Ou do Summit.

De qualquer forma, tínhamos que despachar quem quer que fosse para que pudéssemos nos preparar para caçar.

— Como você quer fazer dessa vez, irmão? — Nordin perguntou.

Ele era o irmão do meio e, mesmo aos trinta e cinco anos, ainda se safava com tudo o que fazia. Embora nossos pais não estivessem mais por perto, entre nós três, Nordin era aquele com quem ninguém iria querer mexer.

Nem nós.

Nem qualquer outra pessoa.

Nordin era de outro mundo.

Não falava muito, mas quando o fazia, provavelmente era porque estava prestes a xingar.

Já Summit, aos trinta e três anos, era o mais calmo de nós três. Ele era inteligente e, em vez de ir para a faculdade para se tornar advogado ou médico, decidiu seguir Nordin e eu montanha acima para caçar animais e vendê-los a açougueiros e outros varejistas da cidade.

Nosso negócio consistia em matar animais selvagens, principalmente ursos, durante a temporada de caça. Bastava dizer que tínhamos autorização para fazer isso. Era nosso trabalho, e quem quer que tivesse algum problema com isso poderia se foder.

— Talvez devêssemos deixar a fera cuidar deles — Summit sugeriu, acenando para Kodiak, meu cachorro da raça Terra-nova, parado ao meu lado.

— Não quero que ele assuste ninguém. Vou apenas bater, fazer com que saibam que estamos aqui para que possam seguir seu caminho.

Fui até a cabana e suspirei, esperando que desta vez quem quer que estivesse lá dentro não resistisse.

Bati, com meus irmãos e cachorro parados atrás de mim. Depois de alguns segundos, bati novamente. Mesmo assim, ninguém respondeu.

— Olha, cara. Estamos sendo legais aqui. Saia ou nós entraremos, mas não acho que você vai querer a segunda opção.

Bati de novo e, finalmente, escutei um barulho lá dentro.

Eu me virei para olhar para Nordin e Summit, e ambos estavam com os braços cruzados sobre o peito e uma sobrancelha arqueada. Balançando a cabeça, me virei para bater na porta mais uma vez.

— Não vou esperar mais. Abra a porta! — ordenei.

Demorou alguns segundos antes que a porta destrancasse por dentro e eu recuei, dando a quem estava dentro um pouco mais de espaço.

Nordin já estava com a espingarda apontada para a porta, mas levantei minha mão para dizer a ele para abaixá-la. Não havia necessidade de armas. Pelo menos ainda não.

A porta se abriu ligeiramente e enquanto esperávamos para descobrir quem estava hospedado em nossa cabana, meu corpo ficou tenso.

Mas, no segundo que vi aquele cabelo comprido e olhos injetados, não tive vontade de mandar o intruso embora.

capítulo dois

ECHO

Meu coração estava batendo forte no peito.

Quando ouvi aquela voz profunda, pulei da cama e vesti minha calça jeans, então corri para arrumar a cama e me certificar de que o banheiro não parecia bagunçado.

Ele continuou batendo e se referindo a ele e outros caras. Ele não estava sozinho, o que me deixou ainda mais nervosa.

Abri a porta apenas uma fresta e, quando vi quem estava parado na minha frente, prendi a respiração. Todos os três homens estavam me olhando de cima a baixo, e para mim, era muito para assimilar — aqueles homens altos e musculosos. O da frente tinha uma barba cobrindo metade do rosto e o seu cabelo era longo o suficiente para ser puxado para trás em um coque.

O que estava à sua esquerda parecia irritado. Incomodado. Sem paciência, embora eu não tivesse dito nada ainda. Bem, de qualquer maneira, isso não aconteceria, mas ele não parecia muito feliz.

O terceiro não parecia muito incomodado. O canto de sua boca até mesmo se curvou, como se estivesse contente em me ver. Eu fiquei lá, descalça, esperando que falassem.

O mais próximo de mim arqueou as sobrancelhas e, finalmente, moveu os lábios para falar.

— Você se divertiu na nossa cabana? — perguntou, sério, mas com um tom ligeiramente divertido.

Ele não estava bravo?

Assenti lentamente com a cabeça.

— Pode me dizer como você entrou? — Sua voz era baixa e rouca, e algo sobre isso me fez sentir quente e aconchegante por dentro.

Engoli o nó na garganta e apontei para a janela que quebrei. Todos os três olharam na direção que apontei, mas não puderam realmente ver o que eu estava realmente apontando.

— Você vai falar com a gente, doçura?

Doçura.

Aquilo não parecia certo.

Abri a boca, mesmo sabendo que nada sairia dela. Fechei novamente, sem saber o que fazer. Certamente, nenhum daqueles homens sabia língua de sinais, e eu olhei em volta procurando algo para escrever.

Eu deveria ter trazido uma caneta.

Deus, como eu achei que iria me comunicar com as pessoas se encontrassem alguém?

— Acha que ela não nos entende — resmungou o rabugento.

— Ela nos entende muito bem, só é um pouco tímida para o meu gosto. Afinal, foi ela quem invadiu nossa cabana.

Ele estava zombando de mim.

Pressionei meus lábios em uma linha fina e dei um passo para trás, pensando que apenas pegar minhas coisas e ir embora seria o melhor a fazer. Mas o cara tinha outros planos.

— Ahm, não mesmo, você fica bem aqui. Fale. Não sou muito bom em manter a calma, então é melhor você me dizer seu nome ou teremos que fazer isso da maneira mais difícil.

Não tenho ideia do que ele quis dizer com isso, mas com certeza me intimidou com essas palavras. Além disso, havia um cachorro enorme sentado ao seu lado e eu não queria que ele me atacasse.

Eu não gostava de cachorros, tinha medo deles. Desde que fui mordida quanto tinha quatro anos, tentava evitá-los.

Abri minha boca novamente.

— Você a está assustando pra caralho — disse o que estava à sua direita. Ele parecia um pouco mais jovem, mas imaginei que os três deviam ter mais ou menos trinta anos.

— Qual é o seu nome, meu bem? Você se perdeu na trilha?

Agora sim, parecia um início melhor para uma conversa. Mesmo assim, não consegui dizer meu nome a ele e, em vez disso, assenti com a cabeça para responder à sua pergunta.

— Tudo bem. Você pode nos dizer de onde você é?

Por alguma razão, sua voz mais calma me incentivou a me comunicar, então levantei minhas mãos para responder.

— *Sou de Juneau.*

Todos os três franziram a testa para mim, então os outros dois olharam para o mais jovem.

— Ela pode sinalizar. Fale com ela — disse o que estava na minha frente.

— Espere — disse o outro, deixando escapar uma risada áspera. — Se ela é muda, como diabos pode ouvir?

E lá estava... A pergunta que me faziam o tempo todo.

— Meu nome é Summit.

Virei a cabeça para ele, agora sabendo que conhecia a língua de sinais. Aquilo me fez relaxar um pouco.

— Estes são meus irmãos, Willem e Nordin.

Depois de apresentá-los a mim apontando para cada um dos homens, assenti lentamente com a cabeça e me virei para olhar para Nordin, que fez o comentário sobre eu não ser surda.

— *Posso ouvir muito bem* — sinalizei, olhando para Summit. — *Sou muda desde o nascimento* — expliquei.

— Ela disse que nasceu muda, mas que pode ouvir muito bem — Summit disse, olhando para Nordin. — Então, cuidado com a porra da sua boca.

Depois de chamar a atenção de Summit de volta, continuei a me explicar.

— *Precisava de um lugar seguro para ficar e, depois de caminhar vários dias, encontrei sua cabana. Desculpe por ter comido sua comida, mas estava com fome. Por favor, não fiquem bravos comigo.*

Summit me observou cuidadosamente, então assentiu com a cabeça e ergueu as mãos.

— *Não se preocupe* — ele sinalizou, então se virou para seus irmãos. — Ela precisava de um lugar para ficar, já estava caminhando há dias e encontrou abrigo aqui na nossa cabana. Acho que podemos deixá-la ficar aqui por mais algum tempo até voltarmos para a cidade.

Nordin murmurou algo baixinho e Willem cutucou seu braço com o cotovelo.

— Cale a boca — ele sibilou, então se virou para olhar para mim. — Qual o seu nome?

Olhei para a Summit novamente, então sinalizei meu nome.

— *Echo.*

A boca de Summit se curvou em um sorriso novamente.

— O nome dela é Echo.

— Ora, que merda. Isso não é irônico? — Nordin riu. — Os pais dela devem ter um belo senso de humor.

— Cale a boca! — Willem rosnou, dando a seu irmão um olhar sombrio.
Ignorei as palavras de Nordin e olhei de volta para a Summit.

— *Não quero incomodar mais vocês. Se me disserem onde fica a próxima cidade, posso chegar lá sozinha.*

Summit arqueou uma sobrancelha e balançou a cabeça.

— Isso não vai acontecer. Estamos a quilômetros de distância de qualquer cidade e acho que você já andou o suficiente.

Willem olhou para meus pés descalços e suspirou.

— Não voltaremos à cidade por uns dois meses. Se você quiser ficar aqui conosco, tem que seguir nossas regras e não fazer nada idiota.

Ele estava oferecendo para eu ficar na cabana? Aquilo era… legal.

Mas por que eu estava tendo dúvidas agora? Ficar aqui era seguro.

Olhei de volta para a Summit, e ele me deu um aceno de cabeça.

— É melhor você ficar aqui conosco. Seremos legais, eu prometo. — Sorriu.

— Veremos. — Ouvi Nordin murmurar, então se aproximou para entrar na cabana. Quando estava perto o suficiente, ele se inclinou para sussurrar em meu ouvido. — É melhor você manter suas mãos longe das minhas coisas.

Franzi o cenho em uma carranca e olhei para minhas mãos, esperando que ele logo se afastasse de mim.

— Pare com isso, Nordin. Caramba, ela é apenas uma criança — Willem disse, me observando de perto. — Quantos anos você tem, Echo? — ele então perguntou.

— *Dezoito.*

Willem olhou para Summit, esperando que ele dissesse minha idade.

— Ela tem dezoito anos.

Então ele se virou para mim com um sorriso suave.

— Você tem muito o que explicar, doçura.

Ambos se aproximaram, e para que pudessem entrar, eu me afastei. O cachorro se aproximou de mim e eu rapidamente agarrei o suéter de Summit para me esconder da criatura gigante parecida com um urso.

— Você tem medo de cachorros? Não tenha. Kodiak é gentil. Ele gosta de abraços — Summit explicou, mas eu ainda tentei fugir.

— Kodiak, venha aqui! — Willem chamou e, felizmente, o animal ouviu seu dono.

Aliviada, soltei Summit e toquei em seu ombro para chamar sua atenção.

Quando ele olhou para mim, levantei minhas mãos.

— *Dormi na cama de um de vocês. Vou pegar minhas coisas e ficar no sofá. Não tenho muito e também usei a toalha no banheiro.*

Apontei para o quarto que eu estava dormindo nos últimos dias, e antes que Summit pudesse me responder, Willem falou:

— O que ela disse? — perguntou, olhando para Summit, que sorriu.

— Parece que sua cama é a mais confortável. Ela dormiu no seu quarto e usou seu chuveiro. Agora ela se ofereceu para dormir no sofá.

Nordin voltou para a sala de estar e, com a testa franzida, suspirou.

— Ela deveria dormir ao lado do cachorro no chão.

— Puta merda, Nordin. Se você não tem nada de bom para dizer, mantenha sua maldita boca fechada — Summit disse, sua voz soando com raiva.

Não tenho certeza do que fiz para deixá-lo irritado, mas deixei um lembrete mental para não olhar para ele.

— Você dormiu na minha cama — Willem disse, dando alguns passos em minha direção.

Seus olhos vagaram para cima e para baixo no meu corpo, então permaneceram em meus lábios por um tempo, antes de finalmente encontrarem os meus olhos.

— É uma pena que você nunca mova esses lábios — disse, em voz baixa. Não movi um músculo, esperando que ele continuasse falando. — Você gostou de dormir na minha cama? — perguntou e eu lentamente assenti com a cabeça. — Então, tenho certeza de que você não diria não se eu a convidasse para continuar dormindo nela, não é?

Então, onde ele iria dorm... Ah, Deus. Não, eu não poderia fazer isso. Balancei minha cabeça e apontei para o sofá.

Uma risada baixa escapou de seu peito, e sua mão subiu para colocar uma mexa de cabelo atrás da minha orelha.

Eu realmente gostei de eles me deixarem ficar, já que eu não tinha um plano sobre o que faria se encontrasse uma cidade, mas dormir em uma cama com um estranho não estava na minha lista.

— Não vou tocar em você, doçura. Francamente, eu gosto de mulheres barulhentas, e como não há nenhuma maneira de sair som dessa sua doce boca, não vou foder você. — Ele manteve a voz baixa e, embora eu devesse ter me sentido ofendida com seu comentário, fiquei feliz por ele estar sendo honesto.

— Agora você está sendo tão idiota quanto Nordin. — Ouvi Summit dizer, mas rapidamente balancei minha cabeça e me virei para ele.

— *Eu não me importo; contanto que ele prometa não me tocar.*

Summit olhou para mim com um olhar cético.

— *Tem certeza sobre isso? Você pode dormir na minha cama e eu fico no sofá* — ele sinalizou.

— Caramba, cara. Fale. Estamos aqui também — Willem sibilou.

— Ela pode ficar com a minha cama e eu fico com o maldito sofá. Ela obviamente não se sente confortável dormindo com você.

A mão de Willem incitou minha cabeça a virar e olhar de volta em seus olhos.

— Eu não estava dando a ela uma escolha. Echo não terá sua própria cama e, se quiser dormir no sofá, terá que lidar com Kodiak babando em cima dela enquanto dorme. — Ele inclinou a cabeça para o lado e sorriu. — Sua escolha, doçura. Mas faça sua escolha agora.

Engoli em seco o nó na minha garganta, e depois de dar uma olhada no enorme cachorro coberto de pelo marrom-escuro, respondi:

— *Vou dormir na sua cama.*

Willem olhou para seu irmão e Summit suspirou.

— Ela disse que vai dormir na sua cama com você. Mas mantenha sua maldita promessa e não toque nela.

O sorriso de Willem aumentou e, com o polegar, ele roçou meu lábio inferior.

— Boa escolha, Echo.

Eu não tinha tanta certeza disso, mas, para evitar Kodiak, tive que entrar em um quarto em que ele não pudesse estar.

Cachorro idiota, pensei.

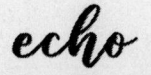

capítulo três

ECHO

Foi legal da parte deles me deixarem ficar na cabana até que voltassem para a cidade. Poucos permitiriam uma intrusa morar na casa que invadira, mas esses caras não pareciam se importar.

Porém, eu estava um pouco nervosa com isso, vendo como Willem falava comigo, e como Nordin obviamente discordava que eu ficasse. Ele parecia não ser um fã meu, mas eu poderia trabalhar com isso. Simplesmente o ignoraria.

Todos os três homens começaram a guardar suas coisas, e enquanto Summit colocava as sacolas de supermercado na mesa da cozinha, eu fui até ele para ajudar.

Eu era útil para algumas coisas, e apenas ficar parada olhando não era exatamente algo legal de um convidado.

— Você quer ajudar, querida? — Summit perguntou, quando toquei uma das sacolas.

Concordei com a cabeça.

— *Onde você aprendeu língua de sinais?*

— Tive que escolher uma matéria eletiva no ensino médio. A língua de sinais era a única que me interessava na época e, assim que aprendi minhas primeiras palavras, simplesmente continuei — explicou, dando de ombros. — *E agora posso falar com alguém pelas costas dos meus irmãos sem que eles nunca saibam o que estou dizendo* — sinalizou com um sorriso.

Sorri para ele e assenti com a cabeça, sabendo exatamente o que ele queria dizer. Não é que eu gostasse de falar pelas costas das pessoas, mas em casa, minha mãe e eu podíamos conversar sem que meu padrasto soubesse o que dizíamos sobre ele. Isso sempre o irritava.

— Pare com essa merda, Summit. Nesta cabana usamos a boca. Se você tem algo a dizer, abra sua boca e diga malditas palavras.

Nordin foi até a geladeira e me deu um olhar furioso, então se virou para o irmão com um olhar de advertência em seu rosto.

— Você quer conversar com ela, use a boca. Ela pode ouvir você muito bem. Fomos bons o suficiente por deixá-la ficar aqui. Ela deve respeitar nossas regras malditas.

— Você está sendo um idiota — Summit disse a ele. — Ela não está fazendo mal nenhum. Precisa de abrigo, e nós estamos dando. Quem sabe o que a garota passou? E tenho certeza de que ela não precisa de nenhuma das suas merdas.

Nordin soltou uma risada áspera e balançou a cabeça.

— Ela provavelmente só fugiu de casa. É uma adolescente; provavelmente terminou com o namorado ou brigou com a mãe, ficou com raiva e fugiu para *lhes dar uma lição*.

Suas palavras doeram no meu peito, e tentei o meu melhor para não olhar para ele.

Nordin estava parcialmente certo.

Eu fugi, mas não por causa de um namorado ou de minha mãe.

— Chega. — Willem entrou na cozinha e parou bem atrás de mim, colocando sua grande mão no meu ombro. — Ela vai nos explicar por que está aqui, e você vai ouvir. Ela não está bem e não há necessidade de você piorar as coisas.

A personalidade de Willem era difícil de determinar. Ele foi legal no começo, depois se tornou um cara confiante, me dizendo para dormir na cama dele, e agora está me protegendo do irmão idiota.

Com certeza eu tinha que me acostumar a ele.

— Guardem as compras. Quero todos vocês na sala de estar em vinte minutos. — Willem apertou meu ombro e saiu, depois de encarar Nordin mais uma vez.

Também olhei para ele, pressionando meus lábios em uma linha fina. Ele suspirou e passou a mão pelo cabelo grosso e ondulado, e depois também saiu.

— Aqui — Summit disse, segurando duas latas de feijão em minha direção. — Você sabe onde guardá-las. — Sorriu suavemente e eu peguei as duas para colocá-las no armário.

Antes de pegar as próximas, toquei no ombro de Summit para chamar sua atenção.

— *Fiz algo de errado?*

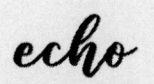

Ele sorriu e balançou a cabeça para mim, então ergueu as mãos para sinalizar:

— *Nordin é um idiota. Ignore-o.*

Lentamente balancei a cabeça. Talvez ele só precisasse de um tempo para se ajustar ao fato de eu estar por perto.

Depois de guardar todas as compras, fui até a sala de estar com Summit e, quando estava prestes a me sentar no sofá, Kodiak veio correndo em nossa direção.

Agarrei o braço de Summit com força com as duas mãos, tentando me colocar trás dele e me esconder.

— Calma, garoto — ele disse, tentando colocar Kodiak de volta nas quatro patas.

Por que eles tinham que ter um cachorro tão grande? Eles não poderiam ter um… chihuahua? Algo pequeno.

Fiz uma careta enquanto o animal tentava pular novamente em Summit e, felizmente, Willem apareceu e o puxou de volta.

— Pro chão, Kodiak — exigiu e eu soltei um suspiro de alívio.

— Ele só quer carinho. Por que você tem medo de cachorros? — Summit perguntou quando nos sentamos no sofá.

— *Levei uma mordida quando era pequena* — expliquei, mantendo os olhos em Kodiak para ter certeza de que não voltaria a se aproximar de mim.

— Entendo. Kodiak é um gigante gentil. Tudo o que ele quer fazer é lamber seu rosto e receber carinho.

— Ela foi mordida? — Willem perguntou, e eu me virei para olhar para ele, assentindo com a cabeça. — Cães mordem quando se sentem ameaçados ou com medo. Ou quando seu maldito dono não os trata direito. Kodiak é um bom cachorro. Eu o peguei há alguns anos para assustar raposas e lobos… Acontece que ele tem medo de qualquer outro animal, especialmente coelhos.

Eu não tinha certeza se acreditava nele. Um cachorro tão grande e forte não poderia ser legal. Sem chance.

— Ainda vou conseguir que você faça carinho nele mais cedo ou mais tarde. — Willem sorriu, mas eu rapidamente balancei a cabeça.

— Vamos acabar logo com isso. — Nordin foi até a poltrona reclinável e se sentou, com o rosto irritado.

— Tudo bem — Willem disse, inclinando a cabeça para o lado e me olhando diretamente nos olhos. — Por que você fugiu?

A suposição de que eu tinha fugido não era algo que eu negaria. Eu lhes disse que me perdi na trilha quando chegaram, mas era óbvio que não era o caso.

Olhei para Summit e ele estava pronto para ver o que eu tinha a dizer.

— *Fugi de casa por causa do meu padrasto. Minha mãe foi embora anos atrás, e desde então, ele começou a me bater diariamente* — sinalizei, enquanto Summit contava aos irmãos o que eu estava dizendo. — *Sei que não foi uma ideia inteligente fugir para a floresta, mas pensei que mais cedo ou mais tarde encontraria uma estrada principal que me levaria à próxima cidade. Mas entrei fundo demais e não conseguia mais encontrar meu caminho de saída.*

— Há quanto tempo você está por aí sozinha? — Willem perguntou.

— *Alguns dias. Eu tinha algo para comer comigo e me assegurei de não beber toda minha água de uma vez. Eu me livrei dos meus sapatos em um ponto. Eles não eram mais úteis.*

Depois de terminar a frase, Summit murmurou algo baixinho que soou como um palavrão.

— Você se machucou? Sabe que existem dezenas de armadilhas para ursos por aí.

Assenti, concordando.

— *Eu sei. Mas não me machuquei. Eu sentia frio na maioria das noites e, quando vi sua cabana, sabia que não podia simplesmente seguir em frente ou esperar do lado de fora até que alguém aparecesse. Estou muito grata por vocês não me expulsarem e me deixarem ficar aqui.*

Willem esfregou o queixo barbudo, me observando.

— Suponho que você não quer voltar para casa, não é? Ficaremos alguns meses aqui e depois voltaremos para nossa cidade natal — explicou.

— *Ainda não tenho um plano, mas não quero voltar para casa. Talvez eu possa encontrar um emprego na sua cidade, ou na próxima, se houver. Eu só... preciso ficar longe dele.*

— Trágico — Nordin murmurou, e desta vez, fui eu que lhe deu um olhar furioso.

— *Idiota* — sinalizei, e Summit riu.

— Que porra ela acabou de dizer? — Nordin perguntou, mas Summit não respondeu.

— Acho que é uma coisa boa ela ficar aqui conosco. Dessa forma, podemos ir caçar, e ela pode ficar aqui e cuidar da cabana — Summit sugeriu.

Eu rapidamente assenti e olhei para Willem.

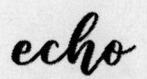

— *Posso cozinhar. Limpar. O que quiser que eu faça.*

— Por quê? — perguntou, sua sobrancelha arqueada.

— *Para agradecer. Ficar sentada sem fazer nada não vai ajudar nenhum de nós. Deixe-me ajudar vocês. Não tenho mais nada a oferecer.*

Willem continuou me observando enquanto Summit falava por mim e, depois de um tempo, assentiu com a cabeça.

— Tudo bem. Veremos o que há para você fazer.

Ele se levantou e foi até a estante onde não havia quase nada nas prateleiras, então abriu uma gaveta e tirou um marcador preto. Em seguida, pegou um dos porta-retratos nas prateleiras e virou a fotografia nele para que o fundo ficasse todo branco.

Ele então estendeu as duas coisas para eu pegar, e rapidamente percebi quais eram suas intenções com isso.

— Use-o para escrever. Summit não pode estar perto de você o tempo todo e precisamos nos comunicar. O marcador não é permanente, então você pode facilmente apagar o que escrever com uma toalha.

Eu sorri.

Usando minha nova maneira de me comunicar com Willem, escrevi algo no vidro.

— *Obrigada.*

Ele assentiu, então olhou para Summit e Nordin.

— Começamos a caçar amanhã. Preparem as armadilhas para coelhos, para que estejam prontas. Vou começar o jantar com a Echo.

Os dois homens concordaram e se levantaram, e antes de sair, Summit passou a mão no meu cabelo.

— Vejo você mais tarde — ele disse, e eu sorri para ele.

Por enquanto, Summit era o único em quem eu confiava.

Willem também não era tão ruim, mas mostrou seu lado mandão um pouco demais para o meu gosto.

E Nordin… Bem, não vamos falar sobre Nordin.

capítulo quatro

WILLEM

Talvez tê-la aqui não fosse uma má ideia, afinal. Seria bom ter alguém para nos ajudar com a cabana. Três homens vivendo em um espaço tão pequeno nunca terminava bem, e toda vez que estávamos prontos para voltar para a cidade, começávamos a brigar para ver quem tinha que limpar o quê.

Bem, eu não estava dizendo que queria que a Echo limpasse a cabana, mas eu sabia como as mulheres costumavam ter mais controle com essas coisas de organização e toda essa merda, então ela poderia ser uma boa ajuda para nos fazer limpar este lugar sem brigarmos entre nós.

Também não queria que ela preparasse todas as refeições. Eu sabia cozinhar e meus irmãos também.

O negócio era que Summit era bom em refeições congeladas, e Nordin geralmente colocava geleia e pão na mesa. Não nos esforçávamos em cozinhar.

Peguei os bifes da geladeira e os coloquei no balcão, em seguida, apontei para a mesa enquanto olhava para Echo.

— Coloque a mesa, depois venha me ajudar a cortar alguns vegetais.

Ela assentiu e fez o que pedi sem hesitação.

A pobre garota passou por muita coisa, e eu ter sido um idiota não foi muito legal. Mas eu geralmente não era o cara legal da família. Eu ficava aborrecido com tudo e com todos na maior parte do tempo.

Nordin era pior, e eu poderia dizer que Echo não gostava dele. Eles não tinham que se dar bem, mas eu não queria que começassem nenhuma briga desnecessária.

Felizmente, Summit estava por perto e podia entendê-la. Ele sempre era o mais acolhedor de nós três, logo, eu não culpava ninguém que preferisse sua presença à de Nordin ou à minha.

Crescemos em uma cidade pequena e, quando nós três estávamos na escola, todas as outras crianças saíam do nosso caminho. Nós não mandávamos na cidade, mas com certeza parecia como o maldito parquinho. Nunca prejudicamos ninguém. Éramos mais... vocais.

Nosso pai nos ensinou a respeitar as pessoas ao nosso redor, e nossa mãe nos ensinou a ser gentis e prestativos quando os outros precisassem de ajuda. Mas, com o passar dos anos e a morte de nossos pais, a raiva era algo de que não poderíamos nos livrar facilmente.

Nordin e eu tivemos mais problemas com suas mortes, e Summit, embora fosse o mais novo, de alguma forma conseguiu não nos deixar perder o controle.

Um toque suave no meu braço me fez virar para encontrar Echo olhando para mim com seus grandes olhos castanhos. Já vi olhos como os dela antes, mas não com tanta emoção neles.

— Precisa de algo? — perguntei, observando-a de perto enquanto ela segurava o porta-retratos, que funcionava como um quadro branco, para eu ler.

— *Você tem outros vegetais além de cenoura?*

A letra dela não era o que você esperaria de uma garota e, embora eu pudesse ler claramente o que havia escrito, estava um pouco tremida.

— Ahm, sim. Temos batatas bem ali — eu disse, apontando para um armário atrás dela.

Echo se virou para olhar, então assentiu com a cabeça.

— Por que você não gosta de cenoura? — questionei, vendo como ela franziu o nariz enquanto olhava para o saco no balcão.

Ela rapidamente escreveu algo no quadro e, em seguida, virou-o novamente.

— *Alérgica.*

— Entendi — eu disse a ela, então olhei de volta para o meu bife, para continuar a temperá-lo. — Mais alguma coisa que eu deva saber? Você tem medo de cachorro e é alérgica a cenoura. O que mais? — perguntei, observando enquanto ela pegava o quadro novamente.

Depois de alguns segundos, ela o virou para me mostrar o que escreveu, e não pude deixar de rir de sua resposta.

— *Sou muda.*

A garota tinha um ótimo humor e eu gostava disso.

— Acho que já tínhamos entendido isso. — Sorri e, pela primeira vez, ela sorriu de volta para mim.

Eu queria que ela confiasse em mim também. Não apenas em Summit.

Mas talvez eu tivesse que trabalhar primeiro no controle da minha raiva. Ser um pouco mais educado. Era fácil para os outros me irritarem, mas a Echo não merecia isso.

Echo.

Gostei desse nome, embora ela nunca ouviria o seu próprio eco. Nordin estava certo. Seu nome era irônico, o que me fez pensar se os pais dela fizeram isso de propósito.

— Echo não é apenas um apelido, é?

Ela balançou a cabeça.

— Você não quer falar sobre isso? — perguntei, tomando cuidado para não ferir seus sentimentos ou chateá-la.

Ela balançou a cabeça novamente.

— Tudo bem. Sua vez; pergunte alguma coisa — eu disse, querendo que ela conhecesse a mim e aos meus irmãos.

Echo já parecia confortável perto de Summit e de mim, mas eu ainda queria que ela soubesse que, nesta cabana, não haveria nada que a machucasse.

Observei enquanto levantava o quadro e, depois de um tempo, ela o virou e olhou para mim.

— *Quantos anos vocês têm?*

Sorri. Primeiro, eu queria que ela adivinhasse, mas não estava pronto para ela machucar meu ego. Sabia que parecia um pouco mais velho do que realmente era, graças à mecha branca no meu cabelo, que surgiu quando fiz trinta anos e, no início, a chamei de amuleto da sorte. Mas não tive muita sorte na vida, então agora é apenas uma porra de um simples pedaço de cabelo branco na minha cabeça.

— Tenho trinta e sete. Nordin tem trinta e cinco e Summit trinta e três. Somos um pouco mais velhos do que você, hein? — Sorri, e Echo ergueu a mão, com o indicador e o polegar quase se tocando, e seu olho direito semicerrado para me mostrar que concordava comigo.

Eu ri.

— Você é jovem, mas posso dizer que já tem a cabeça feita.

Ela assentiu com a cabeça orgulhosa, depois limpou o quadro com o pano de prato para escrever algo novo.

— *Onde vocês moram?*

Sorri, sabendo que minha resposta a surpreenderia.

— Homer. É uma viagem de quase vinte e quatro horas daqui. Você ainda tem certeza de que quer vir conosco e não voltar para sua cidade natal quando partirmos?

Ela rapidamente balançou a cabeça, seus olhos me dizendo o quanto odiava a ideia de voltar para casa.

— Tudo bem, mas não espere muito de Homer. Você tem algo economizado para conseguir alugar um apartamento?

Ela assentiu com um sorriso, mas não parecia ter muita confiança.

— Tem certeza?

Antes que ela pudesse responder, a porta da frente se abriu e Kodiak se espremeu entre as pernas dos meus irmãos, correndo em nossa direção. Rapidamente me coloquei na frente de Echo, que já estava se afastando dele.

— Calma, garoto. Você vai fazer ela ter um maldito ataque cardíaco. Para o chão — ordenei, esperando que ele se sentasse, implorando por um petisco.

Peguei a gordura que havia cortado dos bifes e dei a Kodiak.

— Ela tem que se acostumar com o cachorro — Nordin sibilou.

Eu concordava, mas não agora. Precisávamos comer e eu podia dizer que Echo estava com fome. Comer feijão e ravioli todos os dias não poderia ser saudável, e não havia mais latas quando chegamos hoje.

— Coloque Kodiak no meu quarto para que ele possa comer — disse a Nordin.

Abrindo a geladeira, tirei metade de um frango cru, coloquei em um prato e dei ao meu irmão. Kodiak comia apenas carne crua. Para um cachorro de seu tamanho, comer carne crua era o melhor para si, para conseguir toda a nutrição de que precisava. Vai saber quanta porcaria tinha na comida de cachorro? Não vou dar essas merdas ao meu melhor amigo.

Depois que Nordin saiu com Kodiak, olhei para Summit e arqueei uma sobrancelha enquanto ele sinalizava algo para Echo.

— Fale — exigi, mas ele balançou a cabeça e piscou para Echo. Ela sorriu, olhando timidamente para o chão. — Pelo amor de Deus — murmurei, sabendo que nenhum dos dois seguiria minha regra de não usar língua de sinais.

Por que eu estava tentando tirar dela uma das suas maneiras de se comunicar?

Voltei para o fogão e coloquei os bifes na frigideira, depois olhei para os vegetais que Echo estava cortando em pequenos pedaços.

— Você não precisa comer as cenouras, mas se importa se eu cozinhar tudo junto?

Ela balançou a cabeça e, depois que terminou, peguei os vegetais e coloquei tudo em outra panela com uma tampa para cozinhar.

— Então, vocês estão se dando bem? — Summit perguntou, encostado no batente da porta.

— Acontece que Echo e eu temos uma conexão — respondi, zombando dele.

Era óbvio que Summit gostava dela, mas nenhum de nós era o tipo de cara que namorava alguém. Nós fodíamos. Sem amarras.

As mulheres em Homer sabiam que não deveriam flertar se não pretendessem abrir as pernas para nós. Como irmãos, às vezes costumávamos dormir com várias mulheres ao mesmo tempo, nos revezando. Mas, ultimamente, uma era o suficiente.

— Certo, com o que você a subornou para fazê-la gostar de você? — Summit perguntou, e eu revirei os olhos.

— Sente-se e fique quieto. A comida está quase pronta.

Echo tocou no meu ombro novamente e, devagar, eu estava começando a gostar do seu toque.

— Sim? — perguntei, virando-me para olhar para ela.

— *Preciso fazer xixi.* — Estava escrito no quadro e não pude conter um sorriso malicioso.

— Não precisa me dizer isso, doçura. Você sabe onde fica o banheiro.

Ela largou o quadro e saiu rapidamente da cozinha. Eu a observei se afastar e, antes de voltar para a carne na frigideira, as sobrancelhas arqueadas de Summit chamaram minha atenção.

— O quê?

— Você a está encarando — ele falou.

— E daí? Cuide da porra da sua vida.

Caramba.

Eu sou homem e Echo é uma garota bonita.

Só porque estou olhando, não significa que a quero.

Ainda.

capítulo cinco

ECHO

No segundo em que cheguei ao pequeno corredor que levava aos três quartos, Nordin saiu do quarto de Willem, e foi então que percebi que não poderia usar seu banheiro.

Tentei não fazer contato visual com ele, mas quando se aproximou e me pressionou contra a parede atrás de mim, olhei em seus olhos escuros. Eles estavam fixos nos meus e, em um instante, fiquei nervosa.

— Posso ajudar com algo, querida?

Sua voz era baixa e rouca, e ligeiramente intimidante. Ele sabia o efeito que tinha sobre mim e o usou para me deixar desconfortável.

Abri a boca e engoli em seco antes de soprar profundamente pelo nariz.

Ele se elevava sobre mim. Dos três, Nordin era o mais alto e musculoso, mas seus irmãos não ficavam atrás.

— Eu também não sou muito fã de falar... mas se houver algo de que você precisa, tem que me dizer.

Ele estava zombando diretamente de mim. Eu estava acostumada com as crianças me provocando por não ter voz, mas ignorei seus comentários e continuei com a minha vida, sem me preocupar com nenhum deles. Mas Nordin... algo sobre seu jeito de fazer piada sobre minha deficiência me incomodava.

Olhei para a porta atrás dele, apontei para ela, então para seu peito. Eu estava tentando me comunicar por meio de gestos, mas tudo o que ele fez foi olhar nos meus olhos. Nordin franziu o cenho e eu tentei mais uma vez chamar sua atenção para minha mão.

Apontando para a porta atrás dele mais uma vez, e então para seu peito, eu esperava que ele finalmente respondesse.

Mas ele não respondeu. Vai saber.

Um som inaudível tentou escapar da minha garganta e revirei os olhos. Pressionei em seu peito com a ponta do dedo, na esperança de conseguir algum tipo de reação.

Nordin ergueu uma sobrancelha, então estendeu a mão para agarrar meu pulso e empurrou-o de volta para baixo.

— Não há necessidade de ficar irritada, querida.

Eu queria tirar aquele sorriso de seu rosto, mas tinha mais orgulho do que isso. Violência não era minha praia.

— Você está me perguntando se esse é o meu quarto. — Ele apontou, e eu lentamente assenti com a cabeça. — Não é. Mas não me importaria que você entrasse no meu.

Sua voz soou sombria e, quando ele se aproximou, sua mão segurou minha garganta.

Suavemente, mas determinado.

Inclinei minha cabeça para trás para ter certeza de que ele não iria me sufocar, mas quando seu polegar roçou ao longo do meu pescoço, relaxei.

— É realmente uma pena que eu nunca vou ouvir sua voz, mas por algum motivo... eu gosto de você assim. Calma, suave... pacífica.

Seu olhar vagou dos meus olhos para os meus lábios, e ficou lá até que seu polegar subiu para roçar meu lábio inferior da mesma forma que Willem tinha feito antes.

Engoli o nó que se formou na minha garganta e, por algum motivo, tudo ao nosso redor desapareceu.

Isso foi o mais perto que cheguei de um homem, e quando seus lábios roçaram meu queixo, fechei os olhos com força. Eu não estava com medo, apenas um pouco nervosa. Quais eram suas intenções?

Minha respiração falhou quando o senti mordiscar minha orelha, e sua outra mão agarrou minha cintura com força, me puxando contra seu corpo rígido.

— Você vai se acostumar comigo, querida. Eu prometo — sussurrou perto do meu ouvido.

Então, como se nada tivesse acontecido, ele se afastou e foi embora sem dizer mais nada.

Eu estava prendendo a respiração, e depois de sair do que quer que fosse aquele transe, rapidamente entrei no quarto de Summit.

O que... foi aquilo?

Demorei no banheiro para clarear minha cabeça e, depois de chegar à cozinha, me sentei ao lado de Summit.

A comida já estava na mesa e, para não corar, ignorei Nordin, que se sentou bem na minha frente.

— Vamos terminar este jantar para que possamos ir para a cama. Estou cansado e temos que sair amanhã cedo.

Toquei no ombro de Summit para chamar sua atenção, e ele olhou para mim com um sorriso suave.

— O que foi?

— *Ficarei sozinha amanhã?*

— Ah, bem. Kodiak vai lhe fazer companhia — respondeu.

Balancei minha cabeça rapidamente e olhei para Willem.

— *Por que ele não vai com vocês?*

— Como Willem disse antes; Kodiak tem medo de animais selvagens. Levá-lo com a gente não vai ajudar.

— Além disso, ele gosta de companhia. Vou apresentá-la a ele. Você vai ver que ele é um bom cachorro — Willem acrescentou.

Eu ainda duvidava disso.

O jantar estava delicioso e eu esperava que Willem cozinhasse todas as noites a partir de agora. Eles trouxeram muita comida, e a maior parte dela estava guardada no grande *freezer* ao lado da geladeira. Era definitivamente o suficiente por algumas semanas, e ouvi Willem falar sobre caçar um cervo para comer caso fosse necessário.

Depois que terminou de comer, Nordin se levantou da cadeira para colocar a louça na pia. Observei enquanto ele limpava, depois colocava no escorredor e se virava para olhar seus irmãos.

— Vejo vocês amanhã. Boa noite — ele se despediu, olhando para mim uma vez antes de sair da cozinha.

— Também vou dormir. Até amanhã. — Summit fez o mesmo que Nordin, lavando seu prato, então o colocando de lado para secar. — Seja legal — ele então avisou Willem e, com um sorriso direcionado a mim, também saiu da cozinha.

— Tudo bem. Você está cansada? — Willem perguntou, e eu assenti. — Vá se preparar para dormir. Vou limpar tudo — ele falou, levantando-se da mesa.

Fiquei imóvel, não querendo entrar em seu quarto.

Peguei o marcador e o quadro para escrever rapidamente.

Ele olhou para mim quando não me mexi e levantei o quadro para mostrar a ele.

— Ah, certo. Espere aqui. Vou colocá-lo no quarto do Summit.

Observei enquanto ele caminhava até seu quarto, então abriu a porta e deixou Kodiak sair para levá-lo. O cão foi de boa vontade e, depois de pegar o prato em que estava o frango cru, Willem voltou para a cozinha.

— O quarto agora é todo seu — ele disse.

Agradeci sorrindo para ele, então rapidamente fui até o quarto para me preparar para dormir.

A sensação de confiar em três homens estranhos no meio da floresta ainda era nova para mim. O que foi que me fez confiar neles? O que quer que fosse, eu sabia que eles não fariam nada para me machucar. Bem, eu não tinha tanta certeza sobre Nordin.

Mas, contanto que eu não estivesse sozinha com ele, não havia nada que ele pudesse fazer comigo.

Depois de escovar os dentes e prender meu cabelo em um rabo de cavalo frouxo, tirei minha calça e me enfiei debaixo das cobertas com meu suéter.

Ficava frio à noite, mas talvez com outra pessoa ao meu lado, eu não congelaria.

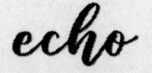

capítulo seis

WILLEM

Deixá-la dormir na minha cama acabou sendo uma tarefa mais difícil do que atirar na porra de um coelho na floresta.

Quando me deitei ao lado dela, estava escuro e silencioso, e se eu fosse falar com Echo, ela não poderia me responder. Nem mesmo gesticulando, assentindo ou balançando a cabeça.

Mas ela não parecia muito incomodada, deitada ao meu lado, de costas para mim. Cruzei os braços atrás da cabeça e olhei para o escuro. Eu podia ouvi-la respirar. Suave e silenciosamente.

Mantê-la aqui era a coisa certa a fazer?

Não teria sido mais fácil dirigir vinte e quatro horas até Homer, deixá-la lá para continuar sua jornada? Ou talvez tivesse sido uma ideia melhor levá-la para sua própria cidade natal, onde seu padrasto provavelmente estava procurando por ela.

Franzi o cenho e virei a cabeça para o lado dela da cama.

— Echo — chamei, fazendo-a se mover ao meu lado.

Eu podia dizer que ela se virou, e fiz o mesmo para encará-la, embora estivesse escuro como breu no quarto.

— Eu quero fazer algumas perguntas, e preciso que você me responda. Sim ou não. — Alcançando sua mão, a coloquei no meu peito. — Dê um tapinha uma vez para sim, duas vezes para não, ok?

Tapinha.

Ótimo, isso daria certo.

— Você não acha que seu padrasto está procurando por você? — perguntei, tentando fazer meus olhos se ajustarem à escuridão. Logo vi sua silhueta.

Dois tapinhas desta vez.

— Você tem certeza sobre isso?

Mais dois tapinhas.

Suspirei.

— Não estou tentando me livrar de você, sabe? Se você acha que este é um lugar mais seguro para você, não vou mandá-la embora. — Pressionei meus lábios um no outro, sem saber o que perguntar a seguir.

Se a polícia começasse a procurá-la e os jornais e canais de televisão fizessem anúncios sobre seu desaparecimento, não seria bom para nós. Ela ainda é uma adolescente e nós somos três homens adultos. As pessoas poderiam pensar que a sequestramos ou algo assim.

— Você quer falar sobre o que ele fez com você? — perguntei, imediatamente me amaldiçoando por usar a palavra "falar".

Dois tapinhas.

Certo. Esse seria seu segredinho.

— E a sua mãe? Você sabe onde ela está?

Dois tapinhas novamente.

Franzi meus lábios e suspirei.

— Você quer falar sobre tudo o que aconteceu com você no passado? — Eu já sabia a resposta.

Tapinha, tapinha.

— Tudo bem.

Virei de costas novamente, mas a mão dela permaneceu no meu peito. Por um momento, seus dedos não se moveram, e pensei que talvez ela precisasse de algum tipo de garantia de que não estava sozinha.

Mas então, um de seus dedos começou a se mover, desenhando duas letras na minha pele.

B. N.

Boa noite.

Sorri, colocando minha mão na dela e apertando com força.

— Boa noite, doçura.

Foi instintivo, a necessidade de protegê-la.

Eu não era pai e provavelmente nunca seria, mas Echo precisava de alguém para cuidar dela. Dormir ali ao seu lado me fez sentir bem, e saber que ela confiava em mim o suficiente para manter a mão no meu peito a noite toda fortaleceu minha necessidade de mantê-la segura.

Tê-la aqui não era tão ruim. Eu poderia ensinar coisas a ela.

Como caçar.

Como encontrar frutas silvestres.

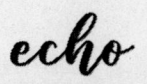

Echo era inteligente e, embora não tivesse mencionado nada sobre terminar o ensino médio ou ainda estar cursando, eu sabia que tinha um grande conhecimento.

A luz do sol atingiu seu rosto através da janela, mas seus olhos ainda estavam fechados. Eu não queria acordá-la, mas Kodiak tinha outros planos. Ele começou a arranhar minha porta como sempre fazia quando era hora de sair e de comer.

Como eu esperava, os olhos de Echo se abriram em pânico.

— Está tudo bem. Ele está fora do quarto — eu assegurei a ela, minha voz rouca.

Echo olhou para a porta, depois relaxou e assentiu com a cabeça.

— Desculpe se ele a acordou. Vou levá-lo para fora e você pode dormir um pouco mais.

Mas Echo pensava diferente. Ela balançou a cabeça para mim e se sentou, em seguida, pegou seu quadro da mesa de cabeceira e escreveu nela com o marcador.

— *Quero fazer o café da manhã para vocês. Para agradecer.*

Arqueei uma sobrancelha e olhei em seus olhos.

— Você já nos agradeceu o suficiente. Além disso, Nordin é o único que toma café da manhã.

Ela franziu a testa e limpou o quadro para escrever novamente.

— *O café da manhã é importante. Deixe-me fazer panquecas para vocês. Eu vi a mistura pronta na geladeira.*

Observei suas palavras por um tempo, então finalmente cedi. Ela estava certa. Sabíamos como ficávamos com fome depois de caçar a manhã toda, então talvez o café da manhã não fosse uma ideia tão ruim.

— Ok.

Ela sorriu para mim e se levantou da cama, mas quando alcançou a porta, parou e se virou para olhar para mim.

Eu ri, sabendo exatamente o que ela queria dizer.

Levantei da cama e fui até ela, então abri a porta para ser saudado por Kodiak.

— Vamos lá para fora. Venha, garoto.

ECHO

Parecia que Kodiak percebeu que eu não queria nada com ele. Quando voltou para dentro com Willem, ele foi direto para seu quarto para esperar pela comida.

Bom menino, pensei. *Mas ainda não gosto de você.*

— Como estão as panquecas? — Willem perguntou, enquanto pegava a outra metade do frango da geladeira.

Fiz um sinal positivo com a mão.

Summit e Nordin ainda não tinham saído de seus quartos, mas ainda era cedo. Quase oito da manhã.

Virei cada panqueca na panela e, quando Willem voltou, ele colocou a mão na minha cintura por trás para olhar por cima do meu ombro.

— Tenho que ser honesto... eu poderia me acostumar com você em pé na cozinha, nos preparando o café da manhã.

Arqueei uma sobrancelha e virei minha cabeça para encará-lo, mas, felizmente, ele estava sorrindo.

— Eu estou apenas zoando com você. Eu disse que você não vai ser a nossa empregada.

E com isso, ele se virou para pegar tudo o que era necessário para um bom café da manhã nos armários e na geladeira.

Willem parecia mudado. A primeira vez que falou comigo, ele estava aborrecido e com raiva. Mas provavelmente era porque tinha acabado de encontrar uma garota que havia invadido sua cabana.

Compreensível.

Willem era um cara legal que precisava mostrar seu lado duro de vez em quando, mas isso não me incomodava muito.

— Bom dia — uma voz profunda e rouca disse, e me virei para ver Nordin parado ali, vestido em uma cueca boxer.

Minha nossa.

Nordin era musculoso e definido, e as tatuagens cobrindo a maior parte superior de seu corpo não eram algo que eu esperava ver. Seus músculos eram esculpidos com perfeição e seus ombros largos eram ainda mais intimidantes do que quando ele usava um suéter.

Tentei tirar meus olhos dele, mas algo me impediu. Um sorriso maroto apareceu em seu rosto quando percebeu que eu estava encarando.

— Estou lisonjeado — ele zombou, o que me fez virar rapidamente.
Caramba, você poderia ter sido mais óbvia?
— Desde quando vocês tomam café da manhã? — Ouvi Nordin perguntar.
— Desde hoje — Willem respondeu, não dando mais nenhuma explicação.
Quando minhas panquecas ficaram prontas, Summit finalmente entrou na cozinha e, com um sorriso brilhante, olhou para mim.
— Bom dia, querida. Dormiu bem? — perguntou, enquanto se aproximava de mim, colocou uma mão no meu quadril e beijou o topo da minha cabeça.
Por alguma razão, aquilo me fez sentir extremamente bem.
Assenti com a cabeça, levantando minhas mãos para gesticular.
— *Surpreendentemente bem.*
— *Willem não tocou em você?*
Balancei minha cabeça, sorrindo suavemente.
— Bom. E agora você até fez o café da manhã. Merda, acho que temos que mantê-la conosco para sempre. — Riu.
Coloquei o prato com panquecas no meio da mesa e começamos a comer.
Escutei enquanto eles planejavam sua manhã, e quanto mais nós ficávamos sentados à mesa, mais confortável eu ficava perto deles.
Principalmente de Nordin.
No fim, eu iria passar muito tempo com esses homens, então me acostumar a eles era um bom começo.

capítulo sete

SUMMIT

— Chega. Vou voltar. Prometemos a Echo voltar por volta do meio-dia e já são quase seis da tarde.

Eu estava preocupado com ela.

Sabia que meus irmãos, ou pelo menos um deles, não ligavam muito para ela, mas eu sim. Echo teve sorte de encontrar nossa cabana, ou quem sabe o que ela poderia ter encontrado nas profundezas da floresta?

— Ela ficou sozinha por vários dias antes de chegarmos. Ela ficará bem — Willem respondeu.

Não tivemos muita sorte hoje. Apenas algumas raposas cruzando nosso caminho, mas não conseguimos matá-las. Apenas ursos, cervos e coelhos.

— Vou voltar — repeti. — Vou começar com o jantar, então voltem logo — eu disse a eles.

Guardei minha espingarda e passei a mão pelo cabelo antes de colocar o gorro verde-escuro de volta. Nossas roupas de caça foram obviamente projetadas para nos camuflar em arbustos e atrás de árvores, mas não importava o quão bem estivéssemos escondidos, era difícil encontrar animais selvagens. Mas sempre voltávamos para a cidade com pelo menos um de cada.

Não caçávamos ursos para mantê-los como troféus, mas sim para garantir que a população deles não crescesse fora de controle. Também só podíamos atirar em ursos machos. Filhotes e fêmeas deveriam ser deixados em paz.

Já coelhos e cervos, abatíamos para vender, suas peles eram usadas principalmente em escolas ou museus ao redor do mundo.

Nosso trabalho não era para todos e definitivamente havia pessoas que eram contra o que fazíamos, mas nossa família estava aqui há anos e continuaríamos com seus negócios. De outra forma, ninguém mais faria isso.

Voltei para a cabana.

Não estávamos muito longe, mas ainda tínhamos que marcar as árvores para ter certeza de que voltaríamos para a cabana pelo caminho certo.

Quando cheguei mais perto, pude ver alguém parado nos degraus da frente e, balançando a cabeça, suspirei ao ver Echo parada ali com os braços cruzados sobre o peito.

Ela parecia preocupada.

— Estamos todos bem — gritei, e quando cheguei perto o suficiente, sinalizei: — *Perdemos a noção do tempo. O que você está fazendo aqui fora?*

Ela exalou fortemente pelo nariz.

— *Eu estava esperando. Estava com medo de que algo tivesse acontecido.*

Não pude deixar de sorrir. Estendi minha mão para segurar o lado de sua cabeça, em seguida, puxei-a para um abraço. Ela veio de boa vontade e colocou os braços em volta da minha cintura, com a cabeça contra o meu peito.

— Você não precisa se preocupar. Nós sabemos o caminho de volta, e não há nada que possa nos machucar.

Gostei do fato de ela se importar, mesmo sendo apenas o segundo dia que estava perto de nós.

— Vamos entrar e começar a cozinhar. Os outros estarão de volta em breve.

Echo assentiu com a cabeça e deu um passo para o lado para que eu pudesse entrar, e quando empurrei a porta, Kodiak veio correndo em minha direção.

— Willem não trancou você no quarto? — perguntei, sem esperar uma resposta porque, bem… ele era um cachorro.

E então eu percebi… Me virei para olhar para Echo, ainda parada do lado de fora, observando Kodiak com atenção. Sorrindo, segurei sua coleira e inclinei minha cabeça para o lado.

— Ele é a razão pela qual você estava do lado de fora, não é?

Ela franziu o nariz e desviou o olhar por um segundo, então ergueu as mãos para explicar.

— *Eu estava pegando a água da geladeira e de repente ele saiu correndo do quarto.*

Uma risada escapou de mim, mas Echo me deu um olhar que poderia ter me matado se eu olhasse para ela por muito tempo.

— Willem deve ter esquecido de trancar a porta. Kodiak é um cachorro inteligente. As portas não são realmente um obstáculo. Ele assustou você? — questionei, já sabendo a resposta.

Ela assentiu com a cabeça.

Era hora de Echo se acostumar com ele também, ou então não teria como se sentir bem em ficar aqui sozinha com Kodiak.

— Você confia em mim, certo? — indaguei, mantendo meus olhos nos dela. Echo assentiu com a cabeça novamente. — Ok. Então acredite em mim quando digo que Kodiak nunca mordeu ninguém em sua vida. Eu não quero fazer você se sentir mal, mas tenho certeza de que ele está chateado por você o ignorar assim.

Echo arqueou uma sobrancelha para mim, depois olhou para Kodiak com uma expressão insegura.

— *E se ele pular em mim?*

— Ele não vai. Vou segurá-lo. Basta chegar mais perto e estender a mão para ele cheirar.

Para minha surpresa, ela deu um passo à frente e estendeu a mão. Mas no segundo que Kodiak aproximou o focinho dela, Echo recuou novamente.

— Não se preocupe, ele está apenas procurando saber sobre você — assegurei a ela, e a vi se aproximar novamente, deixando-o cheirar sua mão. Ela manteve os olhos em Kodiak, pronta para se afastar se precisasse. — Viu? Ele quer ser seu amigo — eu disse.

Lentamente, e com a mão ligeiramente trêmula, ela acariciou a cabeça dele, e sendo o bom garoto que era, Kodiak ficou quieto e ofegou feliz, apreciando seu carinho.

Eu sorri.

— Willem vai ficar orgulhoso de você — eu disse, e Echo levantou os olhos para sorrir para mim.

— *Estou fazendo carinho em um cachorro!*

Era impossível não notar a felicidade e o alívio em seu olhar e, além disso, Echo se aproximou de Kodiak para acariciá-lo com as duas mãos. Ela manteve um pouco de distância, para que ele não lambesse seu rosto.

— Acho que ele sabe que você está com medo. Ele só gosta de estar perto das pessoas. Leve seu tempo, mas tenho certeza de que um dia vocês serão bons amigos.

Echo não respondeu. Em vez disso, ela se afastou e apontou para a cozinha.

— *Posso ajudar com o jantar?*

— Claro. Estava pensando em fazer pizza.

Ela ergueu uma sobrancelha.

— *Daquelas congeladas?*

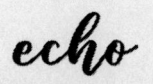

Ri e balancei minha cabeça.

— Não, feita à mão. Acredite ou não, eu sei fazer pizza. Não importa o que Willem tenha dito.

— *Ele disse que você gosta de colocar comida congelada no forno* — Echo sinalizou.

— Certo, eu quero que você esqueça essas palavras e veja com seus próprios olhos que eu posso fazer uma refeiçãos do zero. Minha pizza é a melhor.

Ela sorriu para mim e encolheu os ombros.

— *Veremos.*

Echo entrou na cozinha e lavou as mãos. Enquanto isso, coloquei roupas mais confortáveis e guardei minha espingarda.

Enquanto caminhava até a cozinha, Kodiak estava deitado na frente da porta, mostrando a Echo que ela não teria que se preocupar. Ele sabia que ela ainda precisava de um pouco mais de tempo para se acostumar com ele.

— Bom menino — sussurrei, antes de passar por cima dele e entrar na cozinha. — Preparada?

Ela assentiu com a cabeça e pegou a farinha na prateleira mais acima, e separei os outros ingredientes necessários.

Com o canto do olho, eu a vi acenar para mim e me virei para ver o que ela queria falar.

— *Você tem namorada ou esposa?*

Sua pergunta foi inesperada. Franzindo meus lábios, balancei a cabeça.

— Nenhum de nós tem. Não somos o tipo que têm relacionamentos — expliquei.

Seus lábios se separaram por um momento, então ela apertou os lábios.

— *Por que não?*

— Porque não temos vontade. Estamos aqui a maior parte do tempo e, quando estamos na cidade, gostamos de…

Eu não tinha certeza se usar uma linguagem vulgar com ela a faria se sentir muito desconfortável, mas, pensando bem, Nordin falava assim perto dela, e Willem não se esforçou para filtrar o linguajar.

— *Foder.*

— Sim. — Sorri, então encolhi os ombros. — Somos homens. Gostamos de nos divertir e gostamos de mulheres que são abertas e podem nos dar bons momentos.

Não éramos idiotas. Bem, não tenho tanta certeza sobre Nordin, mas eu tentava ser respeitoso. Havia algumas mulheres que estavam sempre dispostas a se divertir, e elas sabiam que eu não estava pronto para um relacionamento.

— *Entendi* — ela sinalizou, depois se virou para abrir a farinha.

Acho que terminamos de falar sobre esse assunto. Embora Echo parecesse bastante inocente, eu podia dizer que essa não era toda a verdade. Ela era bonita e inteligente, e eu tinha cem por cento de certeza de que ela já tinha namorado. Ou pelo menos tinha ficado com caras antes. Mas isso não era problema meu.

Em vez de pensar na vida sexual de Echo, me concentrei na massa, observando-a de perto enquanto fazia a sua própria. Nada me incomodava sobre ela, mas havia uma coisa que eu mudaria sobre ela estar aqui.

Ela dormir na cama de Willem.

Porque, francamente, eu estava começando a gostar dessa fugitiva.

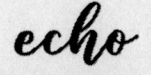

capítulo oito

ECHO

O jantar foi usado para falar sobre caça, e descobri que eles não tiveram muita sorte hoje.

Foi um tanto interessante ouvir a conversa deles, mas me deixou inquieta escutar sobre os possíveis animais que os irmãos matariam. Eu gostava de comer carne e sabia que o trabalho deles não era apenas por diversão, mas matá-los... Eu não acho que poderia fazer isso.

Depois que todos os nossos pratos estavam limpos, ajudei Summit com o resto da louça enquanto Nordin e Willem saíram para fumar e soltaram Kodiak. Foi a primeira vez que os vi com um cigarro na mão e, por algum motivo, não tinha pensado que eram fumantes.

— *Voce fuma?*

Summit rapidamente negou, depois de observar o movimento das minhas mãos.

— Felizmente, parei de fumar alguns anos atrás. Meus pulmões estavam ferrados e eu não conseguia nem correr sem parar a cada cinco minutos — admitiu.

— *Você corre?*

— E malho com Nordin de vez em quando. Mas não quando estamos aqui.

— *E Willem?*

— Ele desistiu de malhar há um tempo. Mas, por alguma razão, ele ainda parece o cara mais forte do planeta. Por que você quer saber tudo isso, querida?

Ele me cutucou com o cotovelo e sorriu.

— Não pense que não percebi você olhando para Nordin esta manhã. Ele gostou um pouco demais. Não tenho certeza se você deve aumentar a confiança dele mais do que já é.

Fiz uma careta para ele e desviei o olhar.

— Eu estou apenas brincando com você. Mas, se eu fosse você, não colocaria meus olhos nele. Ele é o irmão errado para se gostar.

— *Eu não gosto dele* — protestei.

— O que quer que você diga. Só não caia nos encantos dele.

Encantos? Nordin não tinha encantos. Ele era um idiota. Grosseiro. Arrogante. E ainda assim… intrigante.

A porta da frente se abriu e Willem entrou com Kodiak bem atrás dele e Nordin fechando a porta.

— Estou indo pra cama. É tarde e temos que sair cedo amanhã, se não quisermos nos molhar.

Ele havia dito antes que choveria amanhã à tarde e até tarde da noite, e quando chovia, eles não podiam caçar.

Ele olhou para mim e acenou com a cabeça para o quarto.

— Você vem, doçura?

Olhei para Summit, e ele me deu um aceno rápido com a cabeça.

— Vamor todos pra cama. Durma bem — disse baixinho, antes de beijar o topo da minha cabeça.

Sorri, peguei o quadro e a canetinha do balcão e segui Willem até seu quarto sem olhar para Nordin no caminho.

Antes que a porta do quarto se fechasse, Kodiak caminhou em nossa direção com a cabeça baixa, mas os olhos fixos em mim.

Opa.

Ele estava realmente tentando me amolecer com aqueles olhos pidões? Até mesmo um gemido escapou do cachorro, e estranhamente, isso foi tudo que eu precisei para ceder.

Ele era o cachorro de Willem, e eu o estava afastando porque estava com medo. Isso não era justo, e já que agora ele sabia que eu não gostava muito que ele pulasse em cima de mim, poderia deixá-lo dormir no quarto com a gente.

— Ele vai dormir no chão, não se preocupe — Willem garantiu, e me afastei para deixar Kodiak entrar.

Depois de fechar a porta, nós dois fomos para a cama e para debaixo das cobertas.

— O que você fez o dia todo enquanto estávamos fora? — Willem perguntou, mas rapidamente percebeu que não havia como eu responder sem as luzes estarem acesas. — Merda, certo. Desculpe. Deixa pra lá.

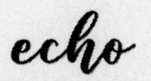

Ele agarrou minha mão e a colocou em seu peito novamente, mas desta vez, ele não estava usando uma camisa. Ele não estava com frio? Mesmo com ele ao meu lado e um suéter, eu sentia frio à noite.

— Você teve um bom dia sem nós hoje?

Bati em seu peito uma vez, mas essa não era toda a verdade e eu não poderia explicar a ele o motivo, se batesse duas vezes.

— Quem bom. Amanhã, Nordin e eu iremos caçar por conta própria, e Summit irá levá-la com ele para pegar algumas frutas. Não será muito longe e, agora que você e Kodiak se dão bem, pode levá-lo com você. Ele precisa de um pouco mais de ar fresco. Tudo bem para você?

Colher frutas silvestres?

Eu poderia fazer isso.

Bati em seu peito uma vez e Willem apertou meu pulso suavemente.

— Quem bom. Agora durma. Hoje foi exaustivo.

Fechei os olhos, descansando a mão em seu peito como na noite passada. Ele me dava um tipo de segurança. Todas aquelas noites que passei sozinha na cabana me deixaram nervosa. Saber que havia animais selvagens lá fora era uma coisa. Mas a escuridão foi o que realmente me atingiu.

Eu odiava aquilo, e agora saber que havia um homem forte e grande ao meu lado que me protegeria me fez relaxar.

A respiração de Willem se acalmou depois de cerca de meia hora, mas eu não conseguia dormir. Não estava cansada, pois não passei o dia todo esperando que ursos aparecessem no meu caminho. Em vez disso, fiquei sentada no sofá o dia todo e desenhei no quadro para passar o tempo. Isso foi até que Kodiak saiu do quarto e eu tive que ficar do lado de fora por uma ou duas horas. Pelo menos não estava muito frio lá fora.

Outra meia hora se passou e meus olhos continuaram abertos. Algo estava me incomodando e, quando ouvi alguém tossir, me apoiei nos cotovelos para olhar para a porta.

Havia luz brilhando pela fresta inferior.

Summit ou Nordin ainda deviam estar acordados e, como eu não conseguia dormir, decidi fazer companhia a quem quer que fosse.

Puxei minha mão do peito de Willem cuidadosamente, e depois de deslizar para fora da cama, caminhei silenciosamente até a porta. Como estava aberta apenas uma fresta, pude ver Kodiak deitado no chão, com os olhos em mim.

Fique aí, pensei, e rapidamente saí do quarto.

Para minha infelicidade, Nordin estava sentado no sofá com o braço estendido nas costas e o pé esquerdo apoiado na mesinha de centro. Ele apenas olhava para a parede à sua frente.

— Está aqui para me fazer companhia, doçura?

Suas palavras me pegaram de surpresa, e fiquei parada por um segundo, decidindo se deveria apenas me virar e voltar para o quarto ou realmente me sentar com ele.

Ele virou a cabeça para olhar para mim com uma sobrancelha arqueada.

— E então? — perguntou, fazendo com que eu me sentisse repentinamente pressionada.

Engoli o nó que estava se formando na minha garganta, então decidi ir até ele. Fui para o sofá e sentei o mais longe possível de Nordin, quase como se ele fosse um monstro.

Ou venenoso.

Ele estava me observado de perto, e antes que eu percebesse, Nordin colocou a mão na minha coxa e me puxou para mais perto.

— Não precisa ser tímida perto de mim. Sabe que eu não sou um cara mau, certo?

Ele colocou novamente o braço atrás de mim no encosto do sofá, e eu abri minha boca, ainda tentando compreender o que ele tinha acabado de fazer.

— Eu sei que você não pode falar, mas pode mover essa sua linda cabeça para me responder — ele disse, sua voz rouca e calorosa.

Assenti com a cabeça, olhando-o diretamente nos olhos.

Por que eu estava agindo como se nenhum homem tivesse chegado tão perto de mim antes? Eu já saí com homens.

Ok, garotos do ensino médio.

Todos com menos de dezoito anos e insanamente idiotas a ponto de me irritarem tanto que precisei manter distância.

Porém, havia um cara que não agia como uma criança, e esse cara era Will. Ele era duro, confiante e, às vezes, eu me perguntava se era apenas uma fachada para terminar o período escolar.

Mas nunca descobri.

Nem mesmo no nosso primeiro encontro.

Não houve muita conversa, mas nos beijamos e transamos.

Então se tornou um hábito, e toda vez que eu precisava me afastar do meu padrasto, Will estava lá para me pegar e me usar para seu próprio prazer. Para ser justa, eu também o usei.

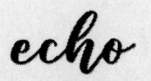

Mas Nordin era uma história totalmente diferente.

Ele era rude e não brincava. Eu poderia dizer que estava acostumado a fazer o que queria, e eu era um brinquedo novo e brilhante com o qual ele poderia brincar.

E, honestamente... eu não me importava. Nem um pouco.

Ainda assim, Nordin me deixava nervosa, e eu simplesmente tinha que mudar esse nervosismo do lado ruim para o lado bom.

Seus olhos continuaram vagando por todo o meu rosto, então pararam nos meus lábios. Sua mão subiu para o lado do meu pescoço do jeito que ele fez na noite passada, mas, desta vez, moveu os dedos em meu cabelo e agarrou-o com força, inclinando minha cabeça para o lado.

— Não tenho a menor ideia do que você está fazendo com meus irmãos, mas não estou gostando de como eles se tornaram molengas em apenas um dia depois de conhecer você.

Seu rosto estava perto do meu agora, mas eu não ia recuar.

— Normalmente, quando veem uma mulher de quem gostam, eles a levam para a cama e transam com ela. Eles não falam com ela. Mas você...

Ele parou e moveu seu olhar de volta para meus lábios.

— Você tem um efeito totalmente diferente sobre eles. E não tenho certeza se gosto de como você fica confortável perto deles, mas não perto de mim. Eu assusto você, querida?

Nunca balancei minha cabeça tão rápido quanto naquele momento. Nordin não me assustava.

— Então o que faz você olhar para o outro lado assim que eu entro no mesmo local?

Ele sabia que não iria receber uma resposta, mas parecia não precisar de uma. Seus lábios pressionaram contra o ponto macio logo abaixo da minha orelha, e fechei os olhos para aproveitar o que quer que estivesse acontecendo.

Uma coisa que eu conseguia pensar era que Nordin estava agindo dessa maneira porque estava com ciúmes. Talvez ele não gostasse do jeito que eu me dava bem com seus irmãos, mas Summit e Willem não eram assim tão... complicados.

Senti sua língua se mover ao longo do meu pescoço antes de sua boca chupar suavemente minha pele. Nordin não estava machucando, apenas fazendo com que fosse bom.

Para mostrar a ele que havia algo dentro de mim gostando de tudo isso, coloquei uma mão em seu braço e a outra em seu peito musculoso.

Ele estava vestindo uma camisa, mas não calça jeans. Eu não tinha olhado para sua virilha, mas me lembrei de sua aparência desta manhã, vestido apenas com sua cueca boxer.

Ele era bonito.

Todos os três eram bonitos.

Um suspiro escapou de mim, que foi praticamente apenas uma respiração arfante saindo da minha boca. Sua mão agarrou meu cabelo com mais força, e depois de inclinar minha cabeça para um lado, ele se inclinou sobre mim e colocou a outra mão na minha cintura, me puxando para mais perto dele.

Nordin continuou beijando e chupando minha pele sensível, e quanto mais o tempo passava, mais eu queria que ele continuasse. Apertei seu braço com força, querendo dizer desesperadamente seu nome, ou gemer, para mostrar a ele que eu não queria que parasse.

Seus lábios desceram ainda mais pela minha clavícula, depois subiram novamente para beijar ao longo do meu queixo. Um grunhido saiu de seu peito, então ele murmurou algo contra minha pele antes de se inclinar para trás para me olhar nos olhos.

Sua expressão era tempestuosa, com o sentimento refletindo em seus olhos como em uma espiral. Seus olhos eram incrivelmente expressivos, e foi quando percebi que Nordin era inseguro sobre muitas coisas.

Esta atuação que ele estava fazendo não era ele, mas, droga… ele atuava tão bem. Algo deve tê-lo machucado ao longo de sua vida.

— Você deveria voltar pra cama, querida — sussurrou, mantendo os olhos fixos nos meus.

Assenti com a cabeça, concordando.

Não havia necessidade de lutar contra isso, então tirei minhas mãos de seu braço e peito, lentamente me afastando dele. Senti seus dedos se soltarem do meu cabelo e, assim que fiquei de pé, levantei as mãos para sinalizar.

— *Boa noite, Nordin.*

Por um segundo, fiquei com medo de que não reagisse bem quando eu sinalizasse, já que ele não entendia, mas o sorriso suave que apareceu em seus lábios me disse que ele não se importava.

E, para minha surpresa, ele até descobriu o que eu disse.

— Boa noite, Echo — ele respondeu, sua voz ainda rouca e sombria.

Meu coração estava batendo rápido no meu peito enquanto voltava para o quarto. Quando me deitei debaixo das cobertas, Willem se moveu para perto de mim.

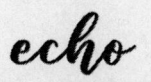

Felizmente, eu não o acordei, e para acalmar meu coração, respirei fundo algumas vezes.

Sempre havia algo escondido dentro de um homem como Nordin. Algo mais profundo do que ele jamais admitiria. Mas investigar isso não era uma boa ideia. A melhor coisa a fazer era deixá-lo vir até mim. Isso se ele quisesse falar sobre o que quer que fosse.

Fechei os olhos e me aproximei de Willem, colocando a mão em seu peito novamente para acalmar a minha mente.

Eu não estava mais sozinha nesta cabana e tive a sensação de que algo que me mudaria aconteceria em breve.

capítulo nove

ECHO

A manhã seguinte foi agitada.

Enquanto eu estava na cozinha, preparando o café da manhã para todos nós, Nordin e Willem apenas pegaram uma xícara de café e saíram, deixando Summit e eu parados na cozinha com um monte de panquecas que nunca comeríamos sozinhos.

— Willem disse que a chuva virá mais cedo. É por isso que eles saíram praticamente correndo — explicou, e assenti com a cabeça com meus lábios franzidos e meus olhos na torre de panquecas. — Não se preocupe, eles podem comer quando voltarem. Vamos comer e depois sair também. Eu sei o lugar certo para encontrar frutas silvestres.

Coloquei o prato na mesa, me sentei em frente a ele e, antes de começar a comer, inclinei a cabeça para o lado.

— *O que vocês fazem com os animais que pegam?*

— Ahm, nós os trazemos de volta pra cá e iniciamos todo o processo de preparação. Abrimos o animal, retiramos as entranhas e preparamos a carne para consumo. Congelamos a maior parte para que não estrague até que possamos voltar para casa e distribuir, e descartamos todo o resto como ossos e chifres. Até Kodiak ganha com isso. Ele gosta de mastigar os ossos — Summit explicou, olhando para o cachorro sentado perto da porta.

Eu não me importava de ouvir tudo isso, mas sabia que havia pessoas que não conseguiam nem escutar o que faziam com aqueles animais.

— *E vocês também comem a carne?*

— Às vezes. Trouxemos o suficiente para nós três, mas agora que você está aqui… talvez seja necessário caçar mais dois ou três coelhos. Isto é, se você quiser comê-los.

— *Não me importo* — sinalizei, sorrindo para ele.

Tomamos nosso café da manhã e vimos Kodiak comer um hambúrguer de carne congelada que ele devorou em segundos, e depois de tomar um banho e nos vestirmos, saímos para encontrar frutas silvestres.

Summit me deu uma pequena cesta para colocar as frutas colhidas.

Kodiak estava em sua coleira para não fugir se encontrássemos outro animal, e Summit trouxe sua espingarda para o caso de ele ter a chance de atirar em um.

— A primeira vez que vim aqui, eu tinha quatro anos. Willem e Nordin já haviam estado aqui, e encontrar e colher frutas foi a única coisa que tinham aprendido até então. Eles eram muito orgulhosos e achavam que sabiam exatamente o que estavam fazendo, mas acabei descobrindo que eu sempre achava as mais doces e maduras — ele me disse com orgulho. — Porém, naquele mesmo dia, nosso pai ensinou Willem a atirar, e ele conseguiu acertar em um cervo. Com a ajuda do nosso pai, é claro. Acredite em mim quando digo que ele ficou falando sobre isso durante todo o maldito tempo em que ficamos aqui.

Eu sorri, imaginando como Willem deve ter ficado orgulhoso por ter atirado em seu primeiro animal selvagem. Com tal idade, não sei se eu seria capaz de fazer isso.

Caminhamos mais para o interior da floresta e logo encontramos alguns arbustos com framboesas. Eu sorri e apontei para elas, e Summit sorriu abertamente.

— Eu disse que sabia onde encontrá-las.

Colhemos o suficiente para encher nossa cesta, e como Summit não parecia se importar em esmagá-las, me perguntei o que eles realmente queriam fazer com elas.

Toquei em seu ombro para fazê-lo olhar para mim.

— *Vocês não querem comê-las assim?*

— Willem gosta de fazer purê com elas e colocar no iogurte. E eu normalmente só como o resto. Por que, você tem outra ideia?

— *Que tal fazer uma torta?* — sugeri.

— Se você quiser fazer uma, com certeza. Acho que já temos o suficiente. — Ele sorriu e olhou para a cesta, depois se virou para ver o que Kodiak estava fazendo.

Como um cachorrinho assustado, ele se sentou ao lado de uma árvore, choramingando silenciosamente e esperando que o levássemos de volta para a cabana.

Peguei duas frutas da cesta e fui até ele, segurando-as perto de seu focinho. O cachorro cheirou as frutas na minha mão e, tão delicadamente quanto pôde, pegou as frutas de mim.

— Eu diria que vocês dois criaram um vínculo e tanto em um curto período de tempo — Summit disse, e eu me virei para sorrir para ele.

— *Acho que gosto mais dele do que de Nordin* — sinalizei.

Summit riu.

— Isso é compreensível. Venha, vamos voltar para a cabana antes que os outros retornem.

Voltamos dez minutos depois, sempre seguindo as marcas nas árvores, e depois de entrar na cabana, Kodiak correu para o sofá para se deitar ali.

— Parece que eles conseguiram algo — Summit falou, ainda parado na porta da frente, e em seguida, vi Willem e Nordin do lado de fora, cada um segurando um coelho morto em suas mãos. — Demorou muito para pegá-los? — perguntou.

— Não, e poderíamos ter conseguido muito mais se esse idiota não tivesse começado uma maldita briga comigo.

Willem estava com raiva e Nordin não parecia dar a mínima.

— O que aconteceu? — Summit perguntou, mas foi ignorado por seus irmãos mais velhos.

— Como é minha culpa se você esqueceu a munição? Puta merda, cara — Nordin murmurou.

Depois que eles entraram, observei enquanto os dois colocavam sua caça na mesa da cozinha, e eu não tinha certeza se queria aquilo lá. No fim, era onde comíamos.

— *Vocês não vão abrir isso bem aqui na mesa, vão?*

Summit balançou a cabeça para mim, e Nordin arqueou uma sobrancelha, me olhando do jeito que ele fazia tão bem.

— Use seu maldito quadro. Não aprendi a sinalizar em um único dia, querida. — Ele estava irritado, mas isso não lhe dava o direito de falar assim comigo.

Levantei meu dedo médio, então me virei para entrar no quarto de Willem.

— Tenho certeza de que você foi capaz de ler isso. — Ouvi Summit dizer, divertido.

— Vá se foder — Nordin sibilou.

— Isso mesmo. Foi exatamente o que ela disse.

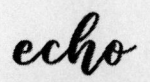

Willem entrou no quarto com um sorriso cansado no rosto e, depois de fechar a porta atrás de si, tirou a espingarda para colocá-la na gaveta.

— Nordin está um pouco tenso hoje. Não ligue para ele, mas você pode muito bem repetir o gesto de hoje mais algumas vezes quando ele agir assim.

Eu fiz uma careta e olhei para minhas mãos no colo. Nordin agia como um homem diferente quando seu humor mudava e, até este momento, eu realmente não gostava de nenhum de seus humores.

Além do da noite passada.

Bem, apenas uma pequena parte dele.

Gostei dos seus lábios e mãos em mim, mas apenas isso.

Não houve outra coisa que Nordin disse ou fez que me fez gostar dele e, por algum motivo, eu esperava que me mostrasse outros lados dele com os quais eu pudesse me acostumar.

— Echo — Willem chamou calmamente, me fazendo olhar para ele. — Nordin é difícil, ok? Só não dê a ele muito do seu tempo e ele acabará parando de falar com você.

E se eu não quisesse que ele parasse de falar comigo? E se eu quisesse explorar mais dele e deixá-lo chegar mais perto do que ontem?

Algo dentro do meu peito estava me puxando em direção a ele, e embora eu soubesse que provavelmente era melhor ficar longe, eu não queria. Eu tinha idade suficiente para tomar decisões que sabia que poderia até me arrepender, mas esta foi a primeira vez que meu coração me disse para apenas... ir em frente. Aproveitar o que quer que esteja acontecendo e viver o momento.

Eu não me importava se aqueles homens eram praticamente estranhos, mas eu confiava neles mais do que jamais confiei em qualquer outra pessoa.

— Você está bem?

A mão de Willem segurou meu rosto enquanto ele estava na minha frente, inclinando minha cabeça para trás para olhar em seus olhos.

— Você está sentindo falta de alguém?

Balancei rapidamente minha cabeça e agarrei seu pulso, então sorri para ele para mostrar que eu estava bem.

— Então, o que está em sua mente, doçura?

Não levei meu quadro comigo, então balancei minha cabeça novamente para dizer a ele que não havia nada me incomodando.

— Você não está se sentindo desconfortável perto de nós, não é?

Não, eu não estava.

Eu também não tive nenhuma crise de ansiedade por estar perto deles, especialmente do tipo que eu tinha quando ficava em casa depois da escola e esperava meu padrasto voltar para casa.

De repente, meu lábio inferior começou a tremer e percebi que isso era o mais feliz que estive em muito tempo. Eu estava segura e não tinha que sofrer com a mesma merda que sofri durante anos.

Esses homens eram a minha fuga para uma vida melhor, e não importa aonde isso me levasse depois de deixar esta cabana com eles, eu seria eternamente grata por sua ajuda.

Eu não queria chorar, mas as lágrimas já ardiam em meus olhos. A repentina sensação de gratidão me atingiu com força no peito e me levantei para envolver meus braços em volta da cintura de Willem.

Seus braços me envolveram, e eu poderia dizer que no início ele estava confuso, mas então me puxou para mais perto e me abraçou com força, acariciando minha cabeça com sua mão grande.

— Está tudo bem, Echo.

Meu coração batia forte no peito, enquanto o de Willem estava calmo e relaxado.

— Acho que esta é a sua maneira de dizer obrigado — ele sussurrou, e eu assenti com a cabeça.

Não havia outra maneira de agradecer a ele ou aos seus irmãos por isso.

— Aquele homem deve realmente ser um filho da puta por tratar você do jeito que tratou — ele murmurou, e então suspirou.

Tive que me acalmar e voltar a focar minha mente. Respirando fundo, eu o apertei com força mais uma última vez antes de soltar e olhar para ele. Willem segurou meu rosto suavemente e acariciou minhas bochechas com os polegares, então sorriu e acenou com a cabeça em direção ao banheiro.

— Vou tomar um banho rápido. Fique com Summit nesse meio tempo — sugeriu, mas eu ainda não estava com vontade de sair de seu quarto.

Apontei para a cama, me sentei nela e me recostei na cabeceira da cama.

— Ou espere aqui. — Ele sorriu e se inclinou para beijar minha testa, então pegou uma roupa confortável e foi para o banheiro.

Fiquei olhando para a parede à minha frente enquanto ouvia o barulho do chuveiro e, apenas dez minutos depois, Willem saiu do banheiro sem camisa e exibindo todos os seus músculos insanamente grandes.

Summit estava certo sobre ele parecer forte, e era difícil acreditar que ele parou de malhar. Não pude evitar; meus olhos vagaram por toda a parte superior de seu corpo.

Dos três, Willem era o único com pêlos brancos aparecendo por entre a barba, mas além disso e da mecha branca em seus cabelos, não havia sinais de sua idade.

Um sorriso presunçoso apareceu em seus lábios, e eu tive que fechar a boca antes de fazer papel de idiota, mais do que já tinha feito.

— Vou considerar isso um elogio. — Ele riu, e senti minhas bochechas esquentarem.

Talvez eu devesse parar de olhar.

Desviei o rosto e me levantei da cama, mas, antes que pudesse alcançar a porta do quarto, Willem agarrou meu pulso e me puxou de volta para encará-lo.

Como os outros dois, Willem era muito mais alto do que eu e tive que inclinar a cabeça para trás para encontrar seus olhos. Ele colocou as mãos na minha cintura e, com a direita, moveu-a para baixo para descansá-la bem acima da minha bunda.

— Você é uma garota esperta, Echo. Tem certeza de que quer continuar nos olhando assim?

Então ele também me viu encarar Nordin?

Ótimo.

Perfeito.

Já que estamos nisso, é melhor continuar.

Assenti com a cabeça, me sentindo bastante confiante e certa sobre isso.

O sorriso de Willem se transformou em um malicioso, mas, em vez de falar, ele ergueu sua mão esquerda que estava na minha cintura e segurou o lado da minha cabeça com ela, então se inclinou para pressionar seus lábios suavemente contra minha bochecha.

— Ninguém nunca ensinou você a não brincar com fogo? — perguntou, seus lábios agora pairando sobre os meus.

Não achei que Willem fosse perigoso.

Nordin, no entanto, era outra história.

Balancei a cabeça e sorri, meus olhos agora estavam focados em seus lábios.

— Então não vamos começar com isso. — Ele deu outro beijo na minha bochecha, desta vez perto do canto da minha boca e se afastou de mim, pegando a camisa da cama, vestindo-a, e acenou com a cabeça para a porta. — Vamos.

Meus joelhos tremiam e tive o desejo de me aproximar dele novamente. Mas talvez ele estivesse certo. Chegar muito perto poderia mudar toda a dinâmica que tínhamos até agora... mas talvez mudasse para melhor.

capítulo dez

ECHO

Passei a tarde vendo Willem e Summit cuidarem dos coelhos, enquanto Nordin ficou apenas sentado no sofá lendo um livro. Não consegui ler o título e, para ser honesta, não tinha ideia de que tipo de livro um homem como Nordin estaria lendo.

Observar Summit e Willem era como estar em um açougue, vendo mais de perto como a carne era preparada para ser vendida.

Então, enquanto preparava o jantar, Nordin não moveu um músculo para ajudar. Em vez disso, continuou olhando para as páginas do livro com um vinco profundo entre suas sobrancelhas. Ele ainda estava bravo com Willem, e eu me perguntei se a munição era a única coisa que o deixara tão bravo.

Claramente, havia algo mais o incomodando, e quando perguntei para Summit se deveria tentar falar com Nordin, ele disse que não. Ele superaria o que quer que fosse e logo voltaria a falar com a gente.

No jantar, ele também não disse uma palavra e, logo após terminar o bife, lavou o prato na pia e saiu para o quarto. Eu encarei a porta depois que ele a fechou, franzindo meus lábios com seu comportamento estranho.

— Já disse, doçura. Apenas ignore-o — Willem disse, e virei minha cabeça para olhar para ele com o cenho franzido.

Levantando meu quadro e o marcador, escrevi a única pergunta que ficou rondando a minha mente o dia todo.

— *Aconteceu alguma coisa quando vocês estavam caçando?*

— Não. E eu disse para você não ficar pensando sobre isso. É algo normal. Estamos acostumados com ele agindo como um idiota ignorante — explicou.

Ainda franzindo o cenho, limpei o quadro e escrevi novamente.

— *Então por que ele está com raiva de Summit e de mim?* — Levantei uma sobrancelha, desafiando-o.

Willem olhou para Summit, então voltou para mim e suspirou.

— Ela tem razão. — Summit riu, recostando na cadeira.

— Nós conversamos sobre você — ele começou, mantendo seus olhos nos meus. — Nordin não acha uma boa ideia mantê-la aqui, caso a polícia esteja procurando por você. Eu disse a ele que já havíamos discutido isso, e se é sua escolha ficar aqui, não vamos levá-la para casa. Nordin tem que se acostumar com o fato de você estar por perto, mas com o tempo ele vai relaxar.

Estranho.

E eu pensei que ele não se importava com isso depois de todos os beijos no meu pescoço ontem a noite. Talvez eu devesse falar com ele. No final, é sempre melhor se você confrontar o que quer que o incomode, em vez de mostrar aos outros o quão irritado se está por causa daquilo.

Abaixei o quadro e me recostei no sofá.

— Você vai ver. Ele estará de volta ao normal amanhã de manhã. — Willem levantou e se espreguiçou, então olhou para mim com um olhar questionador. — Você vem para a cama também?

Olhei para Summit, e então neguei. Fazer companhia para ele poderia me ajudar a clarear a cabeça.

— Tudo bem. Não fique acordada até tarde — ele me disse, então se dirigiu para seu quarto e desapareceu pela porta.

— Por que eu sinto que você não vai nos ouvir e ainda vai falar com Nordin? — Summit perguntou.

— *Não gosto quando as pessoas ficam bravas por minha causa* — sinalizei.

— Nordin sempre foi assim, Echo. Não há necessidade de tranquilizá-lo ou fazê-lo se sentir melhor sobre o que quer que o tenha deixado com raiva em primeiro lugar. Ele precisa de tempo e espaço, e em seguida, ele será o mesmo Nordin de novo. Você se preocupa demais e acho que já teve muitas preocupações em seu passado. É hora de você relaxar e aproveitar a vida. Pense no que quer fazer quando estivermos em Homer, e seja o que for, posso prometer que vou ajudá-la a alcançar seu objetivo.

Suas palavras aqueceram meu coração.

Talvez fosse aqui que eu deveria estar. A cabana... a cabana deles, era o que eu tinha que encontrar para finalmente ter uma vida melhor. E com sua ajuda, eu sabia que poderia começar a viver da maneira que merecia. Mas ainda havia algumas dúvidas em mim e, embora fosse uma pequena possibilidade, meu padrasto ainda poderia estar me procurando.

— *Obrigada* — sinalizei e, em seguida, peguei suas mãos e apertei com força.

— Sempre que precisar, querida. — Summit sorriu para mim e me puxou para seus braços, e me apoiei nele, com a cabeça em seu ombro.

Fechei meus olhos e gostei de senti-lo tão perto.

Summit acariciou minhas costas com uma mão, e com a outra, manteve minha mão na sua.

— Vamos dormir — sugeriu, me soltando e dando um beijo na minha cabeça antes de se levantar. — Vejo você de manhã. Não se esqueça de desligar a luz.

Eu o observei ir para seu quarto e fiquei ali sentada por um momento, meus olhos focando na porta de Nordin.

E de novo, lá estava aquela coisa em meu peito me puxando em direção a ele. Mesmo que os outros dissessem que eu não precisava me preocupar, não consegui ficar longe.

Eu me levantei do sofá e caminhei até o pequeno corredor, então me virei, apaguei a luz e abri a única porta que eu sabia que o homem lá dentro não gostaria que eu abrisse. Girei a maçaneta cuidadosamente, até que estivesse aberta o suficiente para eu entrar.

Estava silencioso e, depois de fechar a porta atrás de mim, dei alguns passos até a cama e apenas fiquei ali, me perguntando como eu tinha me forçado a chegar até aqui. Prendi a respiração enquanto deslizava meus dedos pelos lençóis, e quando senti a pele quente de seu braço sob meu toque, parei de me mover.

Merda.

Se eu não queria que isso acabasse em desastre, deveria sair deste quarto imediatamente. Mas assim que eu estava pronta para fugir, sua mão agarrou meu pulso e me impediu de sair.

— Não tenho certeza se pedi companhia esta noite, querida. — Sua voz era baixa e sombria, e meu coração começou a bater mais forte. — Agora, como você pretende passar a noite comigo se eu não consigo me comunicar com você? — Novamente, havia aquele tom zombeteiro em sua voz.

Ele tirar sarro da minha mudez não me magoou nem um pouco, e deixei essas palavras passarem como se não fossem nada.

Eu continuei parada com meu pulso ainda preso em seu aperto.

Eu queria vê-lo.

Seu rosto.

Seu... lindo rosto.

Para responder à sua pergunta, estendi minha outra mão para sentir sua cabeça, percebendo que ele estava sentado, ou pelo menos se apoiando nos cotovelos. Meus dedos se moveram de sua têmpora até o queixo barbudo, e uma vez que alcancei sua bochecha, acariciei suavemente, mostrando meu afeto.

Isso foi difícil e, ao mesmo tempo, excitante.

Ele ficou quieto e eu mantive minha mão em sua bochecha, deslizando o polegar suavemente ao longo de sua pele. Eu podia ouvi-lo respirar, e se estava ouvindo corretamente, sua respiração acelerou.

Ele também estava nervoso?

No que eu estava pensando?

Claro que ele não estava nervoso.

Mantive minha mão ali, vendo que ele não se importava com o meu toque.

— O que você quer, Echo? — Nordin perguntou, sua voz repentinamente gentil. — Merda. Só... venha aqui — ele disse, me puxando para a cama, ao lado dele.

Deslizei sob as cobertas enquanto ele se afastava, e no segundo que minha cabeça tocou no travesseiro, sua mão segurou meu queixo e seus lábios pressionaram contra o lado do meu pescoço.

Tudo aconteceu rápido, e enquanto sua língua provava minha pele do mesmo jeito que na noite passada, passei as mãos em seu cabelo para mantê-lo ali. Inclinando minha cabeça para trás e separando meus lábios, tentei descobrir por que isso não parecia errado.

Sua mão agarrou meu queixo com mais força para tomar o controle sobre mim, e eu o deixei inclinar minha cabeça para o lado para que ele tivesse um acesso mais fácil ao meu pescoço. Sua outra mão agarrou uma das minhas, e enquanto ele a pressionava no travesseiro ao lado da minha cabeça, abri minhas pernas debaixo dele para apoiá-las em cada lado de seu corpo.

Nordin pressionou seu corpo contra minha cintura e senti a dureza contra minha virilha, pulsando e crescendo.

Ele chupou minha pele, e desta vez tive certeza de que estava deixando marcas. Mas não me importei. Eu estava gostando disso e ninguém poderia me dizer para parar.

Eu queria gemer para fazer com que soubesse o quanto eu gostava dele me beijando e me tocando, e eu não queria que isso acabasse.

Minha respiração ficou arfante e puxei seu cabelo com força.

— É uma pena que você não possa me dizer por que veio aqui... mas vou apenas adivinhar que você veio porque me quer tanto quanto eu quero você.

E ele estava tão certo.

A vontade de tocá-lo e beijá-lo estava aumentando, e me amaldiçoei por não ser capaz de falar com ele. Mas eu tinha outras maneiras de lhe mostrar o quanto o queria.

Deslizei minha mão novamente pelos seus cachos grossos, puxando com mais força desta vez e pressionando meus quadris contra os dele. Eu podia sentir seu pau na minha barriga, e a dureza dele fez minha boceta apertar.

Uma risada baixa escapou dele, e seu aperto no meu pescoço aumentou, me fazendo prender a respiração por um segundo. Sua língua apareceu novamente, desta vez lambendo até chegar na minha bochecha. Ele deu um beijo molhado na minha pele, em seguida, aproximou seus lábios dos meus.

— Isso é o suficiente — ele murmurou, tomando minha boca.

Seus lábios eram suaves, mas havia uma determinação que pude sentir enquanto me beijava, e para sua sorte, eu compartilhava dessa mesma determinação.

Eu gostava quando os homens tinham controle sobre mim, mas um estudante do ensino médio nunca saberia controlar como um homem mais velho e muito mais experiente. Bem, pelo menos não aqueles com quem estudei.

Nordin estava gentilmente me sufocando, mas eu podia respirar bem, e enquanto sua língua lambia ao longo dos meus lábios, eu me abri para ele sem hesitação. O gosto de menta em sua língua causou arrepios na minha pele, e soltei minha mão de seu aperto para segurar seu ombro.

Nossas línguas dançaram uma com a outra e nossa saliva se misturou enquanto ele me beijava apaixonadamente. Com outros caras, eu nunca pensei muito enquanto beijava, mas com Nordin, meu cérebro simplesmente não conseguia desligar e apenas aproveitar. Eu tinha que absorver cada momento, fazer meu cérebro se lembrar de cada toque de sua língua contra a minha.

Cada vez que ele mergulhava sua língua em minha boca, ele inclinava a cabeça para o lado para empurrá-la o mais profundamente possível. Sua mão se moveu da minha garganta para meus seios, e arqueei minhas costas para fazer com que segurasse um deles.

Eu queria que ele os apertasse.

Com força.

Puxar meus mamilos.

Mordê-los.

E chupá-los.

Parecia que ele podia ler meus pensamentos.

Afastando-se do beijo, ele se moveu para baixo e levantou meu suéter para revelar meu estômago e peitos. Eu não estava usando nada por baixo do suéter e da camiseta, então ele teve fácil acesso aos meus seios.

Ainda estava totalmente escuro no quarto, e eu não conseguia ver o que ele estava fazendo, mas com suas mãos segurando cada um dos meus seios, imaginei que Nordin estava olhando para eles enquanto beliscava meus mamilos com os dedos.

Uma respiração arfante escapou de mim, e para fazer tudo parecer ainda melhor, ele cobriu um mamilo com sua boca quente, deixando sua língua circular em torno dele e, em seguida, chupá-lo com força.

Minhas mãos voltaram para seu cabelo, pressionando seu rosto contra mim para mantê-lo ali.

— Calma, querida. Não estou nem perto de terminar com você. — Isso foi promissor.

Relaxei um pouco, sabendo que ele iria continuar.

Sua língua roçou novamente em meu mamilo, e então ele foi para o outro, beliscando e mordendo para lhe dar a mesma atenção.

Inclinei minha cabeça para trás com os olhos fechados e minhas costas ainda arqueadas.

Eu precisava de mais.

Precisava prová-lo do mesmo jeito que ele estava me provando.

Mas primeiro, eu aproveitaria sua boca e mãos em mim.

Seus gemidos ficaram mais altos, e eu sabia que ele estava tentando descobrir se deveria dar um passo adiante ou não. Talvez fosse um pouco cedo. Eu não era um caso de uma noite, e certamente não gostaria de ter Nordin apenas por uma noite.

Depois de minutos dele brincando com meus seios, massageando, apertando, lambendo e mordendo, ele subiu pelo meu corpo e me beijou novamente.

Desta vez, mais gentil.

Muito mais gentil.

Eu gostava dos dois lados dele, mas esse eu não esperava.

— Isso é o suficiente por uma noite — murmurou contra meus lábios.

Nordin queria que eu fosse embora e, para ser honesta, pensei que seria melhor, antes de irmos longe demais e me arrepender de não ter aproveitado nosso tempo.

Não tenho ideia do que seja, mas a forte conexão que senti quando ele me beijou era novidade para mim. Algo que eu definitivamente queria manter comigo por muito tempo.

Ele terminou o beijo, e depois de pressionar mais um na minha bochecha, se afastou de mim.

— Boa noite, Echo — Nordin disse, com a voz rouca.

Virei a cabeça para olhar para ele e, embora não pudesse vê-lo no escuro, sorri para ele. Estendendo a mão, segurei sua bochecha do jeito que tinha feito antes, e então me levantei de sua cama para sair do quarto.

Levei um momento para entrar no quarto de Willem e, enquanto ajustava meu suéter e camiseta, esperei meus joelhos pararem de tremer. O efeito que Nordin tinha sobre mim era o mesmo de quando Willem me abraçou esta tarde.

Os dois faziam meu coração bater mais rápido e eu queria estar perto de ambos. Eu não tinha certeza se daria certo com os dois ao mesmo tempo, então, por agora… um de cada vez, seria o suficiente.

Deitei rapidamente ao seu lado na cama e sob as cobertas. Não achei que ele ainda estivesse acordado, mas seus braços grandes e fortes me disseram o contrário. Ele os envolveu com força em volta de mim, me puxando para perto e me pressionando contra seu corpo duro como pedra.

Suspirei, e como não havia como me desvencilhar dele, eu desisti e apoiei a cabeça em seu peito.

— Você se divertiu lá? — Willem perguntou, com uma voz rouca, cheia de sono.

Ele sabia que eu estava com Nordin?

Não respondi por um tempo, mas então coloquei minha mão em seu peito e bati uma vez.

Ele não respondeu.

Em vez disso, soltou um suspiro e beijou o topo da minha cabeça.

Então… ele não estava bravo?

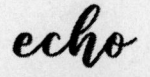

capítulo onze

NORDIN

— Pensei que você não suportasse ficar perto dela... Mas você bem que se divertiu com ela ontem à noite.

Willem estava chateado comigo e, francamente... eu não me importava.

— Quem disse que eu me diverti com ela?

Mantive meus olhos nos ovos mexidos na frigideira.

— Ela estava com malditos chupões por todo o pescoço.

— Quem disse fui eu quem os fez?

Eu não estava pronto para aguentar suas merdas, mas ele não iria desistir até que eu cedesse.

— Não pode ter sido o cachorro — ele rosnou.

— Talvez tenha sido Summit — argumentei.

— Por que diabos você está tentando esconder o fato de que gosta de tê-la por perto?

O problema era que eu não estava tentando esconder. Eu estava tentando me acostumar com o fato de que a doce Echo não era uma garota que eu gostaria de magoar. Mas eu era um idiota e, no segundo em que a vi, soube que seria difícil de me aproximar dela. Felizmente, Echo não aceitou nenhuma das minhas más atitudes e até deu o primeiro passo na noite passada.

Sua mão tocando meu rosto enquanto ela ficava silenciosamente no escuro quase quebrou meu coração. Meus comentários sobre ela ser muda e incapaz de falar foram as merdas mais rudes que eu poderia ter dito a ela, mas como eu disse... ela não aceitou nenhuma das minhas más atitudes e merdas.

Echo manteve a cabeça erguida e me mostrou que já havia conhecido pessoas piores do que eu. Pessoas que realmente a machucaram tão profundamente para que nenhum outro idiota poderia reabrir essas cicatrizes.

— O que está acontecendo? — Summit perguntou, quando entrou na cozinha.

Os dois estavam vestidos e prontos para sair. Ainda era cedo, apenas quatro e meia da manhã, mas para caçar cervos era melhor chegar tão cedo quanto possível.

Eu não iria com eles; em vez disso, ficaria cortando um pouco de lenha lá fora. Willem não gostava de fazer, e Summit não era bom nisso. Portanto, era meu trabalho preparar um pouco de madeira para quando voltarmos aqui no inverno.

— Nada — Willem murmurou, e isso foi o suficiente para Summit não questionar mais.

— Ela ainda está dormindo? — perguntou, pegando um copo de água e bebendo.

— Sim, e pretendo que ela durma mais um pouco, então não faça muito barulho — Willem avisou.

Ambos estavam com suas armas prontas, e desta vez, lembraram de levar um pouco de munição.

— Voltaremos de noite. Preparei alguns sanduíches para comermos enquanto estivermos lá fora. Quero dar uma olhada mais ao norte. Foi lá que tivemos mais sorte no ano passado.

Assenti com a cabeça e me virei para olhar para ele, depois apontei para Kodiak.

— A fera vai ficar aqui?

— Sim. Ele pode comer o resto da carne empanada em algumas horas. Acho que vou estar de volta antes que seja a hora dele jantar, mas se eu não estiver aqui, apenas lhe dê algumas asas de frango.

Assenti novamente, sem realmente ouvir o que ele estava dizendo. Minha mente ainda estava na Echo. Aquela coisinha doce e linda estava presa na minha cabeça, e o sabor de seus lábios ainda permanecia nos meus.

— Nordin — meu irmão mais velho chamou.

— Uhm? — Meus olhos estavam focados nos ovos mexidos.

— Você ouviu o que eu disse?

— Caramba, sim. Bife empanado e asas de frango. Entendi.

— Que bom. E não faça nada idiota. — Com isso, ele quis dizer não fazer nada idiota em relação à Echo.

Mas eu não podia prometer nada a ele, sabendo que ficaria sozinho na cabana com ela quase o dia todo.

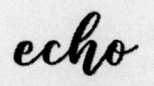

— Traga um cervo — eu falei, enquanto eles caminhavam em direção à porta da frente.

Às sete e cinquenta, Echo finalmente saiu do quarto. Seus olhos não estavam totalmente abertos, e o pequeno beicinho em seus lábios me disse que ela não estava muito feliz por estar acordada tão cedo.

Eu estava de pé na cozinha, encostado no balcão com os braços cruzados sobre meu peito nu. Pensei em dar a ela algo para olhar para melhorar sua manhã, e antes que eu percebesse, seus olhos se arregalaram enquanto ela olhava para a parte superior do meu corpo.

— Bom dia — cumprimentei, com um meio sorriso no rosto.

Quando seus olhos encontraram os meus, ela rapidamente agarrou o quadro e o marcador sobre a mesa e começou a escrever. Eu a observei de perto enquanto se concentrava em suas palavras escritas, e então virou o quadro para me mostrar.

— *Onde estão Summit e Willem?*

Que ótimo. Não havia dúvida de que ela gostava mais deles do que de mim, embora, na noite passada Echo tenha me mostrado o quão selvagem e disposta ela podia ser.

— Eles estão caçando desde o início da manhã. Vão ficar fora até tarde.

Ela me observou por um segundo, então assentiu com a cabeça e limpou o quadro.

— *Você já tomou café da manhã?*

— Comi uns ovos mexidos, mas estou pronto para uma segunda rodada. Sente, você já cozinhou o suficiente nos últimos dias.

Ela me ouviu e se sentou na mesa, e antes de voltar para o fogão, esperei que terminasse de escrever uma frase.

— *Por que você não foi caçar também?*

— Porque preciso fazer outras coisas — expliquei.

Ela assentiu, depois olhou de volta para o quadro e começou a rabiscar nele. Tentei o meu melhor para não estragar a comida e, quando terminei, coloquei um prato na frente dela e me sentei para começar a comer.

— Espero que goste — eu disse, e pela primeira vez, ela sorriu para mim.

ECHO

Tentei evitar o contato visual com Nordin, mas podia sentir seu olhar e não conseguia parar de olhar para ele.

Eu sentia cada pequeno chupão que ele deixou no meu pescoço na noite passada sempre que engolia a comida, e isso me lembrou o quanto eu gostava de ficar deitada com ele em cima de mim.

Willem deve ter visto meu pescoço marcado, mas não os ouvi brigar esta manhã, então ele não deve ter falado nada sobre isso.

— Você está terrivelmente quieta hoje — Nordin zombou.

Não pude conter um sorriso, sabendo que ele estava apenas brincando comigo. Para minha surpresa, ele sorriu de volta, mas apenas por uma fração de segundo.

Nordin se levantou e pegou nossos pratos vazios para lavá-los na pia e, depois de alguns minutos, virou para se encostar no balcão como estava antes quando entrei na cozinha.

Seus olhos estavam novamente em mim e, desta vez, não desviei o olhar. Ele estava vestido apenas com sua cueca boxer e me fez querer ir até lá, agarrar sua mão e puxá-lo de volta para o quarto, mas eu não ousaria fazer isso. Tinha muito medo de ser rejeitada, embora tenha sido ele quem me beijou na noite passada.

— Você não tem nada a me dizer? — perguntou.

Neguei com a cabeça.

— Tem certeza?

— *Sim* — escrevi no quadro, mostrando a ele de cabeça para baixo.

Nordin franziu os lábios enquanto continuávamos olhando nos olhos um do outro, e senti meu coração acelerar novamente.

— Venha aqui — ordenou, mantendo a voz baixa.

Franzi o cenho para ele, silenciosamente perguntando por quê.

— Venha aqui, Echo — repetiu, desta vez mais sério.

Respirei fundo e levantei da minha cadeira, então lentamente me aproximei dele, parando na sua frente. Suas mãos caíram para os lados, e eu me esforcei para manter meus olhos nos dele, e não olhar para seu peito e barriga musculosos.

Ele me observou por um tempo, então inclinou a cabeça ligeiramente para o lado enquanto o canto da boca se curvava.

— Me dê um beijo.
Minha boca se abriu e meus olhos vagaram até seus lábios.
Agora?
Aqui?
— Eu não sou muito paciente, querida, e também não gosto que me digam não. Então me dê um beijo.

Respirei fundo e observei seu rosto por um segundo antes de me aproximar e colocar minhas mãos em seu peito enquanto ficava na ponta dos pés para alcançá-lo. Eu não estava fazendo isso porque ele me disse para fazer, mas porque eu queria. Nordin passou o braço em volta da minha cintura e me puxou para mais perto, me pressionando contra seu corpo enquanto seus lábios tocavam os meus.

Ele imediatamente tomou o controle do beijo, empurrando a língua entre meus lábios e segurando minha nuca para se certificar de que eu não iria a lugar algum. Um gemido escapou de sua garganta, e levei minhas mãos para seu cabelo para dar um puxão, da mesma maneira que fiz ontem à noite.

E, assim como na noite passada, eu queria que isso durasse para sempre.

Ficou claro que ele estava a fim de mim, ou então ele teria continuado com sua atitude de merda comigo. Em vez disso, ele estava tentando ser legal e até me fez rir.

Bem, sorrir.

O importante era que eu me sentia bem enquanto ele beijava e me tocava, e eu nunca tinha me sentido tão bem assim.

Outra carícia de sua língua contra a minha, e ele terminou o beijo para olhar para mim. Seus olhos estavam procurando alguma coisa nos meus, mas como ele não encontrou nada, suspirou e acariciou minhas bochechas com as mãos.

— Eu preciso começar a trabalhar. Você é bem-vinda a observar — ele disse, e então me deixou de pé no meio da cozinha.

Eu ainda estava dominada pela sensação que Nordin fez surgir dentro de mim, e demorei um momento para me recompor antes de me mexer.

Mas Nordin não era o único homem que me deixava assim.

Os braços de Willem tinham me envolvido a noite toda, e eu acordei algumas vezes para me mexer e ficar mais confortável.

Ainda assim, a sensação de estar em seus braços fortes era uma que eu queria sentir com mais frequência, e meu cérebro foi lentamente ficando confuso por causa dos dois homens.

Meu Deus... contanto que Summit não me faça sentir assim também...

capítulo doze

ECHO

Sentei do lado de fora na escada com Kodiak deitado ao meu lado, e nós dois observamos Nordin cortar lenha, vestindo apenas uma calça jeans. Eu já estava olhando para ele por um tempo, mas ele estava focado e não parecia se incomodar com isso.

Nosso beijo na cozinha esta manhã só fortaleceu os sentimentos que cresciam dentro de mim, e se ele não sentisse o mesmo, certamente não teria me pedido para beijá-lo. Talvez ele estivesse tentando me entender e se certificando de que estávamos na mesma página, mas não havia dúvida de que estávamos.

Olhei para Kodiak, que soltou um gemido e, como agora eu confiava nele, coloquei minha mão em sua cabeça e cocei atrás de suas orelhas.

— Você está realmente começando a gostar dele, hein?

Eu me virei para olhar para Nordin novamente. Ele estava sorrindo, e balancei a cabeça e peguei o quadro para escrever.

— *Até gostei mais dele do que de você.*

— Justo. — Nordin deu uma risadinha. Depois largou o machado e enxugou o suor da testa. — Está com fome? Eu poderia comer alguma coisa antes de continuar.

Assenti com a cabeça e me levantei para voltar para dentro, mas antes que eu pudesse fazer isso, ele agarrou minha mão e me puxou contra seu corpo.

— Eu não queria que você preparasse algo para mim, Echo.

Seu rosto estava perto do meu e suas mãos permaneceram na minha cintura. Seus olhos vagaram pelo meu rosto até que pararam em meus lábios, e eu sabia o que estava por vir.

Seus lábios baixaram sobre os meus e eu o beijei de volta sem hesitação, agarrando seus braços. Pressionei o corpo contra o dele, sem me importar com o suor. Suas mãos se moveram para a parte inferior das minhas costas e, pela primeira vez, sua mão segurou minha bunda, apertando suavemente e me fazendo suspirar.

    Nosso beijo foi apaixonado, mas nossas línguas nunca se tocaram.

    A maneira como ele moveu lentamente os lábios nos meus causou arrepios na minha pele, e tive que segurá-lo com mais força para que meus joelhos não cedessem. Eles andavam fracos novamente, tudo graças a Nordin.

    Sua barba fez cócegas na minha pele e sorri quando ele me levantou do chão, envolvendo minhas pernas em torno de seus quadris. Nordin deu alguns passos e me pressionou contra a parede ao lado da porta da frente.

    Um grunhido escapou de seu peito e, para aprofundar o beijo, ele agarrou meu cabelo e inclinou minha cabeça para o lado, empurrando sua língua dentro da minha boca. O toque de sua língua na minha me lembrou da noite passada quando ele pressionou seu pau endurecido contra minha barriga.

    Eu queria sentir aquilo de novo, mas nesta posição, não conseguia sentir muito. Isso porque Nordin era absurdamente alto, e eu estava envolvendo toda a parte superior de seu corpo, nem mesmo tocando sua área da virilha.

    Ele também não teve nenhum problema em me segurar, com uma mão ainda na minha bunda e a outra no meu cabelo.

    — Eu deveria parar antes de levá-la de volta para a cama e mostrar exatamente o que eu tive que me segurar de fazer na noite passada — ele sussurrou contra meus lábios.

    Nordin se inclinou para trás para olhar nos meus olhos, e a luxúria e o desejo em seu olhar não passaram despercebidos. Eu queria que ele me mostrasse exatamente o que queria fazer comigo, mas hoje poderia não ser o dia certo. Ele tinha que trabalhar e seus irmãos logo estariam de volta.

    Assenti com a cabeça, então pressionei mais um beijo em seus lábios, não sendo capaz de resistir a ele. Ele deu uma risada e terminei o beijo novamente para olhá-lo, em seguida, apontei para a porta ao nosso lado.

    — Sim, vamos comer.

    Ele me abaixou e colocou a mão no meu ombro enquanto caminhávamos para dentro, com Kodiak nos seguindo e chegando antes de nós na cozinha.

    — Você já comeu, garoto. Agora vai ter que esperar até que os outros voltem.

    Sorri, enquanto Kodiak choramingava de novo e se jogava no chão ao lado da mesa.

Nordin fez peito de frango e batatas para nós, que achei incrivelmente gostoso. Willem disse que ele não sabia cozinhar, mas, para ser honesta... descobri que a comida de Nordin era a melhor dos três.

Mais tarde, e depois de observar Nordin cortar mais lenha, os outros dois irmãos voltaram com mais coelhos.

Sem cervos.

Ou urso.

— Só isso? — Nordin perguntou ao ver as presas, e Summit arqueou uma sobrancelha para ele.

— Isso será o suficiente por um dia. Imagine quantos vamos trazer de volta se pegarmos quatro coelhos por dia.

Ele tinha razão e Willem concordou.

— Teríamos isso em uma semana no ano passado — ele disse, então olhou para mim com um sorriso suave. — Você está bem, doçura? Teve um dia decente com esse idiota? — Willem perguntou.

Olhei para Nordin e tentei reprimir um sorriso.

— *Eu me diverti hoje* — escrevi no quadro, segurando-o para ele ler.

— Você se *divertiu*? O quão divertido Nordin pode ser? — Summit perguntou, sorrindo abertamente.

Os olhos de Willem se estreitaram, mas não falou sobre seus pensamentos ou ideias do que poderia ter acontecido entre seu irmão e eu. Mas, novamente, ele não parecia se importar. Caso contrário, eu tinha certeza que ele não teria me deixado ficar aqui sozinha com Nordin.

— Vamos preparar o jantar. Estou morrendo de fome — comentou e, em seguida, entrou com Summit logo atrás.

Eu me levantei dos degraus novamente com meu quadro e marcador em mãos, dando uma rápida olhada em Nordin antes de entrar também.

Quando Summit me viu, ele acenou para que eu me aproximasse dele. Eu o segui enquanto ele caminhava em direção ao seu quarto, e uma vez que estávamos dentro, ele se virou e fechou a porta, deixando-a entreaberta.

— São de Nordin? — perguntou, acenando com a cabeça para o meu pescoço.

Levantei minha mão para tocar a pele machucada e, embora eu não achasse que os chupões parecessem tão ruins, eles claramente podiam ser vistos.

Assenti com a cabeça, pressionando meus lábios em uma linha apertada. Summit me observou de perto enquanto tirava a espingarda e a jaqueta.

— Estou começando a me sentir um pouco excluído, sabe — comentou.

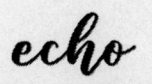

Havia um tom de provocação em sua voz e mordi meu lábio inferior, esperando que ele dissesse mais. — Você dormindo na cama de Willem, depois indo para a cama de Nordin à noite... Estou começando a achar que não sou tão divertido quanto eles.

— *Eu não achei que você me quisesse... assim* — sinalizei.

Claramente, eu havia interpretando tudo errado.

Ele riu e tirou as botas, e como estava se despindo bem na minha frente, não havia muito para eu fazer além de assistir.

— Você é linda. Doce. Só porque eu não dispo você com meus olhos, não significa que eu não gostaria de ficar perto de você. Mas não vou te forçar a me dar o mesmo carinho que está dando aos meus irmãos. Embora... eu não me importasse de envolver você com meus braços à noite.

Summit era definitivamente o mais romântico e doce dos três. Foi por isso que não me ocorreu que ele iria querer algo mais de mim.

— *Talvez eu possa visitar a sua cama esta noite* — sugeri, com um sorriso.

Eu estava sendo ousada, mas era tão bom fazer o que meu coração queria que eu fizesse. Eu odiava ouvir minha mente, sempre me dizendo o que é certo e o que é errado. Se todos ouvissem os *"e se"* em suas cabeças... estariam realmente vivendo a vida ao máximo?

Eu sabia que queria exatamente isso.

Ousar.

Explorar.

Sentir.

Viver.

E, naquele momento, eu sabia que tinha três homens com quem eu poderia fazer todas essas coisas.

— Parece bom para mim — Summit falou. — Mas desta vez é melhor se você contar para Willem o que vai fazer.

Willem não agiu como se o incomodasse eu ter entrado no quarto de Nordin ontem à noite, mas ele poderia ter reclamado para Summit sobre isso. No final das contas, dormir na cama de Willem era uma condição para que eu ficasse com eles.

Uma condição com a qual eu concordei.

— *Falarei com ele mais tarde* — sinalizei, em seguida, saí do quarto para deixá-lo tomar banho.

Quando voltei para a cozinha, ninguém estava por perto, a não ser Kodiak, então comecei o jantar enquanto os três tomavam banho e se trocavam.

Tive aquela sensação familiar dentro de mim de saber que algo bom estava para acontecer. Algo que me faria feliz, mas eu ainda não tinha me acostumado com três homens me querendo e eu os querendo.

Eles demoraram no banho, e minha mente começou a se desviar para um momento em que eu não estava nem perto de me sentir como agora.

Em casa, me sentia vazia. Como se minha mãe tivesse me quebrado em dez milhões de pedaços quando me deixou com meu padrasto, Garrett. Eu odiava dizer seu nome, e só de pensar nele meu estômago revirava.

E quando pensei em minha mãe, não havia nada.

Escuridão.

Apenas... escuridão.

No dia em que foi embora, ela me deu um bilhete dizendo o quanto lamentava por me deixar para trás, e que fugir de Garrett era sua única maneira de escapar de seu abuso.

Embora, mesmo com quatro anos de idade, eu não vi nenhum abuso acontecendo entre eles. Pelo menos nenhum que ela não pudesse controlar.

Garrett era um alcoólatra e só gritava ou socava as paredes quando bebia muito. Imaginei que minha mãe estava cansada de ficar em nossa casa e queria ver o mundo e viver uma vida melhor. Uma vida com um homem podre de rico que ela conheceu na internet.

Pelo menos foi o que ela escreveu na carta. Ela também mencionou que ele a escolheu porque ela era a mais bonita da cidade, e que, um dia, o mesmo aconteceria comigo.

Eu só conseguia rir daquilo.

Quando que dinheiro já fez alguém feliz?

Feliz *de verdade*?

Garrett começou a usar seu cinto para me bater exatamente uma semana depois que minha mãe nos deixou, e com certeza, isso se tornou um hábito. Caramba, uma vez eu até esperei ele voltar para casa, já deitada na minha cama com minhas pernas penduradas na beirada do colchão, pronta para ele me machucar.

Apenas peguei toda a dor e transformei em uma bola dentro de mim, até que um dia tive coragem de correr. Correr o mais rápido e mais longe que pudesse para que ele não me alcançasse.

E, para minha sorte, encontrei um lugar para me esconder.

— Pensamentos profundos? — A voz de Willem quebrou o silêncio que me cercava, e virei minha cabeça para olhar para ele enquanto se aproximava e ficava atrás de mim, colocando as mãos na minha cintura e me puxando contra seu corpo. Assenti com a cabeça, olhando para o arroz que estava fervendo. — Precisa de alguém para ouvir? — perguntou, dando um beijo na lateral do meu pescoço. Eu queria que eles soubessem de tudo isso?

Peguei o quadro e o marcador, depois escrevi:

— *Não tenho certeza se falar sobre isso vai me ajudar a esquecer.*

Ele leu por cima do meu ombro, depois deu outro beijo no meu pescoço e me virou para encará-lo.

— Quando você estiver pronta, estamos aqui para ouvir. Acho que até Nordin gostaria de saber como ele pode ajudar com isso. Se for o que você quer.

Olhei em seus olhos e assenti.

Eu podia confiar neles, mas ainda não estava pronta para falar sobre minha mãe ou Garrett.

— Que bom. Venha, vou ajudar você com o jantar — ele disse, pronto para se afastar de mim.

Agarrei sua camisa com força com as duas mãos para mantê-lo ali, e quando seus olhos encontraram novamente os meus, levantei meu dedo para gesticular para que ele esperasse.

Peguei o quadro novamente e, depois de escrever nele, o virei. Willem leu minha pergunta e demorou um pouco para refletir sobre ela.

— Tem certeza? — perguntou.

Assenti com a cabeça e pressionei meus lábios em uma linha firme.

— Tudo bem. Mas quero que você acorde na minha cama amanhã.

Um sorriso apareceu no meu rosto e eu fiquei na ponta dos pés para beijar sua bochecha. Parecia que ele tinha acabado de dizer sim para me deixar dormir na casa de um amigo, mas Summit não era um amigo.

Pelo menos era o que eu esperava que ele não se tornasse.

capítulo treze

ECHO

— Não posso acreditar que ele deixou você vir dormir aqui — Summit disse, quando fechei a porta do banheiro atrás de mim.

Ele já estava sentado, encostado na cabeceira da cama com os olhos viajando do meu rosto até os pés.

— *Ele disse para voltar para lá antes que eu adormecesse* — sinalizei.

Franzi o nariz e fui para a cama com ele, deixando a luz da cabeceira acesa para que pudéssemos nos comunicar.

— Que pena. Mas eu não quero irritá-lo.

Assenti com a cabeça e puxei as cobertas até meus quadris, em seguida, cruzei as pernas para ficar mais confortável.

— Você não se sente pressionada perto de nós, não é? Não está fazendo isso apenas porque deixamos você ficar aqui, certo?

— *Claro que não. Mas me sinto um pouco estranha.*

— Por quê? — perguntou, inclinando a cabeça para o lado e colocando a mão no meu joelho.

— *Porque tenho essa coisa dentro de mim me puxando para cada um de vocês. De uma maneira diferente... mas muito semelhante.*

Era difícil de explicar, e eu não queria parecer uma esquisita, mas Summit olhou para mim como se eu estivesse dizendo a coisa mais lógica do mundo.

— Você está se ligando a nós em tão pouco tempo. Posso ver como isso pode te fazer se sentir como se não estivesse fazendo a coisa certa. Mas isso mostra que você confia em nós, não importa o quanto Nordin seja um idiota — ele falou, sorrindo abertamente.

Sorri, então abaixei meu olhar para observar seu polegar roçando minha pele.

— *Estou com medo de que vocês pensem que sou uma vadia. Por querer vocês três.*

Pronto, era isso, falei.

Eu não gostava de julgar ninguém, e odiava os homens que faziam isso.

— Não somos homens que pensam que mulheres que dormem com vários caras em suas vidas, ou mesmo ao mesmo tempo, como vadias, Echo. Se você quiser estar com nós três, não vamos julgá-la. Caramba, nós apoiamos isso. Gostamos de compartilhar às vezes, sabe?

Isso fez meu coração disparar e de repente me senti fortalecida por causa de suas palavras.

Caramba, ele estava certo.

Se eu queria todos eles e eles concordavam com isso, por que simplesmente não aceitar? Mas pensar nisso também me deixou nervosa, já que eu nunca tinha estado com mais de um homem ao mesmo tempo.

— Não pense muito sobre isso, Echo. Apenas deixe a ideia se familiarizar. Nada dá certo se você se apressar.

Assenti com a cabeça e sorri para ele, colocando minha mão na dele.

— Você é tão doce — murmurou, me puxando para mais perto de si.

Envolvi meu braço e perna em torno dele e inclinei a cabeça contra seu peito e fechei os olhos.

Um bom abraço era exatamente o que eu precisava.

Nenhum deles me fez sentir que eu não valia a pena, o único problema era que eu ainda tinha que colocar na minha cabeça que eu era importante. Assim como qualquer outra pessoa neste planeta.

Só porque passei por uma fase difícil em minha vida e deixei alguém me mostrar como as pessoas podem ser horríveis, não significa que eu teria que ficar vivendo naquele momento para sempre. Eu queria ver o que havia de bom nas pessoas, e até Garrett... Sim, até ele merecia coisa melhor. Seu passado também não foi fácil, o que o transformou no homem que ele havia se tornado, mas talvez um dia ele percebesse que ainda podia mudar.

— Você está pensando muito de novo — Summit disse baixinho, e virei minha cabeça para olhar para ele.

— *Desculpe* — sinalizei, dando a ele um olhar de desculpas.

— Está tudo bem. Só saiba que você pode fazer e dizer o que quiser aqui. — Ele passou a mão pelo meu cabelo, em seguida, moveu os dedos para puxá-lo suavemente. — Você tem um cabelo lindo. Nunca vi uma garota com o cabelo tão comprido.

A última vez que cortei meu cabelo foi há seis anos e, desde então, continuou crescendo até chegar ao ponto em que não crescia mais.

Ouvi dizer que era normal para algumas pessoas, mas fiquei feliz, porque mesmo não tendo cortado, ainda estava forte e saudável.

Se bem que a falta do shampoo que eu usava em casa teve um efeito sobre ele. Não estava tão macio quanto costumava ser e estava com frizz nas pontas.

— *Obrigada* — sinalizei com uma das mãos, e então sorri para ele.

— E eu nunca vi uma cor tão bonita antes — Summit sussurrou, envolvendo uma mecha de cabelo em torno de seu dedo. — Nossa mãe tinha quase a mesma cor. Acobreado, mas não tão vibrante quanto o seu. E tão brilhante — ele disse, mantendo a voz baixa.

— *Você sente falta dos seus pais* — falei, e ele assentiu lentamente.

— Muito. Já se passaram anos, mas sinto falta de tê-los por perto. Às vezes, parece que eles ainda estão aqui.

Sorri suavemente, coloquei minha mão em seu peito e aninhei meu rosto em seu pescoço. Eu não sabia o que era perder um pai.

Bem... mais ou menos.

Mas perder alguém por morte era diferente do que perder alguém por ser abandonado. Summit tinha seus irmãos, e o vínculo deles era mais forte do que qualquer pessoa que eu já conheci. Três irmãos com características diferentes, mas o mesmo amor que compartilhavam um pelo outro.

Até eu senti isso, e só os conheço há alguns dias.

Ele me puxou para mais perto e me abraçou com força, e fechei os olhos para aproveitar cada segundo dele me segurando em seus braços.

Nós dois estávamos em silêncio, apenas apreciando a quietude ao nosso redor. Summit era diferente. Calmo e gentil, e percebi que tinha um vínculo diferente com cada um desses homens, mas muito forte.

Sua mão acariciou minha bochecha e inclinei minha cabeça para trás para olhar em seus olhos. Ele estava observando meu rosto de perto, e depois de acariciar da minha bochecha com o polegar, ele se inclinou para beijar suavemente meus lábios. Eu teria mentido se dissesse que não pensei que isso fosse acontecer, e estava feliz que tivesse acontecido.

O beijo de Summit era gentil, mas ele o aprofundou rapidamente para me mostrar o quão apaixonado poderia ser. Não havia pressa, assim como Nordin. Em um movimento rápido, ele me puxou para seu colo e, uma vez que estava montada nele, coloquei as duas mãos em seu pescoço. Ele moveu suas mãos até minha cintura para me pressionar contra seu corpo, e eu podia sentir seu pau começando a endurecer embaixo de mim.

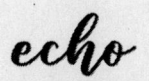

Eu me perguntei se isso não os incomodava, ter uma ereção, mas não foder. Embora eu estivesse pronta para isso, por algum motivo não parecia justo deixar um deles ir primeiro.

Eu queria todos os três.

Estava decidida.

Sua língua roçou meu lábio inferior e eu me abri para ele, deixando nossas línguas dançarem uma com a outra. Deslizei minhas mãos em seu cabelo e puxei apenas o suficiente para fazê-lo gemer, e suas mãos se moveram para minha bunda, me pressionando mais contra seu eixo crescente.

Comecei a rebolar meus quadris em pequenos círculos em cima dele e, em momentos como este, desejei poder gemer. Poder fazer algum som para mostrar o quão bom era senti-lo.

Meu clitóris esfregou contra ele enquanto suas mãos apertavam minha bunda com força, e nosso beijo ficou mais selvagem quando sua língua empurrou mais fundo em minha boca. Senti sua mão esquerda subir para o meu quadril, onde ele empurrou meu suéter até chegar ao meu peito e, assim como fez com a outra mão, ele começou a massagear meu seio.

Agarrei seu cabelo com mais força. Minha boceta estava molhada, e eu sabia que ele podia sentir através de sua cueca boxer.

O calor.

A necessidade que estava crescendo dentro de mim.

Deixei um suspiro escapar entre os beijos e algo dentro de mim parecia diferente.

Nunca tive um orgasmo, e eu não sabia como era, mas quanto mais meu clitóris esfregava contra sua dureza, mais eu esperava que estivesse tendo um. Eu nunca me masturbei. Não sei por quê. Algo sobre me tocar lá não parecia certo quando o homem que me odiava tanto estava no quarto ao lado. Eu não conseguia relaxar. Mas aqui, com Summit, eu poderia relaxar. Eu poderia me soltar e aproveitar o momento.

Sem nem perceber, me afastei do beijo e inclinei minha cabeça para trás enquanto outro suspiro escapava de mim. Continuei me movendo em cima dele enquanto a pressão dentro de mim crescia e eu não conseguia parar até descobrir aonde essa sensação me levaria.

— Você é linda pra caramba. Não pare de montar em mim, querida — encorajou. Sua mão deixou meu seio, e então voltou para minha bunda. — Porra — ele murmurou, e comecei a sentir seu pau pulsar embaixo de mim. Agora, ele estava perfeitamente deslizando contra a minha fenda, e quando olhei para baixo, vi sua ponta saindo de sua cueca boxer. — Continue. Você vai me fazer gozar, querida.

Levantei o olhar e fixei meus olhos nos dele quando seus lábios perfeitos se separavam. A sensação dentro de mim ainda estava persistindo bem na minha barriga, e eu estava desesperada para descobrir se era o suficiente para eu gozar.

Eu sabia que ele gozaria.

E, para confirmar, ele gemeu e me impediu de continuar me movendo.

— Olhe só — ele ordenou, e eu rapidamente olhei para baixo para ver seu gozo sobre sua barriga.

A pressão dentro de mim diminuiu, mas a excitação não foi embora.

— Porra — ele murmurou, respirando rápido enquanto tentava se acalmar de seu orgasmo. — Você está bem? — perguntou, segurando meu rosto com as duas mãos e me observando de perto.

Assenti com a cabeça, então sorri para ele e me inclinei para beijar seus lábios. Ele me beijou de volta suavemente, e depois de um golpe rápido de sua língua contra a minha, Summit terminou o beijo para olhar de volta nos meus olhos.

— Você não esperava isso, hein? — Ele sorriu, e novamente, eu balancei minha cabeça. — Nem eu — disse, com uma voz rouca, acariciando minhas bochechas com os polegares. — Tenho que limpar essa bagunça. E odeio mandar você embora, mas... Não quero que Willem fique com raiva de mim pela manhã. Você precisa ir para o quarto dele.

Com um aceno e um último beijo em seus lábios, me levantei da cama e observei enquanto ele se movia devagar, cuidando para que seu gozo não caísse sobre os lençóis.

— *Boa noite, Summit* — sinalizei, e ele me deu o sorriso mais bonito de todos.

— *Boa noite, querida. Durma bem.*

Algo sobre ele sinalizar fez meu coração bater mais rápido e, por mais que gostasse de ouvir sua voz, queria que ele sinalizasse com mais frequência.

Saí do quarto de Summit e fui rapidamente para o de Willem e, sem pisar em Kodiak, que estava deitado ao meu lado da cama, me arrastei para debaixo das cobertas para me aconchegar em Willem.

Eu sabia que era o que ele queria e, para confirmar isso, ele passou os braços em volta de mim do mesmo jeito que fez na noite passada e me puxou com força contra si.

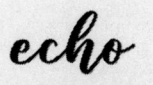

Ele respirou profundamente e aninhei meu rosto na lateral de seu pescoço enquanto fechava os olhos.

— Esta cabana tem paredes finas, doçura. Amanhã é a minha vez — ele rosnou, causando arrepios na minha pele.

Eu sorri e me pressionei contra seu corpo para aliviar o formigamento entre as pernas.

Tudo parecia um sonho, mas, se fosse, eu não queria acordar.

capítulo catorze

ECHO

Hoje resolvi fazer uma torta. Mas, para isso, precisava de mais algumas frutas, uma vez que as que colhemos há dois dias já tinham acabado.

Eu estava do lado de fora nos degraus da frente, esperando que Summit viesse comigo. Kodiak estava sentado ao meu lado enquanto eu segurava sua coleira, e tinha que admitir que quanto mais o tempo passava, mais eu me acostumava com a sua presença. Eu até dei uma das minhas panquecas para ele esta manhã, e depois disso, ele não parava de me encarar, implorando por outra.

— Pronta? — Summit perguntou quando apareceu, e eu me virei para olhar para ele e assenti com a cabeça.

— *Você vai levar a sua arma?*

— Sim. Para o caso de ver algum coelho. Há uma quantidade absurda deles por aqui nessa época do ano. Não quero perder a oportunidade — explicou.

Assenti e então olhei para Nordin, que também saiu da cabana. Ele estava usando um boné de baseball virado para trás, com seu cabelo loiro escuro saindo dos lados.

— Tomem cuidado. Voltaremos mais tarde — ele disse para nós. — Pretendemos seguir mais para o sul desta vez. Não tenho certeza do que está acontecendo por lá.

— Ok, vejo vocês mais tarde — Summit respondeu, e eu sorri para Nordin antes de seguir seu irmão para a floresta.

— Você verificou se temos tudo para a torta? — perguntou.

— *Sim, temos tudo* — sinalizei.

Assim como na manhã seguinte depois de passar um tempo na cama de Nordin, não parecia estranho estar perto de Summit depois de beijar e vê-lo gozar. Minha boceta ainda formigava quando pensei sobre a noite passada, e eu mal podia esperar para ver aonde meu tempo com eles nos levaria.

Eu estava pronta para o que quer que viesse a seguir e até comecei a gostar de ir para a floresta. Não que estivesse com medo no começo, mas não parecia algo que eu gostasse de fazer. Caminhar o dia todo até encontrar frutas, depois voltar para casa para vê-los comer o que havíamos colhido.

Mas não desta vez.

Eu precisava das frutas vermelhas para fazer uma torta e esperava encontrar mais do que apenas framboesas.

— Me conte como era a sua vida antes. Você foi para a escola, certo?

— *Sim, mas não gostava muito. Os professores não se importavam muito com os alunos, e isso não me motivava nem um pouco* — expliquei.

— Mas você se formou, não? Quero dizer, você tem dezoito anos. Provavelmente deveria ir para a faculdade no outono — ele falou.

— *Não quero ir para a faculdade* — respondi rapidamente, não querendo mais falar sobre isso.

— Entendo. Bem, tenho certeza de que há algo para você fazer em Homer. Nós a ajudaremos a encontrar um emprego e, se decidir não ficar conosco, nós a ajudaremos a encontrar uma vaga em outra cidade. Porém, eu odiaria ver você ir embora.

Eu sorri, grata pelo apoio deles. Os irmãos não tinham que ser tão legais, mas era da natureza deles. Summit e Willem mostraram essa característica um pouco mais do que Nordin, mas eu sabia que até ele iria querer que eu ficasse.

— *Vocês moram na mesma casa?*

— Ahm, sim. Compramos um complexo de apartamentos há alguns anos e o transformamos em uma grande casa. Ainda temos privacidade e bem ao lado fica nossa oficina.

— *Oficina?*

— Sim. Nós restauramos coisas que as pessoas nos trazem para consertar. Mesas velhas, sofás e até pequenos barcos. É o que fazemos quando não estamos caçando, e ter nosso local de trabalho tão perto é ótimo — Summit explicou, sorrindo para mim. — Você vai gostar da nossa casa. É grande o suficiente para ficarmos fora do caminho um do outro, se necessário.

— *Parece bom para mim* — sinalizei.

Talvez eu não quisesse deixá-los.

Viver com eles parecia divertido, e eu daria tudo para encontrar um emprego para poder ganhar meu próprio dinheiro e eles não terem que me sustentar. Os três já fizeram muito por mim.

A colheita das frutas correu bem, e minha cesta já estava até a metade com morangos e principalmente mirtilos. Desta vez não tivemos muita sorte com framboesas, mas as poucas que peguei poderiam ficar em cima da torta.

Eu me virei para olhar para Summit, que havia se afastado alguns passos para ver se havia algum animal por perto, e quando olhei para ele, ele estendeu a mão, olhando para o outro lado e silenciosamente me dizendo para não me mover.

Então, eu vi a razão pela qual ele não queria que eu me aproximasse.

Um urso estava se alimentando de algumas folhas a alguns metros de distância, e eu parei para não assustá-lo.

Ele ia atirar?

Observei Summit de perto enquanto o urso continuava comendo, e enquanto ele lentamente erguia sua espingarda, virei minha cabeça para desviar o olhar. Eu não queria ver ele ou os outros atirando nos animais.

Minutos, que pareceram horas, se passaram e ainda não houve nenhum tiro. Então, ouvi Summit dar alguns passos, e quando ouvi um suspiro, eu me virei para olhar para ele.

— *É uma fêmea* — ele sinalizou, em seguida, apontou para os dois filhotes seguindo logo atrás da mãe.

Meus lábios se separaram com a visão deles.

— *Que amor* — respondi, sorrindo.

Observamos enquanto eles passavam por nós, e uma vez que estavam longe o suficiente, Summit empurrou sua espingarda para trás e olhou para mim.

— Que pena. Esse teria sido o nosso primeiro urso este ano — comentou. — Você encontrou frutas suficientes? A sua cesta está bem cheia.

Assenti com a cabeça e estava pronta para voltar para casa.

— Vamos voltar para que você tenha tempo suficiente para assar a torta antes que os outros cheguem e queiram preparar o jantar.

Esperei que ele segurasse a coleira de Kodiak, então voltamos para a cabana, onde passamos pela caminhonete com a qual eles vieram até aqui. Essa foi a primeira vez que olhei mais de perto, e depois de verificar a grande carroceria na parte de trás, olhei pela janela da porta do passageiro para descobrir que havia apenas dois bancos na frente e um atrás. Ao lado do banco de trás, havia uma caixa que presumi ser de Kodiak. Outra pessoa não caberia naquele carro.

Toquei o ombro de Summit para chamar sua atenção antes de entrar, então apontei para o carro.

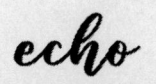

— *Vocês vieram apenas com um carro. Onde vou sentar quando voltarmos para Homer?* — perguntei. Summit franziu os lábios e olhou para o carro, então inclinou a cabeça e encolheu os ombros.

— Você vai se sentar no meu colo ou no de Nordin. Você que escolhe — respondeu.

Essa... não parecia uma má ideia.

Assenti e, em seguida, segui ele e Kodiak para dentro da cabana e fui direto para a cozinha para colocar minha cesta no chão.

— Você se importa se eu for tomar um banho rápido? Volto em alguns minutos — perguntou.

Fiz um sinal de positivo com o polegar e comecei a limpar as frutas antes de começar a preparar a massa.

Cozinhar era relaxante, e eu costumava fazer isso quando sabia que ficaria em casa sozinha por tempo suficiente para ficar na cozinha sem Garrett me xingando por qualquer motivo. Mas aqui... ninguém faria com que eu me sentisse como se não fosse bem-vinda.

Depois de colocar a massa no forno, comecei a fazer o recheio e Summit voltou para me ver prepará-lo.

— Eu não sei cozinhar. Eu realmente não tenho paciência para isso. Costumava comer massa de bolo em colherada quando era pequeno quando minha mãe fazia bolo. Quase se tornou um vício, e eu tinha que ser mantido em outro lugar sempre que ela fazia um.

Sorri e o empurrei de forma brincalhona com meus quadris.

— *Nada de comer o recheio hoje* — avisei.

Ele riu e balançou a cabeça.

— Não se preocupe. Vou fazer um sanduíche para enganar meu estômago.

Observei enquanto ele tirava tudo o que era necessário para seu sanduíche e depois me virei para continuar trabalhando no recheio.

Já estava com um cheiro incrível, e eu mal podia esperar para que os outros vissem o que eu tinha feito para nós.

— Essa cabana nunca esteve com um cheiro tão bom — Willem anunciou, enquanto entrava na cozinha.

Eu os tinha ouvido chegar e conversar lá fora, mas não consegui entender o que tinham dito. Mas pareciam animados.

— Você fez uma torta, doçura? — perguntou, enquanto olhava para mim, e eu orgulhosamente assenti com a cabeça, apontando para a torta de frutas vermelhas esfriando no balcão. — Exatamente o que precisamos para a sobremesa esta noite. Uma recompensa por pegarmos nosso primeiro cervo.

— Sério? — Summit perguntou, levantando da mesa. — Merda, eu gostaria de ter estado lá — ele murmurou e então abraçou Willem. — Isso é ótimo, cara. Echo e eu vimos uma ursa com filhotes hoje. Talvez devêssemos ir naquela direção amanhã e ver se aparece mais algum — sugeriu.

Willem assentiu com a cabeça e olhou para mim.

— Quer ver o cervo? — perguntou.

Neguei com a cabeça rapidamente. E eu também não queria vê-los preparar a carne.

Uma risada baixa deixou seu peito, então ele olhou para seu irmão de novo.

— Vou deixar Nordin fazer isso. Vá ajudar se quiser. Vou tomar um banho antes de começar o jantar.

Quando ele saiu da cozinha, Summit diminuiu o espaço entre nós e colocou a mão na minha bochecha. Sem dizer uma palavra, ele se inclinou e me beijou suavemente, e depois de alguns segundos, se afastou.

— Vá relaxar um pouco — ele me disse, e depois também saiu da cozinha.

Tê-los vindo até mim para dar um beijo em meus lábios poderia facilmente se tornar um hábito, e os únicos lábios que eu ainda tinha que provar eram os de Willem.

capítulo quinze

WILLEM

Estávamos olhando para ela na cozinha depois de comer sua torta. Echo pegou todos os nossos pratos vazios e os levou para a pia para lavá-los, e enquanto ela fazia isso, nenhum de nós falou.

Não havia como negar que nós três estávamos atraídos por ela, e ela não parecia esconder o que também sentia.

Virei minha cabeça para olhar para Nordin, cujos olhos estavam fixos na bunda de Echo. Summit, por outro lado, estava absorvendo Echo por completo; da cabeça aos pés, esperando que ela se virasse.

Os dois já conseguiram tocá-la, Summit ainda aproveitou ao máximo e a deixou esfregar a boceta contra seu pau. Éramos irmãos e não guardávamos muitos segredos. Não que nesta situação houvesse necessidade de nos explicarmos.

Levantei e fui até ela, e no segundo em que Echo colocou o último prato de lado para secar, eu a virei e a segurei. Afastei suas pernas para ficar entre elas, e ela as envolveu em volta de mim como se nunca tivesse feito outra coisa.

— Eu disse que era a minha vez — falei, mantendo minha voz baixa.

Seus olhos estavam arregalados, olhando para os meus com entusiasmo. Eu sabia que meus irmãos estavam nos observando atentamente, então segurei seu rosto com as duas mãos e me inclinei para beijá-la.

Finalmente.

Tomei meu tempo para explorar sua boca, primeiro deixando minha língua deslizar sobre seus lábios, então suavemente empurrando entre eles para aprofundar o beijo. O doce sabor da torta ainda permanecia em sua língua, e me certifiquei de lembrar cada segundo do beijo.

Suas mãos subiram, descansando no meu peito nu. Eu não estava com vontade de vestir uma camisa depois do banho, e Echo estava usando isso a seu favor.

Ela era especial. Algo sobre sua quietude me chamava, e eu queria explorar mais dela. Não apenas seu corpo, mas todo o seu ser.

Deslizei minhas mãos de seu rosto até a parte inferior das costas, puxando-a contra mim enquanto suas pernas se apertavam em torno de meus quadris. Um grunhido escapou de mim quando ela puxou meu cabelo, e meu pau começou a pulsar, me dizendo que era hora de irmos para o sofá onde Summit e Nordin já estavam esperando.

Seus lábios se moveram contra os meus uma última vez antes de eu terminar o beijo para olhar para ela. Um sorriso suave apareceu em seus lábios, e eu a levantei do balcão para caminhar até o sofá com ela ainda agarrada a mim.

Sentei onde estava antes, ao lado de meus dois irmãos, e mantive Echo no meu colo. Eu me inclinei para trás e a observei enquanto ela olhava ao redor, dando a Summit e Nordin o mesmo sorriso tímido que me deu.

Echo era muito bonita, e a menos que ela não iniciasse isso, nós não a tocaríamos. Afastei seu cabelo para trás e coloquei uma mecha atrás de sua orelha, inclinando minha cabeça para o lado para observá-la atentamente.

— O que está passando nessa sua linda mente? — perguntei, e ela moveu os olhos para o meu peito, depois para Nordin.

As pernas dele estavam abertas quando se inclinou para trás, ficando confortável e esperando pacientemente que ela fizesse um movimento. Nordin não era um completo idiota, afinal. Ele a respeitava e não faria nada com o que ela não se sentisse confortável. O problema era que nossa doce Echo sabia exatamente do que ela gostava, e se virou para olhar novamente para mim antes de se inclinar e colocar seus lábios nos meus.

Minhas mãos estavam em suas coxas e senti apenas uma de suas mãos na lateral do meu pescoço. Eu não conseguia ver o que ela estava fazendo com a outra mão, mas sabia que também estava tocando Summit.

ECHO

A mão de Summit segurou a minha enquanto eu a colocava sobre a protuberância em sua calça. Eu não tinha ideia de como deveria agradar aos três ao mesmo tempo, mas eu queria tanto isso.

Nosso beijo se aprofundou e puxei o cabelo de Willem novamente enquanto nossas línguas se moviam uma contra a outra. Eu esperava que Nordin não se sentisse excluído, mas agora, eu tinha que me concentrar nesses dois.

O pau de Summit já estava duro, e ao apertá-lo com força, eu podia senti-lo pulsar. As mãos de Willem se moveram das minhas coxas para a minha bunda, e apertando a carne, ele empurrou minha virilha contra a dele, me fazendo rebolar em cima dele da mesma forma que fiz ontem à noite com Summit. Seu pau estava aumentando embaixo de mim, e continuei rebolando para senti-lo enrijecer ainda mais.

— Porra — Summit murmurou, enquanto pressionava meus dedos contra suas bolas.

Os lábios de Willem deixaram os meus e eu rapidamente olhei para Nordin para ver o que ele estava fazendo. Ele ainda estava sentado lá, com as pernas abertas e a mão acariciando seu pênis sobre a calça. Senti o desejo de estar perto dele, então coloquei minha mão esquerda em seu peito e ele rapidamente entendeu o que eu queria.

— Vem aqui, doçura, — ele disse calmamente e, em seguida, me puxou para montar em seu colo.

Eu tinha que sentir seus lábios nos meus de novo, então me inclinei e deixei que ele segurasse meu rosto, me aproximei ainda mais para pressionar meus lábios nos dele. Assim como nosso primeiro beijo, Nordin assumiu o controle rapidamente e empurrou sua língua na minha boca, movendo-a suavemente contra a minha, mas com determinação.

Soltei um suspiro e tive que recuperar o fôlego algumas vezes enquanto ele me beijava de uma forma como ninguém nunca tinha beijado. Seu pau também estava rígido e, quando comecei a rebolar em cima dele, senti Willem se mover ao meu lado e parecia que ele havia se levantado do sofá.

Eu não queria que ele se afastasse, então terminei o beijo para olhar para ele, pegando sua mão. Ele riu e olhou para mim.

— Eu não vou a lugar algum, doçura. Só quero que você se sente no sofá. Bem aqui — ele disse, acenando com a cabeça para o lugar vazio ao nosso lado.

Nordin me deixou sair de cima dele e, quando olhei para Willem, ele segurou sua protuberância e acenou com a cabeça para a minha calça.

— Tire. A calcinha também — ordenou.

Fiz exatamente o ordenado, mais rápido do que jamais tirei a roupa, e uma vez que minha parte inferior ficou nua, Nordin e Summit passaram suas mãos em volta das minhas coxas para afastá-las. Eu estava nua e adorei a maneira como seus olhos vagaram por toda a parte inferior do meu corpo.

— Você já se tocou, Echo? — perguntou.

Neguei, sentindo meu coração acelerar.

— Então eu quero que você faça isso agora — ele falou, mantendo a voz baixa.

Olhei para baixo e estava pronta para começar a me tocar, mas antes que eu pudesse alcançar meu clitóris, Nordin agarrou meu pulso e levou meus dedos aos lábios.

— Primeiro, eles precisam estar molhados, querida — sussurrou.

Olhei para ele enquanto eu colocava dois dedos em minha boca, lambendo e molhando-os do jeito que ele queria.

— Boa garota — rosnou, e enquanto tudo isso estava acontecendo, Summit estava acariciando minha coxa suavemente com o polegar.

Adorei o quão cuidadosos e diretos todos os três eram, o que me ajudou a relaxar ainda mais. Desci minha mão novamente para minha boceta, passando os dedos pela a fenda até que pararam sobre meu clitóris. Circulando lentamente, olhei para Willem, que estava me observando com atenção, mantendo a mão em seu pau.

A outra mão de Summit subiu meu suéter até que ele pudesse segurar meu seio, apertando-o suavemente enquanto eu inclinava a cabeça para trás. Ainda assim, mantive meus olhos em Willem. Seus olhos se estreitaram, e ele continuou a se acariciar enquanto seus irmãos me tocavam.

Nordin se aproximou, mantendo minha perna sobre a dele, e então senti seus lábios no meu pescoço, chupando e lambendo, deixando mais algumas marcas. Eu queria gemer quando uma sensação impressionante desceu pelas minhas pernas. Tentei apertá-las, mas eles não deixaram, o que intensificou a sensação.

— Continue, doçura. Quero que você goze — Willem rosnou.

Meus dedos se moveram mais rápido e o formigamento na minha barriga começou lentamente a vagar por todo o meu corpo. Meus dedos do pé começaram se contorcer, e quanto mais eu circulava meu clitóris, mais a tensão crescia dentro de mim.

— Assim mesmo, querida — Nordin murmurou contra minha pele, e em seguida, o mundo parou de girar ao meu redor quando meu primeiro orgasmo explodiu.

Parei de respirar e, embora nunca tivesse ouvido minha voz, estava gritando bem alto por dentro. Tão alto que pensei que eles também podiam ouvir. Fechei os olhos com força enquanto meus quadris rebolavam, e finalmente fui capaz de juntar minhas pernas quando Nordin e Summit me soltaram.

Nunca senti essa sensação, e ter três homens me observando enquanto as ondas do orgasmo me tomavam me deixou ainda mais excitada. Eu queria mais e queria agora.

Depois me acalmar e recuperar o fôlego, abri os olhos para ver os três se levantarem. Eles tinham terminado?

Peguei a mão de Nordin e ele olhou para mim com um sorriso suave antes de se inclinar para me beijar rapidamente.

— Teremos muito tempo amanhã — ele sussurrou. — É hora de dormir.

Summit segurou a parte de trás da minha cabeça depois que seu irmão saiu, e então se inclinou para beijar minha testa.

— Durma bem — ele disse, então também saiu da sala.

Eu estava confusa, para dizer o mínimo. Nenhum deles queria gozar?

Uma risada baixa veio de Willem, e virei minha cabeça para olhar para ele com um olhar questionador.

— Queremos passar um tempo com você, Echo. É tarde e eles precisam levantar cedo. Mas amanhã à noite... Você vai ter o que deseja.

Observei seu rosto e tentei procurar mais algumas respostas.

Não faria mal dormir com uma ereção daquelas?

A menos que... eles mesmos cuidassem disso.

Olhei para sua cueca boxer, então para seus olhos novamente e assenti com a cabeça.

Willem me levou para seu quarto e deslizei para debaixo das cobertas com ele, então me aninhei ao seu lado. Meu coração ainda estava acelerado e, embora eu estivesse um pouco chateada por não conseguir tocá-los, mal podia esperar pelo amanhã.

capítulo dezesseis

ECHO

Acordei quando Willem se mexeu ao meu lado.

Seus braços ainda estavam em volta de mim, e quando me virei para olhá-lo, ele ainda estava com os olhos fechados. O sol estava espreitando por entre as árvores e pela pequena janela, iluminando seu belo rosto. Estendi minha mão para segurar sua bochecha, então suavemente deslizei meus dedos por sua barba.

Os homens das montanhas simplesmente vinham com barbas, e esses três eram definitivamente os mais gostosos.

Meus dedos traçaram sua mandíbula oculta pelo pelo e pude sentir seus músculos se moverem sob meu toque. Ele estava acordado, mas não abria os olhos.

Não que eu me importasse.

Meus olhos percorreram seu rosto, observando cada centímetro dele. Para um jovem de trinta e sete anos, Willem não tinha muitas rugas. Apenas algumas ao lado de seus olhos quando ele sorria ou ria.

Minha mão deslizou pelo seu cabelo, e enquanto eu puxava suavemente, sua língua saiu para lamber o lábio inferior. Eu sorri, incapaz de resistir à tentação de sua boca. Me inclinei e colei meus lábios nos dele, e depois de um rápido suspiro, ele me beijou de volta.

Sua mão se moveu para o meu quadril, me pressionando contra seu corpo e me fazendo sentir a mesma dureza da noite passada. Ele não reclamou de não gozar, o que a maioria dos homens que eu conhecia faria, dizendo como foi injusto eu ter gozado, mas eles não.

O problema era que meus orgasmos eram fingidos para que finalmente parassem de se mover como tijolos rígidos para dentro e para fora de mim. Muitas vezes, escolhi o caminho mais fácil quando sabia que eles me foderem não levaria nenhum de nós a lugar algum.

Mas Willem e seus irmãos não eram mais adolescentes. Eles não precisavam gozar só para ficarem quites. Mas... não foram eles que me fizeram gozar na noite passada. Fui eu, porém, com a ajuda de seus olhos me observando atentamente. Ser observada enquanto me tocava me excitou pra caramba, e eu esperava fazer isso de novo algum dia. Claro, eu também queria que eles me mostrassem o que poderiam fazer comigo.

Sua língua roçou meu lábio inferior e o beijo rapidamente se tornou mais intenso. Sua mão cobriu minha bunda, e depois de dar um aperto forte, ele me puxou para cima dele, me fazendo montar em seus quadris. Apoiei uma mão próxima à sua cabeça e coloquei a outra em seu peito musculoso.

— Você ainda deveria estar dormindo, doçura — ele murmurou contra meus lábios, mas balancei a cabeça e aprofundei o beijo novamente.

Agora, ambas as mãos dele estavam segurando minha bunda, e comecei a me mover em cima de seu corpo para continuar o que tinha iniciado na noite passada. Eu queria senti-lo e fazê-lo se sentir bem, mas sabia que teria que lutar pelo que tinha em mente.

Willem era um homem de respeito e orgulhoso, e incitá-lo a fazer algo provavelmente não terminaria bem. E, assim como suspeitei, ele agarrou meus quadris com força para me impedir de me mover, em seguida, colocou uma mão no meu pescoço para interromper o beijo, me afastando suavemente de si.

— Você não vai me fazer gozar antes de você. Primeiro, vou chupar esse seu lindo clitóris rosa.

Olhei em seus olhos e vi o quão sério ele estava falando. Para não irritá-lo, assenti com a cabeça.

— Ótimo. Agora, pare de esfregar essa doce boceta no meu pau antes que eu perca a paciência e foda você sem meus irmãos assistindo. Eu já disse, gostamos de compartilhar e pretendemos fazer isso na primeira vez que cada um de nós foder você.

Willem tinha jeito com as palavras e, naquele momento, eu não tinha certeza se devia estar assustada ou excitada. Mas sua intenção não era me assustar. De jeito nenhum. Essa foi apenas a sua maneira de me mostrar o quanto ele me queria.

Senti um friozinho na barriga, mas logo atingiu a parte inferior da minha barriga, onde causou arrepios nas pernas, até chegar às pontas dos pés.

Ele me puxou para me beijar novamente, mas não durou tanto quanto eu queria.

— É cedo. Tente dormir um pouco mais — ele sussurrou.

Obedecendo sua ordem e sentindo o cansaço tomar conta de mim, saí de cima dele e deitei no meu lado da cama. Eu o observei se levantar, mas no segundo que ele desapareceu no chuveiro, fechei os olhos e voltei a dormir.

NORDIN

Fiquei parado com os braços cruzados sobre o peito, encostado no batente da porta enquanto olhava o lindo rosto de Echo. Eu deveria ir caçar com Summit hoje, e deixar Willem aqui com ela, mas, em vez disso, eu o mandei no meu lugar, para poder passar um tempo sozinho com ela.

Não tenho certeza do que era, mas eu precisava passar mais tempo com ela. Talvez para mostrar que eu não era o idiota que parecia e para compensar meu comportamento nos primeiros dias em que ficou com a gente.

Eu já estava ali há mais de dez minutos e não conseguia superar o quão calma e confortável ela parecia dormindo na cama do meu irmão. Outro minuto se passou e suas sobrancelhas franziram, fazendo uma ruga profunda aparecer entre eles. Continuei olhando para ela e então, finalmente, seus olhos se abriram.

— Bom dia, bela adormecida.

Nunca, em toda a minha vida, usei essas palavras com uma mulher, mas não pude evitar com a Echo.

No início, ela ficou confusa sobre o porquê de eu estar parado ali apenas olhando para ela como um idiota, mas então um sorriso suave se espalhou por seu rosto perfeito, e meu corpo relaxou um pouco.

— Durmiu bem? — perguntei, sem sair do lugar.

Ela assentiu com a cabeça.

Deus, como eu gostaria de poder ouvir a sua voz.

Apenas uma vez.

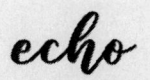

— Eu quero levar você a algum lugar. Um lugar que você definitivamente vai adorar. Vista-se e venha tomar o café da manhã, então podemos ir — eu disse a ela, esperando que confiasse em mim o suficiente para me seguir cegamente na floresta para um lugar que eu ainda nem tinha levado meus irmãos.

Outro aceno de cabeça, e ela se sentou na beirada da cama para bocejar e se alongar. Cada pequena coisa que ela fazia era fascinante para mim, mesmo que fosse a coisa mais banal.

Definitivamente era a sua quietude.

Antes que ela se levantasse da cama, Kodiak passou por mim e parou bem na sua frente, e só então pude ver que ele tinha algo na boca. Echo inclinou a cabeça e hesitou por um momento, mas quando viu o que ele queria que ela tomasse, estendeu a mão, com a palma voltada para cima. Ela ainda estava um pouco insegura de estar perto dele quando se tratava de sua boca e dentes, mas já era um progresso, e eu não poderia estar mais orgulhoso de Kodiak por ser tão gentil com ela.

Ele sabia que tinha que ser para criar um vínculo e amizade com ela, e estava funcionando. Às vezes, Kodiak era mais inteligente do que Summit.

Uma bola de tênis molhada caiu em sua mão e Kodiak deu um passo para trás, pronto para pegá-la. Echo olhou para mim com um olhar inseguro e eu me afastei para que ela pudesse jogar a bola para fora do quarto.

— Vou fechar a porta quando ele sair para que você possa se arrumar, — disse a ela, e depois de dar mais uma olhada em Kodiak, Echo jogou a bola.

O cachorro correu atrás dela, abanando o rabo e a língua pendurada para fora da boca. Pouco antes de alcançar seu brinquedo, pisquei para a Echo e fechei a porta, e quando Kodiak se virou, inclinou a cabeça para mim, pois não conseguia voltar para a Echo.

— Você vai entrar furtivamente no coração dela se continuar com essa merda, garoto. Ela é nossa. Fique longe.

Ele choramingou, então soltou um longo suspiro para me mostrar o quão chateado estava. Eu ri e tirei a bola de sua boca, então sentei no sofá e joguei no ar para ele pegar.

— Você não é o único que gosta dela, amigo.

Cerca de vinte minutos depois, Echo saiu do quarto com o cabelo preso em um rabo de cavalo bagunçado. Não havia necessidade de maquiagem no rosto, e sua beleza natural era o suficiente para fazer as pessoas a notarem.

Felizmente, meus irmãos e eu éramos os únicos homens por perto.

Joguei a bola de tênis uma última vez e, para minha sorte, Kodiak estava cansado de brincar.

Eu me levantei do sofá e deixei meus olhos viajarem de seu rosto para suas pernas. Ela vestiu uma calça jeans preta e justa e um dos suéteres de Willem com o qual se sentia confortável.

Seus pés estavam descalços. Cada vez que saíamos, ela calçava um par de tênis do Summit e nunca se queixava de que eram muito grandes em seus pequenos pés.

— Você está com fome? — questionei, e ela assentiu, sorrindo para mim. — Que bom. Vamos. — Estendi minha mão para ela pegar, e assim que ela colocou a sua na minha, eu a puxei para a cozinha. — Sente. Vou fazer uns ovos mexidos.

As panquecas já estavam na mesa, assim como o leite e o xarope de bordo. Antes de me virar para o fogão, observei enquanto ela pegava o quadro para escrever nele.

— *Bom dia, Nordin* — escreveu.

Sorrindo, me aproximei dela e beijei sua cabeça. O gesto dela foi doce, e eu esperava que ela não achasse que seria rude se não estivesse com seu quadro.

— Bom dia. Você pode começar a comer. Termino isso aqui em um segundo.

Ela assentiu e sorriu para mim, em seguida, pegou uma panqueca da pilha.

Eu já estava me acostumando a ficar sozinho com ela.

E era bom pra caramba.

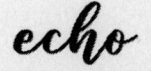

capítulo dezessete

ECHO

Eu não tinha ideia de para onde ele estava me levando. Tudo que eu sabia era que já tínhamos caminhado por mais de meia hora, e a floresta ficava mais densa a cada passo.

Eu estava andando atrás de Nordin e segurando a coleira de Kodiak. Para minha surpresa, ele não parecia estar muito assustado hoje e eu, por algum motivo, me senti protegida por ele. Kodiak não era tão ruim, e eu esperava que um dia eu me sentisse confortável o suficiente para acariciá-lo não apenas quando ele estava cansado e deitado no chão.

Nordin olhou para mim e sorriu, então parou por um segundo para que eu pudesse alcançá-lo.

— Cansada? — perguntou.

Assenti e depois apontei para meu pulso para perguntar quanto mais demoraria para chegar naquele lugar especial dele.

— Só mais alguns minutos. Eu deveria ter dito a você antes que não é tão perto, mas vai valer a pena, eu prometo.

Pressionei meus lábios com força e assenti novamente, então olhei para a mão que ele estava estendendo para mim. No início, pensei que ele queria segurar a coleira de Kodiak, mas em vez disso, ele moveu seus dedos para entrelaçar com os meus.

— Vamos. Podemos descansar quando estivermos lá.

Continuamos andando e, depois de ouvir nada além de pássaros cantando nas árvores, pude ouvir o barulho de água. O som ficou mais alto e, assim que saímos da proteção das árvores, Nordin parou para revelar o lugar mais lindo que eu já tinha visto em minha vida.

Havia um pequeno lago com uma cachoeira. O cenário parecia uma pintura e demorei alguns minutos para compreender o que estava vendo.

Meus lábios se separaram e, quando Kodiak puxou a guia para se aproximar da água, saí do meu transe para olhar para Nordin.

— Eu disse que ia adorar aqui. Você é a única que trouxe para cá. Meus irmãos não têm ideia de que isso existe. A menos que eles saibam sobre isso, mas também não me contaram.

Eu não estava com meu quadro comigo e me comunicar com ele seria difícil, mas sorri para ele.

— *Lindo* — sinalizei, sabendo que ele não saberia o que isso significava.

Ele inclinou a cabeça e me estudou por um segundo, então franziu os lábios.

— Acho que esse é o sinal de… *incrível?*

Neguei, então movi a mão para mostrar a ele o quão perto estava seu palpite.

— Uhm… lindo? — Tentou mais uma vez, e rapidamente assenti com a cabeça.

Um sorriso orgulhoso se espalhou por seu rosto e eu ri.

Embora não saísse nenhum som quando eu ria, foi a primeira vez que ri em… meses.

A sensação era ótima e olhei para trás, para a cachoeira.

— Você pode tirar a coleira dele. Kodiak quer dar um mergulho — Nordin explicou.

Fiz o que ele pediu e observei enquanto o cachorro corria para a água, pulando sem hesitação. Eu me perguntei quanto tempo demoraria para ele secar novamente.

— Os cachorros dessa raça amam água. Eles praticamente nasceram para nadar e resgatar pessoas de afogamentos.

Eu não sabia disso, mas era óbvio que Kodiak estava em seu elemento.

— *Frio* — sinalizei, segurando meus braços contra meu corpo e tremendo.

Ele entendeu imediatamente e então assentiu.

— Para nós, seria frio. Mas Kodiak tem uma dupla camada de pelos que são resistentes à água. O frio não o incomoda nem um pouco.

Bom saber.

— Venha, vamos sentar ali na pedra.

Ele agarrou minha mão novamente e me puxou para uma rocha que servia como um local para sentar e, assim que nos acomodamos, olhei para trás, para Kodiak, que estava feliz da vida.

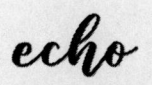

— Como você está se sentindo? Quero dizer... você ainda se sente bem com a gente? — perguntou.

Por que ele pensaria que eu não me sentia assim?

Assenti com a cabeça, desejando ter trazido meu quadro comigo. Deixei escapar um suspiro e olhei em volta para encontrar uma pedra que eu pudesse usar para escrever na rocha em que estávamos sentados.

— Isso não está indo bem, hein? Talvez seja melhor se você me ensinar alguns sinais para que eu possa entendê-la sem que você tenha que escrever tudo.

Assenti para ele e lhe dei um sorriso torto, mas ele estava sendo legal e querer aprender a sinalizar tornaria tudo mais fácil. Se eu fosse ficar com eles, tínhamos que ser capazes de nos comunicar.

— Tudo bem. Vou dizer algumas palavras básicas e você me mostra como sinalizar. Essa é uma boa ideia? — questionou, e meu sorriso aumentou. — Ótimo. Como eu sinalizo que estou feliz?

Primeiro, mostrei a ele como era o sinal, e então ele tentou fazer o mesmo. Ele quase conseguiu, mas como não tinha experiência, seus movimentos não eram tão suaves quanto os meus.

Sinalizei de novo, e depois de um tempo tentando, ele conseguiu. Fiz um sinal de positivo para ele, que sorriu como se tivesse acabado de sinalizar uma frase inteira.

— *Estou feliz com você* — sinalizei.

— Também estou feliz com você, Echo. Eu sei que não parecia no começo. Eu não estava realmente pronto para companhia, mas... Quero estar ao seu lado para ajudá-la. Ajudá-la a começar de novo.

Ele segurou a parte de trás da minha cabeça com uma das mãos para me puxar para mais perto e, depois de pressionar seus lábios contra minha testa, eu olhei novamente em seus olhos.

— Nós adoramos você, Echo. E, quando chegar a hora, estaremos aqui para ouvir o que você quiser nos dizer. E posso prometer que, com o tempo, nós... bem, eu também vou me abrir para você.

Na minha opinião, isso já era o suficiente, e eu não senti nenhuma desconexão com ele de forma alguma. Claro, ele foi rude e arrogante no início, mas assim como Summit e Willem, aprendi a gostar dele.

Eu não queria sinalizar, então coloquei uma mão em seu peito e me inclinei para beijá-lo suavemente. Já estávamos confortáveis um com o outro e não pude resistir a beijá-lo.

Este lugar era mágico, e era o pequeno refúgio perfeito onde Nordin sairia de sua concha um pouco mais do que quando seus irmãos estivessem por perto. Mas não importava o quão profunda nossa conexão fosse, eu sentia o mesmo com os outros. Diferente, mas igualmente profundo.

Nordin interrompeu o beijo ao ouvir o latido de Kodiak. Bem, não era realmente um latido. Mais um bufo, como se tivesse acabado de ver algo que o incomodara. Olhamos para ele, mas não conseguíamos ver o que o havia irritado.

— Deve ter sido algum peixe — Nordin explicou, depois assobiou para chamar a atenção de Kodiak. — Venha aqui, garoto — ele chamou, tirando a bola de tênis da mochila que trouxera. Ele tinha embalado dois sanduíches e uma garrafa de água para nós.

Kodiak nadou rapidamente até nós e escalou a rocha.

Eu estava prestes a me mover para trás para evitar me molhar, mas ele parou a alguns metros de distância e inclinou a cabeça para o lado, seus olhos fixos na bola que Nordin estava segurando. Então Nordin a jogou na água e vimos Kodiak sair correndo para ir buscá-la.

— Se importa se eu perguntar que tipo de cachorro mordeu você quando era criança? — Nordin perguntou, e eu franzi meus lábios, pensando em um dos piores dias da minha vida.

Peguei sua mão e virei a palma para cima, em seguida, tracei a palavra "Husky" nela com meu dedo, esperando que ele percebesse o que eu estava fazendo.

— Um Husky? — questionou, e eu assenti. — E como isso aconteceu?

Observei seu rosto por um segundo, me perguntando se havia uma maneira mais fácil de contar a história.

— Isso é realmente uma merda — murmurou, reconhecendo que demoraria muito se eu continuasse traçando palavras em sua mão e esperando que ele completasse minha frase.

Ele se levantou e foi até o outro lado, então olhou em volta até encontrar uma pequena pedra pontiaguda. Quando se aproximou, ele me entregou e eu sorri para agradecê-lo, então comecei a escrever na pedra em que estávamos sentados.

— *Eu estava na casa de uma amiga comemorando seu aniversário, e o cachorro dela geralmente ficava em casa quando os amiguinhos dos filhos apareciam para brincar* — escrevi, o mais legível possível.

— Entendi — ele falou, me dizendo para continuar com a história.

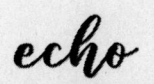

Não demorou muito para escrever, eu só tive que colocar pressão na pedra para ver um pouco de branco aparecendo enquanto esfregava contra a rocha.

— *O cachorro correu para fora quando a porta dos fundos foi aberta por um segundo, e acho que ele queria brincar. Outra garota e eu começamos a acariciá-lo e cocei seu pescoço. Acho que o cachorro não gostou de ter tantas mãos sobre si, então ele mordeu meu antebraço e não o soltou por vários minutos.*

Olhei para as palavras que escrevi e inclinei minha cabeça para o lado para ter certeza de que era legível.

— Ele provavelmente não estava acostumado a ser acariciado. Lamento que isso tenha acontecido, mas você está fazendo um grande progresso com o Kodiak. É bom ver que você confia em um cachorro aos poucos — Nordin disse, me encorajando.

Assenti e apoiei a pedra ao meu lado.

Kodiak estava voltando da água depois de brincar com a bola e, antes que Nordin pudesse tirar a bola dele, estendi a mão e esperei que soltasse. Ele o fez, e eu sorri enquanto jogava a bola para ele.

— Viu? Você está até brincando com ele. Kodiak sabe ser gentil. E até acho que ele pode aprender alguns sinais com você.

Assenti novamente, visto que ele já sabia o que eu queria estendendo a mão. Eu me inclinei contra Nordin e apreciei a vista, esperando que algum dia eu voltasse aqui com ele.

capítulo dezoito

ECHO

A pelagem de Kodiak demorou quase três horas para secar e, depois disso, voltamos pela floresta para chegar à cabana. Nordin tinha certeza de que os outros já haviam voltado e parecia querer chegar em casa o mais rápido possível. O sol nem estava começando a se pôr ainda, e não havia pressa para voltar para o jantar nem nada. Mas não perguntei e apenas o segui com o cão.

Quando chegamos, Willem estava prestes a voltar para dentro da cabana, mas, quando nos viu, lançou um olhar furioso para Nordin.

— Onde diabos vocês estavam? Achei que estariam em casa quando voltássemos.

— Relaxe. Fizemos uma pequena caminhada — Nordin explicou, deixando Kodiak correr até seu dono.

— Caramba... ele se molhou? — Willem perguntou.

Achei que Kodiak estava um tanto fedido, mesmo seco, e cairia bem um banho com shampoo de cachorro. Nordin suspirou e olhou para mim, então se virou para o irmão e assentiu com a cabeça.

— Ele deu um mergulho. Nada demais. Vou dar um banho nele amanhã — Nordin prometeu.

— Ele vai estar cheirando como a porra de uma lixeira pela manhã. — Um suspiro escapou de Willem, e ele olhou para Kodiak, que estava abanando o rabo, feliz.

— Então o banho vai ser esta noite. Depois do jantar.

Eles trocaram um olhar que eu não consegui entender muito bem, como se estivessem lendo a mente um do outro, então Nordin colocou a mão nas minhas costas e acenou para a porta.

— Vá se sentar no sofá, Echo — ele me disse, em voz baixa.

Não o questionei, ou Willem, então passei por eles para entrar e ir para o sofá. Summit já estava sentado lá e, quando me viu, sorriu, dando um tapinha no lugar ao seu lado para que eu me sentasse.

— Você teve um bom dia, querida? — perguntou.

— *Sim, me diverti bastante* — sinalizei e sentei ao lado dele.

Meu coração acelerou. Eu sabia exatamente o que aconteceria a seguir, mas tinha certeza de que deveria ter tomado um banho primeiro.

O braço de Summit envolveu meus ombros e ele se inclinou para dar um beijo em minha bochecha. Seus lábios permaneceram lá por um momento, enquanto segurava meu ombro.

— Você sabe que sempre pode nos dizer para parar — ele murmurou contra a minha pele, e antes que eu pudesse compreender o que ele quis dizer, Willem e Nordin entraram na sala de estar, seus olhos escuros e cheios de luxúria. — Não vamos fazer nada com que você não se sinta confortável — ele acrescentou, e eu assenti lentamente, ficando mais excitada, mas também um pouco nervosa.

Eu queria isso.

Essa era minha chance de dar a todos eles a mesma atenção e mostrar o quanto eu queria os três.

Summit acariciou meu ombro enquanto Nordin se aproximava, e depois de se sentar ao meu lado, ele virou minha cabeça para olhar para ele. Seus olhos vagaram por todo o meu rosto, então ele sorriu para mim antes de se inclinar para me beijar. Ele manteve a mão na minha bochecha, e enquanto eu me concentrava nele, senti a mão de Summit se mover ao longo da minha coxa, apertando-a suavemente antes de puxar minha perna esquerda sobre seu colo. Eu o deixei e, para lhe dar melhor acesso à minha boceta, abri mais minhas pernas, colocando a direita sobre a coxa de Nordin.

— Olhe para mim — Willem disse, e me afastei do beijo para olhar para ele, parado bem na minha frente. — Lembra o que eu disse esta manhã?

Sim.

Eu lembrava de cada palavra.

Assentindo, me recostei no sofá e deixei o fogo dentro de mim queimar. Meu corpo estava doendo por eles.

— Ótimo. Porque agora você vai ter exatamente o que te prometi, doçura.

Ele olhou para seus irmãos e assentiu, e com eles entendendo o que ele queria dizer sem dar uma palavra, Summit desabotoou minha calça e

Nordin ajudou a tirá-la de mim. Rebolei para ajudar, e uma vez que fiquei livre dela, minha calcinha rapidamente a seguiu. Eu a lavava todas as manhãs para colocar a minha outra calcinha.

No segundo em que fiquei nua, Willem se ajoelhou na minha frente e se colocou entre as minhas pernas enquanto os outros as abriam novamente, cada um segurando uma perna.

— Não deixem que ela se mova — Willem murmurou.

Observei enquanto ele se aproximava e, com sua barba fazendo cócegas na parte interna das minhas coxas, levantei meus quadris para colocar sua boca em minha boceta.

— Não a deixem se mover — ele repetiu, em um tom de advertência, e os braços de seus irmãos em minhas pernas aumentaram o aperto.

Os olhos de Willem encontraram os meus enquanto ele pressionava beijos em cada lado das minhas dobras, e abri minha boca, querendo tanto gemer.

Eu não tinha certeza do que fazer com minhas mãos. Eu queria tocá-los. Quando sua língua saiu para lamber entre minhas dobras, coloquei minha mão em sua cabeça e agarrei seu cabelo, mantendo-o bem ali.

Ele soltou um grunhido e, depois de outro movimento de sua língua, finalmente começou a brincar com meu clitóris. Willem se moveu rápido, mas preciso, sobre o pequeno ponto de nervos, e eu queria rebolar meus quadris, mas Summit e Nordin não me deixaram.

— Não — Nordin sussurrou, perto do meu ouvido.

Eu me virei para olhar para ele, precisando me aproximar de alguém.

— *Me beije* — sinalizei.

Eu precisava que ele fizesse isso. Agora.

Mas é claro, ele não entendeu o que eu estava dizendo, então olhou para Summit.

— Ela quer que você a beije — ele disse ao irmão.

Me fascinava como eles não brigavam por mim.

Eles apenas deixavam rolar. Me deixavam escolher o que eu queria, mas era incrivelmente controlador. Especialmente Willem, que estava fazendo todos os tipos de arrepios se espalharem pelo meu corpo todo.

Algo nos olhos de Nordin me disse que ele não estava satisfeito consigo mesmo, e eu sabia que era porque ele não conseguia me entender. Eu não estava chateada com isso. Sabia que isso poderia mudar, mas não agora. Não quando eles estavam me fazendo sentir como se eu fosse a única mulher neste planeta.

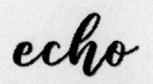

A mão de Nordin segurou a minha nuca para me puxar para mais perto de si, e quando ele colou seus lábios nos meus, tudo o que eu estava sentindo foi intensificado. Sua língua roçou contra meus lábios, e eu me abri para deixá-lo aprofundar o beijo.

Com a mão esquerda, alcancei Summit, e depois de mover meus dedos sobre sua barriga, segurei a protuberância que crescia sob sua calça. A língua de Willem ainda estava brincando com meu clitóris, e quanto mais rápido ele me chupava, mais rápido eu sentia um orgasmo se construir.

Não parecia como o que eu tive ontem à noite, me tocando até que me estilhaçei ali mesmo, com os olhos deles em mim. Desta vez parecia diferente e eu tive que me ajustar a isso. Mas isso não aconteceria, já que Summit e Nordin continuavam segurando firmemente meus quadris e minhas coxas. Exatamente como Willem queria que eles fizessem.

O beijo de Nordin era gentil, e para fazê-lo se sentir tão bem quanto Summit, coloquei minha mão direita em seu pau, massageando-o no mesmo ritmo que eu estava fazendo com seu irmão.

— Porra. — Ouvi Summit rosnar, e Nordin rapidamente seguiu com um gemido.

A tensão dentro de mim estava crescendo rapidamente, e minha mente estava lentamente se concentrando apenas na língua de Willem. A maneira como ele se movia me disse que ele tinha feito isso muitas vezes antes, mas eu não me importava com quantas mulheres ele tinha estado. Ou quantas os outros dois tiveram. O que importava neste momento era eu.

Queria mexer meus quadris e, por uma fração de segundo senti Nordin e Summit cederem, mas Willem foi rápido em agarrar meus quadris e me prender de volta contra o sofá. Sempre pensei que era boa em multitarefas. Mas ter todos os três me tocando, beijando e me chupando enquanto eu queria que eles se sentissem tão bem quanto eu acabou sendo muito difícil.

— Você está quase lá, querida — Summit disse, sua voz rouca.

Tive que me afastar do beijo para olhar para Willem, que estava fazendo o que ele era tão talentoso, e continuei encarando enquanto uma eletricidade torturante continuava se construindo no meu clitóris. Franzi minhas sobrancelhas e tentei me livrar dessa sensação sem pensar muito sobre isso, mas não funcionou. Por que estava doendo tanto?

— Você tem que relaxar, Echo. Deixe ele fazer você gozar — Nordin disse, perto de mim. Havia algo erótico e sensual em Nordin falando sobre seu irmão me fazendo ter orgasmo, e o efeito que isso teve em mim me fez perder o controle.

Eu podia me ouvir gritar dentro da minha cabeça, gemer e dizer o nome de Willem o mais alto possível. Meu corpo ficou dormente e eu não tinha certeza se ainda estava respirando. Senti suas mãos por todo o meu corpo, me dando todo o tempo que eu precisava para voltar à Terra.

Meus pensamentos e sentimentos estavam confusos.

— Ela tem um gosto tão doce — Willem disse a seus irmãos. — Provem — adicionou, e assim que abri meus olhos, vi os dedos de Summit deslizarem pela minha fenda, seguidos pelos de Nordin.

Eu não sabia para onde olhar, mas decidi observar Summit lamber seus dedos e provar exatamente o que seu irmão mais velho provou.

— Porra — Nordin murmurou um segundo depois. Observei-o colocar os dedos na boca enquanto seus olhos permaneciam nos meus.

Então, inesperadamente, Willem se levantou e me puxou com ele. Ele me virou para encarar os outros dois, e enquanto suas mãos puxavam meu suéter, ele beijou o lado do meu pescoço. Eu ainda estava um pouco instável graças ao orgasmo, mas seus braços me firmaram.

— Me diga, doçura. Você quer continuar ou devemos parar? — A voz de Willem era baixa e rouca, e causou arrepios na minha pele, como se eu já não estivesse sentindo demais.

Balancei minha cabeça enquanto observava Summit e Nordin abaixarem suas calças e esfregarem seus paus, e me inclinei contra Willem para conseguir ainda mais apoio.

— *Mais* — sinalizei, olhando para Summit.

Ele sorriu para mim e acenou com a cabeça para Willem.

— Ela quer mais — ele traduziu.

Eu não estava cansada, mas ligeiramente sobrecarregada por todas as sensações. Não havia pressa, e eu sabia que não importava o que acontecesse a seguir, seria tão perfeito quanto o que fizemos antes.

As mãos de Willem empurraram meu suéter ainda mais para cima, e quando levantei os braços, ele o puxou pela minha cabeça, me deixando nua no meio da sala.

— Quero você de joelhos na frente dos meus irmãos, e eu quero que chupe o pau deles. — Sua voz era profunda e séria. Para não decepcioná-lo, me ajoelhei na frente dos outros dois.

— A nossa doce Echo gosta de explorar — Summit disse, com um sorriso suave nos lábios.

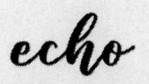

— Temos que ser gentis com ela. Pelo menos no começo — Nordin acrescentou, mas eu não queria que eles fossem gentis.

Eu sabia que eles não me machucariam, e eu precisava deles para aliviar a sensação de queimação dentro de mim. Havia emoção também persistindo bem ali ao lado do calor, e eu nunca havia sentido uma felicidade assim antes. Eu estava nas nuvens e a diversão estava apenas começando.

— Venha aqui, querida — Nordin chamou, estendendo a mão para mim.

Coloquei minha mão na dele, que me puxou para mais perto, bem entre as pernas dele e de Summit. Eu estava agora ajoelhada no meio deles, com os dois acariciando o pau.

— Sem pressa. Nos mostre o que você pode fazer com essa sua linda boca — ele disse, e eu olhei para os dois, tentando decidir quem eu queria provar primeiro.

Envolvi minhas mãos em torno de cada um de seus paus, em seguida, comecei a acariciá-los de suas bases até suas cabeças. Ambos estavam pulsando sob meu toque, e eu acariciei mais algumas vezes antes de me inclinar mais perto de Summit, lambendo ao longo de seu comprimento com a língua.

— Porra — murmurou, mantendo os olhos nos meus o tempo todo.

Então, me sentindo corajosa, envolvi meus lábios em torno de sua ponta, saboreando imediatamente o líquido pré-ejaculatório. Nunca gostei de sentir o gosto salgado de sêmen, mas com esses três, não me importava nem um pouco.

Summit colocou a mão na parte de trás da minha cabeça e agarrou meu cabelo com força. Com minha mão esquerda, continuei masturbando o pau de Nordin enquanto movia minha cabeça para frente e para trás ao longo do de Summit. Ambos eram grandes, com veias percorrendo todo o seu comprimento, e eu estava começando a me preocupar como diabos qualquer um deles caberia dentro de mim.

Eu era apertada lá em baixo e, embora não gostasse da maioria dos caras com quem transei, eles sempre eram bastante grandes. Até aquele momento, eu não tinha ideia do que Willem estava fazendo, mas quando ouvi passos se aproximando, percebi que ele havia saído da sala por um momento. Então, eu o senti se posicionar de joelhos atrás de mim, e com seus dedos, ele traçou minhas dobras antes de empurrar para dentro de mim.

Mesmo que fosse apenas um dedo, era incrível a sensação dele entrando e saindo de mim.

— Tão apertadinha. Vai demorar um pouco para você se ajustar a nós, doçura — murmurou.

Willem adicionou um segundo dedo, e enquanto estocava para dentro e para fora de mim, eu deixei o pau de Summit sair da minha boca para dar a Nordin a mesma atenção.

Olhei para ele, que estava me observando atentamente enquanto eu rodava minha língua em torno de sua ponta. Ele soltou um suspiro agudo quando o tomei completamente em minha boca, e depois que puxou meu cabelo para trás, ele o segurou com força em sua mão.

O movimento dos dedos de Willem ficou mais rápido, e cada vez que ele estocava dentro de mim, eu sentia seu polegar esfregando contra o único ponto que nunca deixei ninguém chegar perto.

Não sei por que essa parte do meu corpo era um tabu, e eu sabia que havia pessoas que gostavam de sexo anal, mas nunca pensei muito nisso. Ou tentei qualquer coisa lá atrás. Mas como tudo que eles faziam comigo era incrível, eu apenas relaxei e deixei que ele continuasse a fazer o que estava fazendo. Era bom e eu queria mais.

Continuei movendo minha cabeça para frente e para trás, meus lábios chupando seu eixo.

— Você é linda pra caralho, Echo — Nordin rosnou.

Eu queria sorrir, mas me distraí quando os dedos de Willem se moveram para fora de mim para, em seguida, circular suavemente meu ânus.

— Você tem que me avisar se não se sentir confortável com isso, doçura. Mas se quiser mais de um de nós dentro de você ao mesmo tempo... vai ter que se acostumar com isso — Willem explicou.

Eu queria aquilo. Não tinha certeza de como isso funcionaria, mas sabia que queria.

Virei minha cabeça para olhar para ele enquanto minhas mãos ainda estavam ao redor dos seus paus e, com um assentir de cabeça e uma rebolada da minha bunda, indiquei para ele continuar.

— Apenas relaxe, Echo. Vai ser bom. Não apenas para você, mas para nós também, quando estivermos dentro de você — Nordin me disse.

Neste momento, eles poderiam me dizer qualquer coisa e eu confiaria neles cegamente. Nunca me senti tão bem como neste momento, e com eles ao meu redor, me fazendo sentir especial, não havia outro lugar onde eu preferisse estar.

capítulo dezenove

WILLEM

Ela era incrivelmente apertada.

Echo não era virgem, o que definitivamente teria me feito dar alguns passos para trás e deixar Summit ir primeiro. Ele sabia ser gentil. Nordin e eu, por outro lado, gostávamos de ir com força desde o começo. Ainda nos certificávamos de não machucar a mulher, mas, com a Echo, eu gostaria de ser extremamente cuidadoso.

Mas saber que ela tinha feito sexo antes abriu algumas portas para mim e, embora demorasse um pouco para todos nós nos ajustarmos, eu não teria que me conter depois. Echo havia nos mostrado mais de uma vez que ela queria isso e que não tinha que justificar suas necessidades, assim como nós não tínhamos que justificar as nossas.

Olhei para sua bunda perfeitamente redonda enquanto movia meus dedos ao longo de sua fenda para molhar aquele pequeno buraco intocado de seu corpo. Ela estava aberta a um monte de coisas, o que me excitou pra caralho. Meu pau estava duro sem ela nem tê-lo tocado com suas mãos ou boca, mas minha ponta estava roçando sua pele macia.

Fui ao quarto para pegar uma camisinha enquanto ela começava a chupar o pau de Summit e, quando voltei, seu lindo cabelo cobre estava sendo puxado por ele com força, desfrutando de sua doce boca em torno de seu eixo.

Nunca era estranho falar sobre meus irmãos enquanto estávamos compartilhando uma mulher, e até mesmo olhar para o pau um do outro enquanto estava sendo chupado, não incomodava nenhum de nós. Temos feito isso há anos e, embora a maioria dos homens evite qualquer tipo de contato, ficamos bem à vontade um com o outro. Sabíamos que a maioria das mulheres gostava de como éramos capazes de compartilhar sem nunca brigar ou ficar com raiva um do outro, e sempre mantivemos as coisas claras e simples, mas sabíamos exatamente o que fazer para dar a elas uma experiência única.

Com Echo... era diferente. Havia um vínculo que nunca tivemos com nenhuma outra antes, e isso se somava a tudo que estávamos fazendo. Ela se sentia confortável conosco, e nós a deixávamos brincar conosco tanto quanto brincávamos com ela. Mas, esta noite, era a vez dela ser mimada por nós.

Envolvi minha mão em torno da base do meu pau, acariciei algumas vezes e, em seguida, desenrolei a camisinha. Então, lentamente, esfreguei minha ponta contra sua boceta antes de empurrar levemente para dentro dela. Eu queria que ela se acostumasse com isso antes de eu entrar completamente nela.

— Você tem que me avisar quando eu puder me mover, doçura — eu disse a ela.

Desta vez, Echo não virou a cabeça, em vez disso, ela empurrou o corpo contra o meu para me avisar que estava pronta para mim. E isso foi o suficiente para eu continuar o que queria fazer.

Coloquei a mão em seu quadril enquanto mantive meu pau na outra para empurrar para dentro dela, e com um impulso suave e lento, fui enterrando profundamente em seu calor. Um gemido subiu pelo meu peito, e a maneira como suas paredes internas me apertavam me fez querer foder com força. Sem piedade, apenas foder até desmaiar.

Mas não na nossa primeira vez.

Comecei a me mover lentamente e, com cada impulso, podia senti-la se acalmar um pouco.

— Você está bem, Echo? — Nordin perguntou a ela, que assentiu com a cabeça para ele.

Ótimo.

Mantive meus olhos em sua bunda e, para deixar as coisas ainda melhores, empurrei meu polegar contra seu ânus apertado, circulando-o, mas me mantendo fora dele.

Por agora.

— Ela quer que você vá mais rápido — Summit falou, e quando olhei para cima, vi Echo sinalizar. — E mais forte. — Ele sorriu, estendendo a mão para acariciar sua bochecha.

Esta era uma experiência totalmente nova para nós, não ter uma mulher falando enquanto a fodíamos. Mas gostei e, graças à Summit, ainda podíamos saber o que ela queria. E Echo não se esquivou de nos avisar exatamente o que precisava.

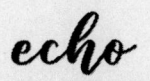

Aumentei a velocidade, estocando dentro dela com mais força, mas ainda cuidando para não machucá-la.

Summit a adorava. E embora eu não tenha demonstrado, eu também a adorava. Nordin também tinha um fraco por ela e, mesmo que não me dissesse para onde a levou hoje, eu sabia que devia ser um lugar especial. Tão especial, na verdade, que não quis nos contar seu segredo. Mas ter uma mulher o afetando tanto me fez manter minhas esperanças de que ele não desistiria de si mesmo quando fosse mais velho. Ele tinha muito mais vida pela frente, e com Echo, eu sabia que ele tiraria o melhor proveito disso.

Isso se ela realmente decidisse ficar conosco. Adoraríamos mantê-la, mas a escolha era dela, não nossa.

— Porra! — gemi, e assim como meus irmãos, meu orgasmo estava perto. Echo não estava mais esfregando seus paus, em vez disso, eles mesmos decidiram terminar o trabalho e observavam seu lindo rosto.

Nordin estendeu a outra mão para segurar seu queixo, e com o polegar, ele o empurrou dentro de sua boca para fazê-la chupar.

— Mantenha esses lindos olhos abertos, Echo. Queremos vê-los enquanto Willem faz você gozar.

Não muito depois de suas palavras, senti suas paredes apertarem ao redor do meu pau, mais apertadas do que antes. Eu estava pulsando dentro dela, e não demoraria muito mais para alcançar meu próprio orgasmo.

— Continue apertando meu pau, Echo. Mantenha essa boceta apertada ao meu redor — eu a encorajei, e logo em seguida, ela começou a tremer.

— Olhos abertos, querida — Nordin murmurou.

E embora eu não pudesse ver seu rosto, sabia que estava olhando para ele e Summit.

Então, quando meu orgasmo finalmente explodiu, estoquei profundamente dentro dela e permaneci lá até que nós dois paramos de rebolar nossos quadris. Apenas alguns segundos depois, o gozo de Nordin atingiu sua barriga, seus olhos fixos em Echo e o polegar ainda em sua boca. Summit seguiu logo depois, e todos nós respiramos pesadamente enquanto tentávamos nos acalmar.

Echo estava fraca, suas costas subindo e descendo até que saí de dentro dela para que ela pudesse se encostar no sofá e relaxar.

Demorei alguns minutos para voltar ao normal e, depois de descartar a camisinha usada, me inclinei sobre ela para dar um beijo em sua cabeça.

— Você está se sentindo bem, doçura? — perguntei, e ela imediatamente assentiu com a cabeça.

Um gesto rápido de seu polegar para cima me fez rir.

Ela era muito linda.

Quando recuperou as forças, Echo se virou para olhar para mim e, como um agradecimento, ela me beijou suavemente nos lábios.

— Acho que esta noite você pode escolher com quem quer dormir, — eu disse a ela, depois que seus lábios deixaram os meus.

Seus olhos se arregalaram e percebi que a havia colocado diante de uma decisão difícil.

Eu sorri, então afastei seu cabelo do rosto e coloquei uma mecha atrás de sua orelha.

— Sem pressa. Saiba que nenhum de nós ficará bravo se você decidir não vir dormir conosco. Sempre podemos nos revezar.

Echo assentiu com a cabeça, então olhou para cada um de nós com uma ruga profunda entre as sobrancelhas.

Eu teria adorado abraçá-la até que ela adormecesse depois da nossa primeira vez, mas era uma decisão dela, e eu respeitaria o que quer que Echo decidisse fazer.

capítulo vinte

ECHO

Fui tomar banho no banheiro de Willem depois que minhas pernas recuperaram as forças. Precisei me acalmar e deixar meu corpo se reajustar após o orgasmo intenso que ele me deu, mas o formigamento dentro de mim simplesmente não parava. O que acabei de experimentar com eles foi incrível, e esperava conseguir mais em breve.

Depois de colocar meu suéter e minhas roupas, saí do quarto para ir até a cozinha onde os três estavam sentados à mesa, esperando que eu me juntasse a eles. Os irmãos não prepararam muita coisa, apenas um jantar rápido com pão, queijo e alguns frios.

O sanduíche que Nordin fez esta tarde me encheu, e eu não estava com muita fome.

Sentei ao lado de Summit e, com um sorriso, olhei para todos eles. Os três pareciam satisfeitos consigo mesmos e, embora eu não tivesse feito muito para fazê-los gozar, me sentia bem comigo mesma e com a forma como tudo aconteceu.

Ver Nordin e Summit gozando enquanto me observavam sendo fodida não era algo que eu pensei que iria gostar, mas gostei demais. Estar isolada com eles aqui na cabana aumentou a intensidade de tudo o que fizeram comigo, e eu não me importaria de ficar aqui para sempre.

— Sem fome? — Summit perguntou, inclinando-se para mais perto de mim e colocando sua mão na parte interna da minha coxa.

Olhei para ele e balancei a cabeça, então levantei as mãos para sinalizar.

— *Estou sim. Eu só estava pensando em algo.*

Ele me olhou com atenção, franzindo os lábios e afastando a mão da minha coxa.

— *Você está se sentindo bem? Não está se arrependendo do que aconteceu na sala, está?* — sinalizou.

— Fale — Willem ordenou, em uma voz áspera, e virei a cabeça para olhar para ele com os lábios pressionados com força.

Summit revirou os olhos e olhou para seu irmão mais velho.

— Eu só estava me certificando de que ela estava bem.

Olhei ao redor da cozinha e vi meu quadro e marcador sobre o balcão, então me levantei e peguei tudo para poder me comunicar com todos eles.

— *Nunca me senti assim antes. Eu me sinto incrível. Amada. Como se eu valesse a pena.*

Virei o quadro para eles lerem minhas palavras e, nos rostos de Nordin e Willem, um sorriso suave apareceu.

— Você vale muito, Echo. Nunca pense que não merece isso. Caramba, você merece muito mais — Willem disse.

Sorri para ele e limpei o quadro para escrever novamente.

— *Obrigada por me aceitarem como sou.*

Isso parecia ser a única coisa que eu poderia dizer a eles sem me emocionar. Havia muito mais coisas que eu queria que soubessem, mas, por enquanto, foi tudo o que saiu de mim.

Summit segurou minha nuca e se inclinou para beijar minha têmpora.

— Acho que temos que agradecer a você por isso. Somos uns malditos filhos da puta doentes — Nordin sorriu.

Eu olhei para ele e balancei a cabeça. Eles estavam longe de ser malditos ou doentes.

Eles eram gentis.

Amorosos.

Protetores.

Todos eles, apenas de maneiras diferentes.

— Vamos comer e depois ir pra cama. Amanhã temos que sair cedo de novo — Willem disse.

Coloquei o quadro ao meu lado na mesa, então olhei para Nordin ao sentir seus olhos em mim. Quando meu olhar encontrou o dele, ele ergueu as mãos e, para minha surpresa, ele sinalizou a palavra "feliz".

Não pude conter um sorriso e, depois de piscar para mim, senti minhas bochechas esquentarem.

— Parem de flertar e comecem a comer — Willem murmurou. — E parem de sinalizar quando eu não conseguir entender.

— Eu diria que nós dois precisamos começar a aprender a língua de sinais — Nordin disse a ele, e esperei pela resposta de Willem.

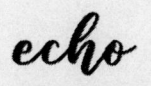

Eles não tinham que aprender só por minha causa, embora tornasse a comunicação muito mais fácil do que ter que escrever no quadro o tempo todo.

— Você poderia começar com o básico. O idiota aí já sabe como sinalizar *feliz*, o que é contraditório, já que ele nunca está feliz — Summit zombou.

— Quero aprender a língua de sinais por causa dela. Quero ser capaz de falar com ela do jeito que você faz. E realmente não faria mal a ninguém; isso só nos ajudaria — Nordin disse a Willem.

Ele não parecia muito convencido da ideia.

— Eu sou velho. Não tenho certeza se há muito mais que posso aprender — ele respondeu.

Franzi o cenho e peguei novamente o marcador.

— *Você não é velho. E nunca é tarde para aprender coisas novas. Eu posso ensinar* — escrevi.

Ele observou o quadro por um tempo, então assentiu lentamente com a cabeça.

— Tudo bem. Veremos o que podemos fazer. Agora comam — disse, dando a todos nós um olhar sério.

Depois do jantar, todos ajudamos a guardar as coisas e, quando Kodiak acabou de comer, seguiu Willem para o quarto. Nordin também desapareceu em seu quarto, e eu olhei para Summit com quem, de qualquer maneira, eu já queria passar a noite.

Eu ainda tinha que acalmar meu corpo de todas as sensações e sentimentos, e Summit era a pessoa certa para me ajudar com isso.

— Vai ficar comigo esta noite? — perguntou, sua voz gentil.

Assenti, sorrindo para ele, em seguida, pegando sua mão para entrelaçar meus dedos nos dele.

Fomos para o seu quarto e, depois de fechar a porta atrás de mim e desligar as luzes, ele me puxou para a cama e acendeu o abajur de sua mesinha de cabeceira para que ainda pudéssemos nos ver.

— Eu estive conversando com Willem hoje quando estávamos caçando. Ele está muito determinado a que você fique conosco quando voltarmos para casa e até sugeriu que nos ajudasse na oficina. Porém, eu não tenho certeza se isso seria divertido para você — comentou, tirando a camisa e deslizando para debaixo das cobertas comigo. — Eu disse a ele que você queria um emprego, o que me lembrou que você nunca nos disse com o que gostaria de trabalhar.

Franzi meus lábios. Eu realmente nunca pensei sobre isso.

— *Eu não me importo com que o trabalho seja. Só não quero ficar sentada em sua casa sem mover um músculo. Vocês me deixaram ficar com vocês e quero ajudar a pagar as compras e contas* — sinalizei.

Uma risada baixa escapou dele.

— Não precisamos de você para ajudar a pagar nossas contas ou comida. Mas entendo que não queira ficar de pernas para o ar. Agora me diga. Deve haver algo que você goste de fazer. Algo que gostava de fazer quando era pequena ou um trabalho que sempre quis experimentar. Quando eu era pequeno, tudo que eu queria era ser era bombeiro — ele me disse.

Eu sorri para ele e franzi meus lábios novamente, pensando em mim e em seus grandes sonhos. Eu realmente não conseguia pensar em algo que eu quisesse ser quando criança, porque depois dos quatro anos, tudo que eu queria era me esconder. Encontrar um lugar para onde pudesse desaparecer, onde ninguém jamais me encontraria.

Dei de ombros, olhando para minhas mãos. Summit me deu tempo para pensar e, para me encorajar silenciosamente, colocou a mão nas minhas costas e começou a brincar com meu cabelo comprido e indomável. Eu podia senti-lo envolver algumas mechas em torno de seus dedos, e os puxões suaves causaram arrepios na minha pele.

— *Uma desenhista* — sinalizei, olhando em seus olhos.

Ele estava me observando atentamente e, quando sorriu, olhei para minhas mãos.

— Eu vi seus desenhos no quadro. Eles são incríveis, considerando que você usou um marcador desse tipo para desenhar — Summit comentou. — Talvez em casa possamos comprar algumas telas e outros materiais de arte. Nossa oficina é grande o suficiente para quatro pessoas e acho que seria bom ter você conosco enquanto trabalhamos e você pinta — sugeriu.

— *Isso parece bom* — respondi, olhando novamente em seus olhos.

— Talvez assim você descubra o que realmente quer. Não estamos te pressionando para encontrar um emprego e, se precisar de algum tempo para pensar, terá todo o tempo de que precisa.

Admirei a calma de Summit misturada com a gentileza dele. Inclinando-me, dei um beijo suave em sua bochecha, em seguida, passei os braços ao redor do seu pescoço e me aninhei nele.

Para nos deixar um pouco mais confortáveis, ele puxou minha perna sobre seu colo, para montá-lo, e quando ele se recostou na cabeceira da cama, coloquei minha cabeça em seu ombro para acariciar seu pescoço com meu rosto.

— Sabe o que me fascina em você, Echo? Como seus olhos são expressivos. Um olhar para você e eles contam toda a história — disse baixinho, passando a mão pelo meu cabelo e colocando a outra na parte inferior das minhas costas. — Acho que posso até mesmo ser capaz de ter uma conversa inteira com você sem nunca dizer uma palavra. Só de olhar para você — acrescentou.

Sorri, fechando os olhos e respirando seu perfume amadeirado que sempre parecia me fazer relaxar.

— Sei que você está feliz com a gente, e queremos mantê-la assim. — Ele deu um beijo na minha testa, em seguida, segurou minha bochecha com a mão para virar minha cabeça para ele. — Posso ganhar um beijo de boa noite, querida? — perguntou, e sem hesitação, pressionei meus lábios nos dele.

Summit moveu sua boca suavemente contra a minha, e com sua língua ele roçou levemente meu lábio inferior, não me incitando a fazer nada, apenas deixar as coisas fluírem e acontecerem.

Em momentos como este, eu gostaria de poder falar.

Para dizer como me sinto por causa dele e de seus irmãos, e o mais importante: para agradecê-los.

Eles me salvaram e me ofereceram um lar e proteção.

capítulo vinte e um

ECHO

Acordei sozinha na cama de Summit, mas podia ouvir ruídos vindos de fora do quarto. Eu não sabia de quem era a vez de caçar hoje, mas quem ficou aqui já estava trabalhando.

Levantando da cama e me espreguiçando, saí do quarto para ser saudada por Kodiak, que estava parado no meio do corredor com sua bola de tênis na boca.

Inclinando a cabeça, eu me perguntei há quanto tempo ele estava parado ali, e para não chateá-lo, estendi cuidadosamente minha mão para ele colocar a bola. O cachorro moveu a cabeça para frente e, sem diminuir o espaço entre nós, deixou a bola cair na minha mão.

No momento em que a levantei, ele se apoiou nas quatro patas e balançou o rabo, e eu joguei cuidadosamente a bola na sala de estar em direção ao sofá onde ela caiu. Para evitar brincar mais com ele por um tempo interminável, caminhei rapidamente até a porta da frente, abrindo e olhando para fora, para a caminhonete deles.

Willem estava parado ao lado da carroceria do veículo, mas eu não conseguia ver exatamente o que ele estava fazendo. Não consegui chamar sua atenção sem fazer barulho e, quando estava prestes a bater na madeira da cabana, Kodiak passou correndo por mim para chegar até seu dono.

— Calma, amigão — ele murmurou, então se virou para olhar para mim, depois de me notar parada ali. — Bom dia, linda. Dormiu bem? — perguntou, colocando tudo o que estava segurando de volta na carroceria e caminhando até mim.

Assenti com a cabeça, esperando que ele me alcançasse para envolver meus braços em volta do seu pescoço e pressionar meu corpo contra o dele. Quando seus braços estavam em volta de mim, me apoiei nele e fechei os olhos, apreciando os poucos raios de sol que brilhavam por entre as árvores e atingiam meu rosto.

Eu não tinha saído muito ao sol e no Alasca, embora fosse ensolarado, não fazia muito calor. Minhas sardas costumavam se destacar quando eu era pequena, mas, com o passar dos anos, comecei a evitar a exposição ao sol e nunca mais lhes dei a chance de aparecerem novamente.

Não que elas tenham desaparecido, apenas estavam mais claras. Mas talvez este ano eu pudesse fazer com que parecessem mais vibrantes.

A mão de Willem roçou minha nuca e, com a outra, ele me segurou com força contra ele.

— Está com fome? Posso fazer uns ovos e waffles para você, se quiser, — sugeriu, mas neguei com a cabeça e me inclinei para trás para olhar em seus olhos.

Merda, meu quadro estava lá dentro.

Apontei para o meu peito, fazendo com que ele soubesse que eu poderia fazer meu próprio café da manhã.

Felizmente, ele entendeu.

— Tem certeza? Não me importo em deixar o trabalho de lado por alguns minutos e sentar à mesa com você.

Balancei a cabeça novamente, não querendo que ele parasse de fazer suas coisas. Eu sabia fazer meu próprio café da manhã.

— Tudo bem. Estarei aqui se você precisar de mim — disse, em seguida, deu um beijo na minha testa antes de soltar seus braços em volta de mim.

Voltei para dentro e direto para a cozinha, e depois de pegar tudo que precisava para um bom café da manhã, comecei com os ovos mexidos.

Kodiak estava sentado perto da porta, baba pingando dos cantos da boca, e torci o nariz apenas para ouvi-lo gemer. Eu sabia que cães podiam ler expressões faciais, mas foi a primeira vez que vi um cachorro reagir à minha careta, e foi engraçado. Ele não era um cachorro tão ruim, mas eu ainda não estava pronta para baixar totalmente a guarda com ele.

Virei para o fogão e esperei que a panela esquentasse, enquanto isso, olhei pela pequena janela para ver Willem pegar algumas ferramentas da carroceria da caminhonete e colocá-las em um grande recipiente cheio de água. Ele as estava limpando e, enquanto trabalhava, eu cozinhava e o observava sempre que podia.

Nunca pensei que a idade fosse um motivo para não permitir que ninguém se aproximasse e, para mim, Willem não era velho como se descrevia.

Ele ainda era jovem.

Saudável e incrivelmente bonito.

Todos os três eram, e eu nunca reclamaria.

Depois de tomar o café da manhã e limpar tudo, fui ao quarto de Willem pegar minha calça jeans e, uma vez vestida, voltei para fora com meu quadro e marcador.

— *Posso ajudar?* — perguntei, segurando o quadro de forma que ficasse voltado para sua direção.

— Você quer? Estou apenas limpando todas as ferramentas e jogando fora tudo o que não precisamos — ele explicou.

Coloquei o quadro ao lado de Kodiak e fui até Willem, descalça. Eu poderia ter usado os tênis de Summit, mas queria sentir o chão aos meus pés. Não tenho certeza do por quê que isso me fez sentir nostálgica.

— Tudo bem. Esses estão apenas de molho em vinagre e sal. Se quiser, pode começar a organizar a caixa de ferramentas — falou, apontando para a enorme caixa na traseira da caminhonete.

Organizar parecia divertido e eu rapidamente assenti com a cabeça.

— Ok — ele disse, pegando a caixa e colocando-a no chão. — Algumas ferramentas, parafusos e porcas têm seu próprio pequeno compartimento para guardar, e vou deixar você colocar o resto da maneira que quiser.

Assenti novamente e, depois de sorrir para ele, sentei em um balde que estava de cabeça para baixo na frente da caixa para começar a organizar. Ajudar me fazia sentir bem e esperava que houvesse mais coisas em que pudesse ajudá-los no futuro.

Eu faria qualquer coisa.

— Echo? — Willem chamou, e me virei para olhar para ele. — Sei que pode ser difícil falar sobre isso, mas você já pensou se ele está procurando por você?

E por ele, Willem quis dizer Garrett.

Claro que eu tinha pensado nisso, mas simplesmente não parecia uma coisa que ele faria. No máximo, Garret informaria meu desaparecimento para a polícia e deixaria a busca à cargo de seus agentes. Mas aqui nas montanhas, eu tinha certeza que ninguém iria me encontrar.

Assenti com a cabeça, olhando para o quadro e pensando em trazê-lo para mais perto.

— Respostas sim ou não são suficientes — Willem falou, e olhei de volta para ele. — Preciso saber disso, porque se voltarmos a Homer e descobrirmos que estiveram procurando por você e depois a viram conosco, podemos parecer sequestradores ou algo assim. E as autoridades não vão se importar se você queria ficar conosco ou não. — Ele respirou fundo e inclinou a cabeça. — E a sua mãe? Você não falou com ela antes de fugir?

Balancei minha cabeça, e eu realmente tive vontade de explicar a ele que ninguém estaria procurando por mim. Apontei para o quadro, dando a Willem um olhar sério para que ele me deixasse pegá-lo.

Ele suspirou, então o pegou e o estendeu para mim com o marcador.

— *Não tenho notícias de minha mãe há quatorze anos, e Garrett não iria me aceitar de volta se eu aparecesse na sua porta. Eles não se importam comigo, e eu não quero que se importem.*

Tentei encaixar tudo no quadro e Willem observou minhas palavras por um tempo antes de soltar outro suspiro pesado.

— Isso é horrível. Se eu tivesse uma filha, iria adorar e cuidar dela.

Isso me fez sorrir e vi uma oportunidade de tirar a atenção de mim e colocá-la nele. Limpei rapidamente o quadro para escrever novamente.

— *Você quer ter filhos?*

Willem riu e balançou a cabeça.

— Não mais. Já é muito tarde e não vejo miniaturas minhas correndo pela casa. Além disso, não estou com vontade de dividir a casa com uma mulher enquanto meus irmãos também morarem lá. A menos que... todos nós compartilhemos a mesma mulher — ele disse.

Pressionei meus lábios em uma linha fina e observei seu rosto de perto. Seus olhos se encheram de luxúria, e lembrar da noite passada fez meus joelhos tremerem só de pensar nisso. Willem se agachou na minha frente e colocou a mão na minha bochecha, acariciando suavemente com o polegar.

— Nós queremos você, e acho que você teve provas suficientes ontem. Se ficar conosco, o que acho que já estabelecemos que ficará, prometemos que será a nossa única mulher.

Sorri para ele e me inclinei em sua mão enquanto fechava os olhos por alguns segundos, então ele moveu sua mão em meu cabelo e me puxou para mais perto de si. Olhei novamente em seus olhos, agora vendo todos os tipos de emoções passando por eles.

— Você não tem ideia do que está fazendo comigo. Com todos nós — sussurrou.

Não havia mais nada que ele pudesse dizer para me fazer entender exatamente o que ele tentou explicar. Porque eu senti o mesmo.

Inclinei-me para beijar sua boca, e depois que seus lábios se moveram suavemente contra os meus, Willem assumiu o controle do beijo e se levantou, me erguendo com uma das mãos na minha bunda, envolvendo minhas pernas em torno de seus quadris.

Acho que a caixa de ferramentas teria que esperar.

Meus braços envolveram seus ombros com as mãos deslizando em seu cabelo e, depois de dar alguns passos, ele me pressionou contra a lateral da caminhonete, empurrando sua virilha contra a minha.

Se fosse assim quando estivéssemos em sua oficina, eu não tinha certeza se eles conseguiriam trabalhar. Mas isso não me incomodou. Nem um pouco.

Nosso beijo era apaixonado; com cada golpe de sua língua contra a minha, minha boceta ardia, precisando se satisfazer do mesmo jeito de ontem à noite. Eu tinha certeza que eles já tinham algo planejado para esta noite, mas pela primeira vez, eu queria ser quem assumiria o controle sobre eles.

Controle total.

Mas isso teria que esperar mais algumas horas.

Willem terminou o beijo inesperadamente, e pude ver a frustração em seus olhos.

— Talvez você me ajudar aqui não tenha sido uma ideia tão boa. Só consigo pensar em foder você contra a maldita caminhonete, mas hoje não é a minha vez.

Abafei um sorriso e passei minha mão por seu cabelo grosso, então assenti e mexi em seus braços para que ele me soltasse.

Assim ele fez e, depois de se xingar, se afastou de mim para continuar o trabalho.

A necessidade que ele tinha de mim era a mesma que eu tinha dele e de seus irmãos, e esperava que voltassem logo para que pudéssemos continuar o que começamos.

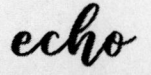

capítulo vinte e dois

ECHO

— Vejam só o que pegamos!

A voz de Summit interrompeu meus pensamentos quando coloquei a última ferramenta limpa na caixa. Willem e eu ficamos aqui a tarde toda e eu estava ficando cansada depois de algumas horas organizando.

Levantei o olhar para ver Summit e Nordin vindo pela garagem, e quando eu vi os coelhos pendurados em seus ombros, soube que hoje eles tiveram sucesso na caça.

— Caramba, quantos? — Willem perguntou com uma risada.

— Sete. Dos grandes. Acho que podemos até parar de caçá-los — Nordin disse, olhando para mim com um sorriso. — Você está bem, querida? — indagou, e primeiro assenti, mas depois balancei a cabeça rapidamente.

— Temos que preparar a carne, será melhor se fizermos isso hoje — Summit sugeriu.

— Sim, faremos isso — Willem disse, virando-se para olhar para mim. — Você não tem que ficar aqui se não quiser. Vá para dentro. Descanse um pouco antes do jantar.

Assenti e dei uma olhada involuntária para os coelhos, então entrei na cabana e fechei a porta atrás de mim. Vi Kodiak se mexer no sofá e, com uma sobrancelha arqueada, coloquei as duas mãos nos quadris.

Desde quando ele pode ficar no sofá?

Franzi os lábios e tentei descobrir se mandá-lo sair dali era uma ideia melhor do que simplesmente ignorá-lo e deitar em uma das camas, mas, em vez disso, algo me incentivou a me aproximar dele. Eu sabia que Kodiak era um bom cachorro, mas seu tamanho ainda me deixava um pouco nervosa.

Aproximei-me dele e deixei meus olhos viajarem por seu pelo, então estendi minha mão e toquei sua cabeça. Cuidadosamente, dei um tapinha nele do jeito que tinha feito antes, mas sem os outros por perto, eu não tinha certeza se ele me deixaria tocá-lo. Alguns cães eram protetores com seus donos e sabiam que não deveriam ser tocados quando não estivessem por perto. Mas eu não era mais uma estranha, e ele não parecia se importar em ficar sozinho em uma sala comigo.

Respirei fundo e olhei para suas grandes patas, me perguntando quantas vezes suas pegadas foram confundidas com as de um urso em sua cidade natal. Nunca encontrei um cachorro como Kodiak, mas parece que foi ele quem me fez ver que eu poderia confiar em cães novamente. Não que eu tivesse medo deles desde que nasci. Só que aquela mordida mudou minha visão sobre eles.

Sua boca se abriu e ele bocejou enquanto a baba caía no chão. Tínhamos que limpar isso.

Movi minha mão ao longo da lateral de seu corpo e pude ver meus dedos desaparecerem em sua longa pelagem. Era muito grossa, e agora entendi por que ele não se importava com a água e o clima frios.

Havia um pouco de espaço no sofá ao seu redor, e tentei descobrir se eu realmente iria tão longe a ponto de deitar ao lado dele.

Eu era uma garota corajosa.

Kodiak era um cachorro doce.

E era a hora certa para finalmente superar esse maldito medo.

Ele era tranquilo.

Talvez até um pouco demais, o que tornava tudo muito mais fácil.

Reuni toda a minha coragem e para minha própria surpresa, me sentei em uma das extremidades do sofá onde estava sua cabeça, e como se ele entendesse o que eu estava fazendo, Kodiak se moveu para colocá-la na minha barriga.

Minhas pernas estavam abertas, com ele deitado entre elas e uma de suas patas esticada sobre a minha coxa. Ele era como um enorme ursinho de pelúcia. Eu nunca tive um para abraçar, então isso foi especialmente bom.

Um som de contentamento saiu dele e, inclinando minha cabeça contra o braço da poltrona, coloquei as duas mãos sobre ele para coçar atrás da sua orelha e pescoço.

Ele não era o único que estava cansado; fechei os olhos depois de compreender que estava apenas acariciando um cachorro enorme. Com um sorriso nos lábios, respirei profundamente e mentalmente me dei um tapinha nas costas por conseguir chegar tão longe sem a ajuda de ninguém.

E para ser honesta... eu estava começando a gostar do Kodiak.

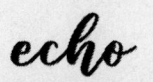

NORDIN

Era a coisa mais fofa que já tínhamos visto.

Echo estava deitada no sofá com Kodiak quase em cima dela, ambos dormindo e fazendo suaves barulhos.

— Acham que devemos acordá-la? O jantar está quase pronto — Summit sussurrou, parando ao meu lado com seus olhos também focados nela.

— Deixe-a dormir. Podemos guardar a comida para que ela possa comer mais tarde. Vamos — Willem disse.

Ele estava orgulhoso. Olhando para o seu rosto, eu podia dizer que estava feliz por seu melhor amigo ter encontrado uma nova amiga.

Ele criou Kodiak certo, e isso ficou claro quando Echo chegou.

Eles voltaram para a cozinha e, antes de segui-los, peguei o cobertor do outro lado do sofá e cobri os dois com cuidado. Nenhum deles acordou, embora com Kodiak eu nem sempre tivesse certeza se ele apenas agia como se estivesse dormindo ou não. Ele era um cachorro preguiçoso, especialmente quando deveria passear.

Sentei-me à mesa com meus irmãos e começamos a comer o risoto de cogumelos feito por Willem. Summit e eu encontramos alguns cogumelos quando estávamos voltando para a cabana esta tarde, e pensamos que seria uma boa ideia cozinhá-los antes que estragassem. Nós vínhamos muito aqui e sabíamos exatamente quais podíamos comer.

— Ela ajudou você o dia todo? — perguntei a Willem.

— Quase isso. Ela queria ajudar, e eu não queria privá-la de nada. Posso imaginar como deve ser chato aqui para ela.

— Echo sempre encontra algo para fazer. Ela não parece entediada para mim — Summit acrescentou.

— Espero que ela seja capaz de encontrar algumas coisas para fazer antes de irmos, senão ela realmente ficará entediada — Willem falou.

— Ela não vai. Ela está feliz e se diverte. Além disso, ficaríamos muito entediados sem ela também — eu disse.

Eles sabiam que eu estava certo.

Uma vez, decidimos cada um trazer uma mulher aqui para que pudéssemos nos divertir à noite e liberar um pouco do estresse, mas isso acabou muito mal quando duas delas pensaram que poderiam apenas fazer as malas e ir embora pela manhã, quando tínhamos toda a estadia planejada para irmos caçar e voltar para casa, para elas à noite.

As mulheres sabiam do nosso acordo, mas ficaram entediadas e decidiram ser umas mimadas sobre tudo. Elas reclamaram da comida, do frio e até de nós. Willem cuidou delas, colocando-as na caminhonete e dirigindo todo o caminho de volta para casa para não ouvi-las reclamar mais.

Então, a única mulher que sobrou, gostou de sua estadia e de ser compartilhada.

E foi quando tudo começou.

Não acho que qualquer um de nós poderia imaginar ter outra mulher além da Echo, e estávamos de boa com isso.

— Hoje ela falou sobre seus pais — Willem começou, e olhei para ele para lhe dar toda a atenção.

— O que ela disse? — perguntei.

— Disse que o idiota do padrasto provavelmente não se importa onde ela está, e que a última vez que viu a mãe foi há quatorze anos. Não tenho certeza de quem eu sinto mais nojo.

— Dos dois — Summit murmurou. — Que tipo de mãe deixaria a filha sozinha com um homem assim só para que pudesse ser feliz e sua filha miserável? Uma mulher dessas não pode ser chamada de mãe. E aquele filho da puta... — Ele suspirou e balançou a cabeça. — Não tenho ideia de quem é esse cara, mas quero dar um soco na cara dele e arrancar suas malditas bolas.

Concordava. Mas talvez nunca possamos conhecê-lo ou à mãe dela, e eu honestamente não me importava com isso.

— Isso não importa agora. Tudo que eu quero é que ela seja feliz com a gente e, como vocês podem ver, ela não parece se importar muito com essas pessoas — Willem disse.

— E se um dia ela decidir procurá-los? — Summit questionou.

— Então vamos deixá-la fazer isso. Vamos apoiá-la e ficar ao lado dela. De jeito nenhum eu a deixaria passar por uma merda como essa sozinha — eu disse a eles, com determinação em minha voz.

Ficamos em silêncio por um tempo, refletindo sobre o que havíamos acabado de conversar.

— Eu sei que parece idiota, mas... — Suspirei, olhando para meus irmãos. — Algo nela me lembra muito a nossa mãe. Sua doçura e tudo o mais. É tão calmante, e toda vez que eu olho para ela meu coração pula uma batida.

Willem e Summit olharam para mim com uma expressão que sabiam exatamente do que eu estava falando.

Eles sentiam o mesmo.

Felizmente.

Nenhum deles disse nada, e após alguns segundos de silêncio, percebi que eles olhavam para trás. Me virei rapidamente para ver Echo parada ali com aquele suéter enorme de Willem e aquela calça jeans preta e justa.

Ela deve ter ouvido tudo o que eu disse, mas não me importei. Caramba, estou feliz que ela tenha me ouvido.

Empurrei minha cadeira para trás e sorri para ela, então estendi minha mão em sua direção. Depois que ela colocou a mão na minha, a puxei para mais perto e para o meu colo, onde ela felizmente se sentou de lado, com o braço em volta dos meus ombros.

— Você tirou uma boa soneca? — indaguei, colocando beijos suaves em sua bochecha. Ela assentiu, inclinando-se contra mim e olhando para Willem e Summit com um sorriso suave. — Estávamos falando sobre você — eu disse, deixando meus lábios se moverem ao longo de sua mandíbula.

Outro aceno de cabeça, e ela me apertou com mais força, me fazendo sorrir.

— Você está com fome, doçura? — Willem questionou, já se levantando e sem realmente esperar por uma resposta.

— Pegamos uns cogumelos hoje. Você gosta? — Summit perguntou.

Ela sinalizou algo, e Summit sorriu.

— O tempo todo? Você não está enjoada deles?

Suponho que ela disse que costumava comer muito em casa. Ela sinalizou novamente, cansada demais para usar o quadro e o marcador.

Eu não me importei.

Mesmo que eu não a entendesse, gostava de vê-la mover aquelas mãozinhas lindas.

— Cogumelos comprados em lojas? Eles nunca são bons. Você vai adorar; recém-colhidos e muito saborosos.

Willem colocou um prato na frente dela e empurrei o meu para o lado para que ela pudesse ficar no meu colo e comer seu jantar.

Nós a observamos, e eu simplesmente não conseguia parar de beijar seu pescoço enquanto ele se movia sob meus lábios.

capítulo vinte e três

SUMMIT

Por mais que eu gostasse de ver Nordin se transformar em um homem que nunca tínhamos visto antes quando ele segurava Echo, eu mal podia esperar para também colocar minhas mãos nela.

Nós a observamos terminar o jantar e, logo depois, Nordin a carregou até o sofá e se sentou com ela montada nele.

— Você acha que é possível que ele já tenha sentimentos por ela? — perguntei a Willem enquanto limpávamos a mesa.

Mantive minha voz baixa para que Nordin não me ouvisse, porque caso contrário, ele me mataria em um instante.

— Sim. E nós também — respondeu.

Franzi o cenho e, a princípio, queria negar o que ele disse. Mas, no fundo, eu sabia que ele estava certo. Todos nós sentíamos algo. Essa coisa dentro de nós estava crescendo por causa dela. Nos acostumamos à Echo mais rápido do que pensávamos, e Nordin mostrou isso um pouco mais do que nós. Pelo menos, era assim que eu via.

— Ela realmente me lembra a nossa mãe, e tenho certeza de que ela e nosso pai teriam adorado Echo tanto quanto nós — ele me disse.

Assenti com a cabeça. Eles a teriam adorado. Eram as pessoas mais gentis e trabalhadoras que já conhecemos, e tudo o que éramos e tínhamos se devia a eles.

Voltei meu olhar para Nordin e Echo, agora aninhados no sofá como um casal que estava junto há anos. Eles se sentiam confortáveis um com o outro, e eu já recebi minha parcela de abraços na noite passada.

Depois que a cozinha estava limpa e as sobras na geladeira, fomos até a sala de estar. Willem acariciou a cabeça de Kodiak, fazendo-o ofegar e balançar o rabo.

— Vocês dois se tornaram amigos enquanto não estávamos olhando. Ele te subornou com algo para fazer você acariciá-lo? — Willem zombou, e Echo sorriu, negando.

Ela então sinalizou e meus irmãos olharam para mim para descobrir o que ela tinha dito. Eu ri.

— Ela disse que agora gosta mais dele do que de todos nós. O que eu acho que é uma grande mentira — comentei, sorrindo.

— Ela gosta de nós — Nordin murmurou, acariciando suas costas e puxando-a para mais perto de seu corpo.

Observamos quando ela se virou para olhar para Nordin e, com certeza, o que todos nós sabíamos que aconteceria, aconteceu. Ela o beijou e, com uma das mãos, alcançou Willem e eu. Dei um olhar rápido para Willem, e ele acenou com a cabeça na direção deles para me dizer que era a minha vez.

Me aproximei e agarrei a mão de Echo na minha, em seguida, sentei ao lado do meu irmão e puxei suas pernas sobre o meu colo. Passar minhas mãos sobre o tecido de sua calça jeans me fez sentir como aquela calça era dura e velha, e eu tinha que tirá-la de seu corpo.

Eu a desabotoei e puxei o zíper para baixo, e com a ajuda dela, eu a tirei de suas pernas para jogá-la no chão. Sua calcinha foi logo em seguida, e depois de sentir sua pele sob o meu toque, comecei a me livrar da minha própria calça.

Compartilhá-la levava tempo, mas daríamos a ela todo o tempo que merecia.

ECHO

Eu me senti como se estivesse em um sonho, sem perceber o que estava acontecendo, mas ainda assim sentindo muito ao mesmo tempo.

A mão de Nordin se moveu da minha barriga até meus seios por baixo do suéter e, depois de segurar um deles, ele começou a massagear suavemente, girando e puxando meu mamilo. Summit estava acariciando minhas pernas e seus dedos faziam cócegas enquanto subiam suavemente pela parte interna das minhas coxas. Eu estava gostando tanto de seus toques que nem pensei em Willem por um segundo.

O que ele estava fazendo?

Apenas observando?

Me afastei do beijo e virei para olhar para ele, e para minha surpresa Willem estava tirando a cueca boxer para acariciar seu pau enquanto me olhava nos olhos.

— Vou apenas observar esta noite, doçura. Concentre-se neles — encorajou. Willem se sentou na poltrona à nossa frente e, depois de dar uma rápida olhada em seu pau, me virei para colocar meus lábios nos de Nordin novamente.

Ele colocou a outra mão na minha bochecha, segurando minha cabeça no lugar enquanto aprofundava o beijo, empurrando sua língua em minha boca.

As mãos de Summit alcançaram minha boceta e, embora eu já estivesse molhada, ele moveu sua mão, molhando-as e colocando-as de volta em minhas dobras. Começou a esfregar suavemente meu clitóris enquanto Nordin interrompeu o beijo para empurrar meu suéter ainda mais para cima, em seguida, tirá-lo para brincar com meus seios.

Olhei para Summit, cujo pau estava encostado em seu abdômen duro, então o segurei e comecei a mover minha mão para cima e para baixo ao longo de seu eixo.

O pensamento de Willem nos observando me excitou, e mesmo que ele não estivesse me tocando, meu corpo estava queimando do mesmo jeito que estava na noite passada.

A boca de Nordin cobriu um mamilo, sua mão segurando meu outro seio. Olhei para ele, observando sua língua passar sobre a pequena protuberância, e enquanto ele chupava com mais força, empurrei meus quadris contra os dele para sentir seu pau sob sua calça.

Eu queria que ele se despisse.

Deslizei minha mão esquerda pelo seu cabelo, puxando sua cabeça mais perto do meu seio, e sua boca cobriu quase tudo. Joguei a cabeça para trás e fechei os olhos, movendo a outra mão ao longo do pau de Summit, e quando senti a pequena gota de pré-ejaculação em meu dedo, olhei para seu pau. Eu precisava prová-lo, então levantei minha mão para lamber o esperma do meu dedo, e me inclinei para para continuar brincando com seu pau, usando minha boca.

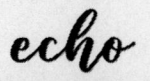

A posição em que eu estava não era a mais confortável, e como Nordin não tinha nada para tocar, ele levantou meus quadris e me virou, mas então me puxou de joelhos com minha bunda levantada bem na frente dele. Eu podia sentir sua boca beijando meus quadris indo até a minha bunda, e com a mão, ele segurou a outra para apertá-la com força.

Nesse meio tempo, tomei o pau de Summit em minha boca, o mais profundo possível. Ele estava segurando a parte de trás da minha cabeça e gentilmente me empurrando mais para baixo, mas não muito.

Os dedos de Nordin se moveram para minha fenda e gentilmente começaram a esfregar meu clitóris por trás. Rebolei minha bunda, querendo que ele colocasse mais pressão, e assim ele fez.

— Carente. Nossa doce Echo é tão carente — Nordin murmurou.

— Porra — Summit sussurrou, enquanto eu o tomava ainda mais fundo, e quando senti sua cabeça contra a parte de trás da minha garganta, me afastei para recuperar o fôlego.

Meu olhar foi para Willem, que ainda estava esfregando seu pau e me observando atentamente, e depois de lamber meus lábios e olhar para seu comprimento por um momento, me virei para Summit e o tomei de volta na boca.

O dedo de Nordin traçou minha entrada, então ele empurrou dois lentamente para dentro, fazendo com que cada centímetro que ele movia mais profundo parecesse intenso.

— Eu quero ver vocês fodendo ela — Willem disse, e suas palavras me excitaram tanto que assenti com a cabeça enquanto olhava para Summit.

Uma risada subiu pelo seu peito e ele puxou meu cabelo para trás, em seguida, segurou meu rosto e me puxou para beijar meus lábios.

— Você é tão adorável — sussurrou contra meus lábios, então olhou de volta nos meus olhos. — Quem você quer ter dentro de você primeiro, doçura? — perguntou.

Eu olhei de volta para Nordin, que ainda estava me tocando.

Como eu deveria decidir?

— *Eu não me importo* — sinalizei, tendo que usar apenas uma das mãos para fazer isso.

— Ela disse que não se importa — Summit traduziu para seu irmão.

— Então eu vou primeiro.

Nordin tirou seus dedos de dentro da minha boceta, e depois de me afastar de Summit, ele se levantou do sofá e me colocou na frente dele, como na noite anterior. Eu estava ajoelhada entre as pernas de Summit, com seu pau ereto na minha frente e suas mãos no meu cabelo. Para não fazê-lo esperar, envolvi novamente minha mão em torno de seu pau e comecei a acariciá-lo, enquanto Nordin se posicionava atrás de mim depois de deixar a sala por um segundo.

Talvez eles devessem apenas deixar as camisinhas aqui na mesa de centro, eu pensei.

Eu podia ouvi-lo abrir o zíper da calça e, quando se livrou dela, a cabeça de seu pau deslizou ao longo da minha fenda.

— Fique quieta, querida. Não quero machucá-la quando eu me enterrar bem fundo dentro de você — Nordin sibilou, segurando meu quadril com força com uma das mãos.

Não percebi que estava me movendo, mas lentamente ele se empurrou para dentro de mim. Nordin estava me provocando, e a pressão na base da minha barriga aumentava a cada centímetro que ele me enchia. Meus lábios se separaram e Summit aproveitou a oportunidade para deslizar sua língua dentro da minha boca para eu chupar.

Eu a chupei, e enquanto mantinha meus olhos nos dele, Nordin começou a estocar para dentro e para fora de mim.

Não muito rápido, mas definitivamente com força.

— Mantenha esses lindos olhos em mim, querida. Porra... eu não me canso da sua beleza — ele me disse. Sorri, sentindo minhas bochechas esquentarem.

Um gemido veio de Nordin, e enquanto ele se ajustava a mim, começou a bombear para dentro e para fora da minha boceta da mesma forma que Willem fez na noite passada.

Mais forte e mais rápido.

Eu também queria agradar a Summit, e enquanto mantinha meus olhos nele, envolvi meus lábios em torno de sua ponta, levando seu pau mais fundo em minha boca. Os arrepios dentro de mim se espalharam por todo o meu corpo, e me perguntei quanto tempo eu poderia ficar sem gozar antes que fosse a vez de Summit.

O pau de Nordin estava pulsando dentro de mim, e com as duas mãos nos meus quadris, ele empurrou com mais força dentro de mim, me fazendo tremer e transformando meus joelhos em geleia.

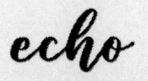

Em algum momento, tive que fechar meus olhos para não me deixar levar pelo orgasmo, e com as mãos de Summit na minha cabeça, ele me ajudou a continuar chupando seu pau. As veias em seu eixo saltaram, e eu podia sentir cada uma delas contra meus lábios e língua.

— Bem assim — encorajou, e um momento depois, Nordin estocou com mais força em mim, gemendo e fazendo ruídos que eu nunca tinha ouvido dele antes.

Aquilo me excitou, e quanto mais alto ele soava, mais eu tinha que apertar minha boceta em torno de seu pau para me impedir de gozar.

— Porra, não se segure, Echo. Ele vai fazer você gozar de novo, não se preocupe — Nordin sibilou, e com essa promessa, relaxei todo o meu corpo para deixar o orgasmo tomar conta de mim.

Eu fiquei tensa, e depois de mais algumas estocadas, Nordin gozou profundamente dentro de mim, respirando rápido e gemendo.

— Tão linda — Summit disse, e quando abri meus olhos novamente, ele estava acariciando seu próprio pau. Eu podia dizer que seu orgasmo estava perto, e para não fazê-lo esperar muito, juntei todas as minhas forças para subir em seu colo para que ele pudesse deslizar para dentro de mim. — Não tão rápido, querida. Precisamos de uma camisinha — ele me lembrou com um sorriso divertido no rosto.

— Ela está muito carente — Willem falou, e dessa vez não pude esconder um sorriso.

Esperei que Summit colocasse uma camisinha e, depois de se posicionar na minha entrada, ele empurrou meus quadris para baixo para entrar suavemente em mim.

— Pooorra! — Ele rosnou enquanto estava enterrado bem dentro de mim, e assim como seu irmão fez antes, começou a mover seus quadris mais rápido, estocando enquanto me segurava firme em cima dele.

Eu me apoiei com as mãos em seus ombros e mantive meus olhos abertos para ver as emoções nos seus correrem soltas.

— Faça ela nos encarar — Nordin disse, e virei a cabeça para ver ele e Willem parados atrás de mim.

Summit bombeou em mim mais algumas vezes antes de me levantar, então me ajudando a virar e olhar para o outro lado. Esta era uma nova posição para mim, mas eu sabia que era uma com a qual poderia me acostumar facilmente. Ter todos eles ao meu redor me fez sentir poderosa.

Olhei para Willem e Nordin, ambos acariciando para cima e para baixo em seus comprimentos enquanto Summit me puxava para ele com cada impulso. Alcancei seus paus, mas eles afastaram minhas mãos, me dando um olhar sério.

— Apenas observe, Echo. Observe o que você faz com a gente, sem nem mesmo tocar em nosso pau — Willem disse em uma voz rouca, e eu olhei para seus paus.

— Você não se importa se gozarmos em você, não é? — Nordin perguntou, o que me fez levantar rapidamente o olhar.

Gozar em mim?

Esse pensamento fez minha boceta arder ainda mais, e para agradá-los, assenti com a cabeça.

— *Por favor* — sinalizei, embora eles não me entendessem.

Nordin segurou meu queixo com uma das mãos, então se inclinou para me beijar apaixonadamente e, mais uma vez, a tensão começou a crescer dentro de mim. Eu não sabia se seria possível gozar duas vezes seguidas e ainda tinha um pouco de dúvida de que isso realmente aconteceria comigo, mas foi incrível, e eu deixaria o que quer que acontecesse me dominar.

As estocadas de Summit ficaram mais rápidas, e depois que Nordin se afastou do beijo, eu observei quando os dois se aproximavam enquanto ele me puxava de volta contra seu peito com seu pau ainda dentro de mim.

— Nós vamos marcar você. Os três, ao mesmo tempo, Echo. Assim que o fizermos, você será nossa.

Oficialmente, pensei, e senti meu coração acelerar.

E então, aconteceu.

Primeiro, Summit agarrou meus quadris com mais força enquanto seu pau parecia crescer dentro de mim, então, Nordin e Willem gozaram em meus seios, deixando o esperma escorrer pelo meu corpo.

Eu não conseguia mais manter meus olhos abertos e, quando os fechei, senti a tensão dentro de mim explodir. Não achei que seria capaz de gozar mais uma vez, porque francamente... o primeiro orgasmo já foi intenso. Mas ainda sentia muito enquanto os três gozavam, me mostrando o quanto me queriam.

Eu estava respirando rápido, e não havia muito mais que eu pudesse fazer além de me inclinar contra Summit enquanto todos surfávamos na onda dos nossos orgasmos.

Esses sentimentos eram os que eu queria sentir todos os dias. E, para minha sorte, poderia contar com estes homens para cumprir esse desejo.

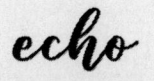

capítulo vinte e quatro

WILLEM

Assistir meus irmãos foderem Echo era uma visão que eu queria ter com mais frequência e, felizmente, ela já havia concordado em ficar conosco, logo teríamos mais noites como a que passou.

Sabíamos que não haveria nenhuma outra mulher em nossas vidas que pudesse nos fazer sentir o que Echo nos fazia experimentar. E, no fundo, sabíamos que ela era a única para nós. Nossas mentes levariam algum tempo para se ajustar ao amor por ela, que crescia dentro de nós, mas em nossos corações já estava muito enraizado para recuar.

Ela passou a noite na minha cama e, quando acordei esta manhã, não estava mais ao meu lado. Demorei para acordar completamente e, assim que saí do quarto, a vi parada na cozinha vestindo apenas meu suéter. Mal estava cobrindo sua bunda. Quando me aproximei, segurei-a com as duas mãos e dei um beijo em sua cabeça.

— Você acordou cedo — sussurrei, minha voz rouca e grossa de sono.

Echo se encostou no meu corpo e passei meus braços em volta de seu corpo enquanto ela se certificava de que os ovos mexidos não grudassem no fundo da frigideira.

Os outros ainda estavam dormindo, e até mesmo Kodiak não tinha se levantado quando passei por ele.

— Não conseguiu dormir? — perguntei, beijando sua têmpora e olhando em seus olhos castanhos, quase verde-escuros.

Ela balançou a cabeça e apontou para a barriga.

Levei um momento para entender o que ela queria dizer e, depois de acariciar suavemente sua barriga, virei-a para olhar seu rosto.

— A sua menstruação desceu? Você trouxe algo para cuidar disso?

Ela franziu os lábios e assentiu com a cabeça, em seguida, pegou o quadro e o marcador.

Eu a observei enquanto escrevia nele, então Echo o virou para eu ler.

— *Tenho o suficiente para este mês.*

Ficaríamos mais um ou dois meses, dependendo de como fosse nossa caça, mas, no momento, já tínhamos mais do que esperávamos para a primeira semana.

— Se ficarmos mais tempo do que planejamos, podemos ir na cidade mais próxima e ver se podemos encontrar alguns suprimentos para você — sugeri.

Ela assentiu e sorriu para mim, depois limpou o quadro para escrever novamente.

— *Eu também poderia conseguir mais algumas roupas e shampoo para o cabelo. Está ficando com muito frizz com o seu shampoo.*

Eu li suas palavras e balancei a cabeça.

Já deveríamos ter pensado nisso.

Ela usava nossas coisas e praticamente vivia com as mesmas roupas.

Echo merecia mais do que isso.

— Vou falar com os outros e ver se algum deles precisa de algo da loja. Podemos ir para a cidade esta tarde, se quiser — sugeri.

Não havia necessidade de todos irmos até lá, mas eu sabia que eles não iriam querer ficar aqui.

— *Por mim, tudo bem* — escreveu, depois deu um beijo na minha bochecha e se virou para terminar de preparar o café da manhã.

— Você está com dor? — questionei, enquanto ela colocava o prato de ovos na mesa e fazia uma careta.

Ela ergueu a mão e gesticulou para mim que estava com um pouco de cólica, então me virei para um dos potes que tínhamos e peguei os analgésicos que normalmente usamos no caso de termos algum pequeno acidente. Enchi um copo de água e estendi as duas coisas para ela.

— Aqui, pegue isso. É uma dosagem baixa, mas deve ajudar com a dor.

Ela aceitou imediatamente, mostrando que a dor não era tão pequena quanto disse. Mas as mulheres eram fortes. Caramba, eu sabia como os períodos poderiam afetar a vida de uma mulher, e apenas por ouvir todos os tipos de histórias, essa merda era dolorosa. Porém, por Echo ser forte como era, colocou a dor de lado e seguiu com o seu dia.

— Agora, sente e me deixe fazer umas panquecas para você.

Como se aquela palavra fosse mágica, Summit e Nordin saíram de seus quartos ao mesmo tempo. Echo se virou para olhar para eles e os cumprimentou com o sorriso mais doce de todos.

— Bom dia, querida — Summit disse, passando a mão por seu cabelo antes de beijar sua testa.

Ela sinalizou algo para ele, o que eu só poderia imaginar ser um "bom dia".

Então foi a vez de Nordin, que, sendo cara romântico que era, ele segurou suas bochechas para beijá-la nos lábios como se estivessem sozinhos no quarto. Não me incomodou, apenas me deixou com um pouco de ciúme.

— Vamos para a cidade esta tarde. Preciso pegar algumas coisas para a Echo — anunciei.

— O que você precisa? — Summit perguntou a ela, que sinalizou para ele novamente. — Isso é péssimo. Nós vamos também.

Pronto, eu sabia.

Sem tempo a sós com a doce Echo hoje.

ECHO

Não podiam deixar Kodiak aqui sozinho, então ele foi o primeiro a pular na caminhonete e em sua caixa.

Willem sentou no banco do motorista e, por um segundo, pareceu que Summit e Nordin estavam prestes a começar a brigar sobre quem ia sentado na frente ou atrás. Eu estava de boa com qualquer um dos dois, já que sentar no colo deles não faria muita diferença.

— Entrem logo — Willem murmurou, irritado com seus irmãos.

Summit suspirou e revirou os olhos ao entrar ao lado de Willem, e Nordin abriu a porta de trás para subir também.

— Vamos, querida — disse, estendendo a mão para eu segurar e me puxar para cima. Depois que sentei em seu colo, ele fechou a porta e passou o braço em volta de mim para me abraçar com força.

Willem estava pronto para dirigir e, depois de dar ré na estrada estreita, seguimos para a cidade mais próxima. Eu me perguntei se algum dia seria capaz de encontrar aquela cidade se simplesmente continuasse andando. Ou qualquer outra cidade. Mas fiquei feliz por ter chegado à cabana.

— Como está sua barriga? — Nordin perguntou, se inclinando mais perto do meu ouvido.

Levantei o polegar e sorri para que ele soubesse que eu estava bem e que a dor não era tão forte quanto esta manhã quando acordei.

Eu não tinha levado muitos absorventes internos e externos, pensando que poderia comprar mais no mês seguinte, mas, felizmente, eles estavam me levando para buscar mais alguns.

Antes de sairmos, peguei minha mochila para procurar minha carteira, que no final das contas era apenas um estojo velho para óculos que pertenceu à minha mãe. Ela não os levou consigo quando saiu, e imaginei que agora ela tinha dinheiro suficiente para comprar óculos novos ou lentes de contato. Seu novo homem era rico e ela era o que alguns chamariam de uma aproveitadora. Ela não parecia uma para mim, mas com certeza não diria não para coisas novas e mais caras.

Em minha carteira, havia meu cartão de débito, de uma conta onde Garrett gentilmente depositava trinta dólares todo mês. Era o dinheiro do almoço, mas a quantia muitas vezes me fazia pular algumas refeições. Eu queria levar o cartão comigo, mas Willem disse que não precisava, que eles pagariam por tudo e, a princípio, não parecia certo. Eu poderia ter reclamado, mas o olhar que ele me deu disse que não havia chance de fazê-lo mudar de ideia sobre eu comprar minhas próprias coisas.

A viagem para a cidade durou quase uma hora, mas gostei de ficar sentada confortavelmente no colo de Nordin enquanto ele deslizava os dedos pela minha barriga, certificando-se de que a dor não retornaria.

Assim que voltamos à civilização, foi estranho não vê-los no meio da floresta ou parados em sua cabana. Por alguma razão, eles não pareciam se encaixar em um lugar onde outras pessoas viviam, e sozinhos na vastidão das florestas do Alasca era exatamente como eu os imaginava pelo resto da minha vida.

Saímos do carro e caminhamos até o que parecia ser um pequeno shopping, com algumas lojas dentro.

— Onde você quer ir primeiro? Comprar roupas ou outras coisas? — Willem perguntou, colocando a mão na parte inferior das minhas costas.

Olhei em volta e apontei para o mercadinho à nossa esquerda. Tínhamos uma loja assim em Juneau e eu sabia exatamente o que precisava e onde encontrar.

— Tudo bem, vamos lá — ele falou, e segurei sua mão, sentindo-me mais segura daquela maneira.

Não havia muitas pessoas por perto, mas algumas olhavam estranhamente para nós. Não que eu me importasse com quem olhava para mim, mas não tinha ideia se Garrett contou a alguém sobre minha fuga e, se contou, havia uma chance de que houvesse uma foto minha circulando no noticiário. Mas eu não queria pensar nisso. Era simplesmente não agir de forma suspeita.

Nordin e Summit nos seguiram para dentro, mas, no meio do caminho para a seção de higiene feminina, nós os perdemos. Eu me virei para procurá-los, mas Willem foi rápido em me garantir que estavam bem.

— Eles provavelmente vão ver se conseguem encontrar comida. Vá em frente. Coloque tudo o que precisa na cesta — ele me disse.

Sorri para Willem e rapidamente encontrei o shampoo que eu usava há anos. Aquilo deixava meu cabelo macio e brilhante, e nem havia necessidade de usar condicionador. Depois de colocar o frasco na cesta que Willem estava segurando, apontei para um desodorante, pedindo permissão para pegá-lo.

— O que você precisar, Echo. Não tem que me perguntar — ele respondeu.

Eu tinha que me acostumar com isso, mas não iria esquentar a cabeça só porque ele queria que eu pegasse o que fosse necessário. Não havia muito do que eu usava em casa. Mas duas coisas que eu sentia falta eram uma escova de cabelo e meu gel de banho favorito, que cheirava a pêssego. Depois de pegar os mais baratos, me virei para olhar os absorventes e, após tomar uma rápida decisão, olhei para Willem e sorri.

— Pronto? Pegou tudo? — indagou, arqueando as sobrancelhas.

Assenti, dando uma olhada rápida na cesta.

— Caramba... e eu sempre pensei que as mulheres precisavam de uma quantidade absurda de produtos todos os dias. Tem certeza de que não quer pegar mais nada? Eu não me importo se você não usar todos os dias, é só pegar o que quiser. — Olhou em volta e apontou para os cremes faciais. — E isso aqui? Você quer? — questionou, pegando um pequeno tubo em suas mãos.

Olhei para o produto e inclinei a cabeça para o lado.

Um hidratante.

Minha pele não era seca, mas nunca usei, e poderia ser bom para a minha pele. Encolhi os ombros e assenti.

— Ótimo. Algo mais? Que tal... — Ele olhou ao redor, então caminhou para o próximo corredor onde estavam os produtos de banho. —

Nós temos uma maldita banheira que ninguém usa. Que tal um banho de espuma alguma noite dessas?

Eu preferia tomar banho de chuveiro, então neguei.

— Tudo bem — ele disse, dando outra olhada ao redor e, em seguida, acenando com a cabeça para o próximo corredor. — Eles têm algumas roupas aqui também. Quer olhar e ver se encontra algo de que gosta?

Assenti com a cabeça, e depois de encontrar algumas peças de que gostei, terminei minhas compras.

— O que você pegou, querida? — Ouvi Nordin perguntar quando se aproximaram de nós com uma cesta cheia, e sorri para ele, depois levantei meus novos pares de tênis e botas para a floresta. — Ah, sim! Eles ficarão muito bem em você. — Nordin sorriu, envolvendo o braço em volta dos meus ombros e beijando minha têmpora.

— Nós temos uma coisinha para você — Summit disse, apontando para sua cesta. — Espero que goste de chocolate — acrescentou, em seguida, empurrou um pacote de vegetais congelados para o lado para revelar um grande bolo redondo de chocolate.

Arregalei os olhos e bati palmas com entusiasmo. A última vez que comi bolo foi há anos e fiquei com água na boca só de olhar para ele.

— Podemos comer esta noite depois do jantar. O que acha? — Summit perguntou.

— *Mal posso esperar* — sinalizei, sorrindo para os três.

— Venha, vamos voltar para casa. A menos que queira ir a outra loja e ver se consegue encontrar algo que faltou — Willem falou.

Franzi os lábios e neguei com a cabeça, mas enquanto nos dirigíamos para o caixa, passamos pela seção de brinquedos e um jogo de tabuleiro com o qual brinquei muito na infância chamou minha atenção. Parei na frente dele e apontei para chamar a atenção dos três.

— Detetive? — Nordin perguntou, olhando para o jogo e inclinando a cabeça para o lado. — Você sabe como jogar?

Assenti rapidamente.

— *Sou ótima nisso* — sinalizei, olhando para Summit para ele traduzir.

— Ela disse que é profissional no jogo. Mal sabe ela que jogávamos coisas desse tipo o tempo todo quando éramos mais novos. — Ele sorriu, em seguida, pegou o jogo e o colocou na cesta.

— Talvez mais uns jogos sejam divertidos. Não podemos foder todas as noites para passar o tempo — Willem comentou, mantendo a voz baixa.

Eu tinha outra opinião sobre isso, mas, de qualquer maneira, esta noite eu não poderia transar, então os jogos seriam divertidos. Escolhemos mais alguns e finalmente saímos da loja.

Estava ficando um pouco cheio demais e, quando voltamos para a caminhonete, Nordin e Summit colocaram as sacolas na parte de trás enquanto Willem deixava Kodiak sair por um minuto antes de voltarmos para a cabana.

De repente, senti alguém tocar meu ombro e me virei para encontrar uma mulher idosa parada na minha frente com uma expressão preocupada no rosto.

— Você está bem? Conhece esses homens? — Ela manteve a voz baixa e parecia séria sobre suas perguntas.

Percebi imediatamente que as pessoas não estavam olhando apenas por causa da aparência rude dos irmãos. Elas estavam olhando porque devem ter ouvido falar sobre o desaparecimento de uma garota da minha idade. Abri a boca e precisei de um momento para reagir às suas palavras, mas então assenti e ela pareceu relaxar.

— Desculpe ter incomodado você. Tenha um bom dia — ela me disse, com um sorriso gentil. — Meu coração batia forte no peito e, antes de me virar, a ouvi dizer algo ao marido. — Não é ela. Ela podia me ouvir muito bem. Além disso... mostraram apenas uma foto de uma criança pequena. Muitas crianças têm cabelos ruivos, Frank — ela disse, alto o suficiente para que eu ouvisse.

Eu os observei entrar no carro e, assim que foram embora, voltei para a caminhonete, ainda tentando controlar os batimentos do meu coração.

— Você está bem, Echo? O que ela queria? — Summit perguntou. — Ela disse algo para você?

Assenti lentamente.

— *Acho que Garrett reportou meu desaparecimento à polícia. Ela perguntou se eu conhecia vocês.* — Minhas mãos se moveram mais rápido do que o normal, e depois de perceber o que eu disse, Summit me puxou para a caminhonete e abriu a porta.

— Vamos.

capítulo vinte e cinco

NORDIN

— Por que diabos eles não saberiam que ela não é surda, se está em todos os noticiários? Caramba, eles simplesmente presumem que toda pessoa muda também não é capaz de ouvir?

Eu queria dizer que isso era um pouco contraditório, já que uma das primeiras coisas que a mulher disse foi algo parecido com isso. Mas aprendi a não julgar ninguém antes de conhecer a pessoa.

Echo era uma garota especial.

Nossa garota especial.

— Talvez aquele idiota não tenha contado a história toda. Só queria se assegurar de que fez algo. Mas ele certamente não fez o suficiente — Willem murmurou.

Echo estava no chuveiro para tomar um banho e lavar o cabelo antes de colocar seu pijama novo, e nós estávamos na cozinha, preparando a comida e tentando descobrir por que diabos aquela senhora não fez nada além de perguntar se ela estava bem ou nos conhecia. Não que eu quisesse que ela fizesse mais do que isso. Eu não queria perder a Echo.

— Acho que foi a foto que a mulher mencionou. Provavelmente eles não devem ter uma onde ela é mais velha. Quem diabos pode dizer pela foto de uma criança de quatro anos como é a aparência dela depois de adulta? — Summit rosnou.

— Não importa o que aquele cara disse à polícia, não é prova suficiente para eles — eu disse, mais para não perder a esperança de que nunca a encontrariam com a gente.

Isso nos destruiria e tornaria tudo difícil. Poderíamos ser vistos como sequestradores ou alguma merda do tipo.

Ficamos novamente em silêncio, e enquanto Willem virava os bifes,

Summit mexia na pequena panela com espinafre. Eu apenas fiquei lá, encostado no balcão da cozinha enquanto olhava para a parede na minha frente.

Minutos depois, o chuveiro foi desligado e tive que resistir à vontade de ir ao banheiro e vê-la se vestir. Mas Echo merecia algum tempo sozinha para fazer todas as suas coisas. Queríamos dar espaço para ela.

Uma batida forte na porta fez todos nós pularmos e, pela primeira vez desde que estávamos aqui, Kodiak latiu alto, sabendo que não esperávamos nenhuma visita.

— Quieto, garoto — Willem ordenou, então olhou pela janela e ficou tenso imediatamente. — Policiais. Cuidem para que ela não saia do banheiro, — disse, e eu rapidamente fui para onde Echo estava antes que Summit e Willem se dirigissem para a porta.

Quando abri a porta do banheiro sem bater, Echo já estava parada no canto com os braços cruzados sobre o peito para se proteger. Ela deve ter ouvido a batida e sabia exatamente quem eram aquelas pessoas lá fora.

— Está tudo bem, querida. Apenas fique aqui e não faça barulho. Eles não podem entrar sem um mandado e, de qualquer maneira, não permitiríamos que chegassem até você. Fique aqui, ok?

Ela assentiu com a cabeça, os olhos arregalados e cheios de preocupação. Acariciei seu cabelo úmido e coloquei as mechas atrás de suas orelhas; em seguida, dei um beijo em sua testa para tentar acalmá-la.

— Está tudo bem. Willem e Summit vão lidar com eles.

Eu a puxei em meus braços e acariciei suas costas para aliviar suas preocupações, e silenciosamente ouvimos o que Willem estava dizendo aos policiais.

WILLEM

— Boa noite, policiais. O que os traz aqui tão tarde? — perguntei, tentando não soar muito irritado.

Eu reconheci os dois; muitas vezes tentaram nos encher falando que não tínhamos permissão para estar aqui na montanha. Nós tínhamos autorização para morar aqui, e provavelmente éramos muito mais bem-vindos do que eles em toda a região.

— Recebemos algumas informações e precisávamos vir falar com vocês, já que não têm qualquer tipo de conexão com o mundo exterior aqui em cima — o policial da direita disse, zombeteiramente.

Filho da puta.

— Há uma garota desaparecida. Não tenho certeza se é uma fugitiva ou se foi levada por alguém. A última vez que foi vista, foi perto de um posto de gasolina. Ela não parecia muito bem; estava magra, pálida, parecia cansada — disse, tirando uma foto do bolso e estendendo-a para nós. — O nome dela é Echo. Tem dezoito anos. Seu tutor legal disse que ela é muda, então pode ser difícil encontrá-la. Alguma possibilidade de vocês a terem visto vagando pela floresta enquanto estavam caçando?

Olhei para a foto, fixando meus olhos para a ruivinha mais doce e adorável que eu já tinha visto. Não queria dizer isso de uma forma assustadora, mas a Echo era linda pra caramba quando criança, e ainda é.

Puta merda.

Mas também, eles tinham cem por cento de certeza de que Echo era surda e muda.

Sorte a nossa.

— Não vi ninguém por aqui além dos meus irmãos, policial — respondi.

— Falando em irmãos — ele disse, inclinando a cabeça para o lado. — Onde está o outro?

— No banho. Eu iria chamá-lo, mas não acho que ele queira que você o veja com o pau para fora.

Eu adorava esse tipo de conversa.

Eles não podiam fazer nada sobre isso, e eu adorava.

O outro ergueu as sobrancelhas para mim, depois para dentro da cabana.

— Se importa se dermos uma olhada rápida? — indagou, e Summit imediatamente ficou tenso.

— Eu me importo — respondi, com um sorriso sarcástico.

Sem a porra de um mandado, eles não entrariam aqui. Mesmo se não estivéssemos escondendo Echo.

— Certo... Essa atitude já o levou a algum lugar, garotão? — o da direita questionou, e eu estava pronto para lhe dar um soco. Mas, para o meu próprio bem, mantive a calma.

Não respondi ao seu comentário, em vez disso, acenei com a cabeça em direção ao carro deles.

— Estávamos prestes a jantar. Agora, se vocês nos dão licença... — eu disse, e antes que eles pudessem se virar, Summit pegou a foto de Echo.

— No caso de precisarmos de uma referência — explicou.

Os dois policiais nos olharam com suspeita, mas finalmente entraram no carro e foram embora. Fechei a porta e peguei a foto de sua mão para olhar novamente.

— Eles já foram? — Ouvi Nordin dizer, e me virei para olhar para ele.

— Sim. Ela está bem?

Ele assentiu e caminhou até nós. Quando viu a foto, pegou da minha mão sem hesitação. Nordin olhou para a imagem por minutos antes de nos fitar com um brilho nos olhos.

— O que eles disseram?

— Eles provavelmente pensam que ela não pode ouvir, e é por isso que aquela mulher não perguntou mais nada na loja. Mas temos que ter cuidado quando voltarmos para casa — eu disse a ele.

Os dois assentiram, e depois que Nordin olhou para a foto dela mais uma vez, Echo saiu do quarto com seu pijama novo. O cabelo ainda estava úmido, mas ela estava linda. Echo sinalizou algo, olhando para Summit e depois de volta para mim.

— Eles não virão atrás de você aqui de novo, querida. Não precisa se preocupar, ok? — Summit disse a ela.

Echo ficou com uma expressão cética por alguns segundos, mas então assentiu com a cabeça e cobriu as mãos com as mangas. Eu não queria que ela pensasse mais nos policiais ou em qualquer pessoa que estivesse procurando por ela, então eu a alcancei e a puxei para perto de mim, beijando suavemente sua cabeça.

— Está com fome? Os bifes provavelmente estão queimando no maldito fogão. — Eu ri.

Ela assentiu e sorriu para mim, depois olhou para os outros.

— *Feliz* — sinalizou. Essa era a única palavra que eu conhecia e, mesmo que fosse apenas uma, estava orgulhoso de mim mesmo. Porém, eu realmente precisava aprender mais com ela.

— Nós também estamos felizes, Echo. Agora vamos comer. E depois temos alguns jogos para nos divertimos — Summit disse, com um sorriso.

Queríamos focar sua mente em algo positivo.

Em algo que não a preocupasse.

Em algo... que mantivesse sua felicidade viva.

ECHO

Estávamos comendo o bolo de chocolate enquanto nos divertíamos com nossos novos jogos, e aproveitei cada segundo que passava com eles, sem que fosse nada sexual. Não que eu não achasse que eles não seriam capazes de ter qualquer tipo de conversa sem mencionar sexo ou que levasse a isso, mas era bom não pensar nisso pela primeira vez.

No final, não estávamos aqui para foder vinte e quatro horas por dia, sete dias por semana.

Eles estavam aqui para caçar.

E eu estava aqui porque eles me ofereceram abrigo.

Éramos apenas nós quatro e Kodiak, sentados em volta da mesa de centro, comendo bolo e nos divertindo. Olhei para meu estoque de dinheiro do Banco Imobiliário e, quando Willem parou mais uma vez em um dos meus lotes com um hotel, ele suspirou pesadamente e passou suas últimas notas para mim.

— Chega. Já estou cansado de perder — murmurou, depois sorriu para mim e balançou a cabeça. — Você é profissional, Echo. Em cada jogo que compramos — admitiu.

Assenti orgulhosamente, encolhi os ombros e peguei seu dinheiro para colocá-lo na minha pilha.

— Para mim também já deu. Não posso nem mesmo jogar os malditos dados — Summit suspirou.

Nordin riu e se recostou no sofá.

— Quero uma revanche amanhã — ele me disse.

Pressionei meus lábios com força para não sorrir como uma idiota.

— Preciso ir para cama. Vocês também — Willem disse a seus irmãos. — Temos que acordar cedo para pegar alguns cervos.

Ele se levantou da poltrona em que estava sentado a noite toda, inclinando-se para chegar aos tabuleiros de jogos na mesa de centro. Depois de se abaixar, beijou minha testa e puxou meu cabelo para trás.

— Vá dormir um pouco também, doçura — sussurrou, em seguida, dirigiu-se ao seu quarto, seguido por Kodiak.

Olhei para os outros e, com um sorriso, levantei minhas mãos para sinalizar.

— *Podemos dormir na mesma cama?* — perguntei. — *Só nós três* — acrescentei.

Summit franziu os lábios e olhou para Nordin, que já estava se levantando e concordando com a minha sugestão.

— Eu estava prestes a dizer que não tenho cabeça para brigar para ver quem vai dormir com ela esta noite — ele disse, olhando para o irmão mais novo.

Eles tiveram um pequeno desentendimento com olhares antes de irmos para a cidade, sobre quem iria sentar no banco de trás comigo em seu colo. Felizmente, trocaram de lugar a cada viagem e nenhum deles precisava ficar chateado. Foi um pouco infantil, mas honestamente... foi incrível saber que ambos me queriam.

Esta noite, eles não teriam que brigar por mim.

Limpamos nossos pratos e guardamos todos os jogos antes de Nordin me puxar para seu quarto, com Summit seguindo logo atrás.

Eu fui para a cama e deslizei sob as cobertas, deitando bem no meio para que ambos tivessem espaço suficiente ao meu lado. Observei enquanto tiravam as camisas e, assim que se despiram das calças, Nordin foi o primeiro a ir para a cama ao meu lado, à minha direita. Ele deslizou o braço por baixo do travesseiro e eu me virei para encará-lo, enquanto Summit apagava a luz para entrar do outro lado da cama. Seu braço envolveu minha cintura, me puxando contra ele até que minha bunda estivesse pressionada contra sua virilha, e como eu não tinha um travesseiro, coloquei a cabeça no peito de Nordin.

Meus pés se entrelaçaram com os de Summit e coloquei a mão no peito de Nordin para ficar um pouco mais confortável. Deitar bem no meio deles me fez sentir protegida, e embora não parecesse a melhor ideia dividir uma cama de casal com dois homens enormes, eu sabia que gostaria de dormir assim de novo.

A mão de Nordin segurou minha bochecha, e depois de inclinar minha cabeça para trás, ele me deu um beijo. Sua língua roçou ao longo dos meus lábios, e eu o deixei assumir o controle para aprofundar o beijo.

Summit deve ter percebido o que estávamos fazendo. Ele me puxou para mais perto de seu corpo, me mostrando que estava lá também. Eu não queria deixar ninguém se sentir excluído, então movi minha mão do peito de Nordin para a mão de Summit e deslizei meus dedos pelos dele, segurando com força.

Nosso beijo não durou muito, e foi apenas um doce gesto antes de dizer boa noite.

— Durma bem, querida — Nordin sussurrou, então deu mais um beijo em meus lábios.

Eu sorri.

A vida não poderia ser melhor do que isso.

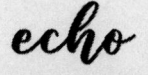

capítulo vinte e seis

ECHO

As semanas se passaram e eu me acostumei a viver na floresta talvez um pouco demais. Para minha surpresa, observá-los se preparar para caçar não me incomodou mais e, assim como nos outros dias, eu estava brincando com Kodiak do lado de fora enquanto Summit estava preparando alguns coelhos. Não que eu quisesse ficar ali olhando para ele, mas quando eu passava ou olhava, não me importava de ver o que estava fazendo com aquela carne.

A outra coisa que me surpreendeu foi a rapidez com que Nordin e Willem aprenderam a língua de sinais. Bem, eles sabiam algumas palavras e conseguiam formar algumas frases básicas, mas os dois estavam realmente tentando e queriam ter uma aula em praticamente todos os jantares.

Gostei de ensiná-los e Summit também foi de grande ajuda. Porém, eles ainda tinham um longo caminho a percorrer até que eu não precisasse mais usar meu quadro. Eles sabiam todo o alfabeto, o que os levava a soletrar cada palavra com as mãos. Demoravam um pouco para terminar uma frase inteira, mas eu sabia que mais cedo ou mais tarde poderíamos ter uma conversa inteira por sinais.

Nordin e Willem tinham saído no início da manhã e já estava escurecendo, então deveriam estar voltando logo.

Joguei a bola de tênis mais uma vez para Kodiak buscar, então me virei para Summit e acenei para chamar sua atenção.

— Precisa de algo, querida?

— *Os outros não iriam voltar antes das cinco? São quase sete.*

Eu estava preocupada de que algo tivesse acontecido. Talvez um deles tivesse caído em uma armadilha ou se machucado no caminho. Mas Summit foi rápido em me tranquilizar.

— Tenho certeza de que perderam a noção do tempo. Vou começar o jantar depois de terminar aqui. Quer me ajudar?

Assenti lentamente e então olhei diretamente para as profundezas da floresta. O sol não brilhava mais tão forte, e tive que dizer a mim mesma que eles estariam de volta em breve.

Sãos e salvos.

Kodiak voltou para mim com a bola na boca, mas ele estava cansado e colocou o brinquedo na frente dos meus pés, deitando ao meu lado com um gemido alto. Tenho certeza de que ele estava com fome, então me inclinei para pegar a bola e coçar sua cabeça antes de apontar para a cabana e sinalizar a "comida".

Willem e Nordin não eram os únicos para quem eu estava ensinando sinais, e Kodiak progrediu rapidamente com as palavras "comida", "sentar", "deitar", "fora" e "brincar". Havia mais palavras que eu queria ensinar a ele, mas por enquanto, essas eram o suficiente.

Kodiak saltou e correu em direção à cabana, e quando eu estava prestes a segui-lo, ouvi Nordin chamar Summit.

— Pegamos um, irmão! — Sua voz ecoou pela floresta, e esperei que ele e Willem aparecessem. Mas foi apenas Nordin que saiu da cobertura das árvores densas, e fiquei confusa, não vendo nada além de coelhos pendurados em seus ombros.

Pegaram o quê?

— Você está brincando comigo? Onde? — Summit perguntou, seus olhos arregalados e cheios de emoção.

— Cerca de um quilômetro e meio daqui. Passamos por ele enquanto caminhávamos de volta para cá. Willem está esperando por nós. Precisamos de ajuda para trazê-lo pra cá — ele explicou, e foi quando percebi do que ele estava falando.

— *Um urso?* — sinalizei, com os braços cruzados sobre o peito e a mão em forma de garra enquanto ele olhava para mim, e Nordin assentiu com a cabeça, sabendo exatamente o que aquele sinal significava.

Tive de lhes ensinar o básico de caçador, e "urso" foi uma das primeiras palavras que eles quiseram saber.

— Isso mesmo! Temos que pegar o trenó grande. Quer vir junto, querida? — Nordin perguntou, e eu estava hesitante no início, mas depois concordei.

— *E quanto ao Kodiak?*

— Vamos deixá-lo aqui. Ele pode ficar com um pouco de frango para mastigar enquanto isso. Não vamos demorar muito — Summit me disse. — Pegue algo para ele comer. Vamos pegar o trenó.

Assenti para ele e entrei para pegar metade de um frango para Kodiak da geladeira e, depois de encontrar um prato, coloquei tudo no chão. Um rápido carinho em sua cabeça e eu saí, trancando a porta atrás de mim.

Esperei que Summit e Nordin pegassem o trenó na parte de trás da cabana. Eles o usavam para carregar cervos algumas vezes, e mesmo eles nem sempre cabiam direito. Era um trenó grande, mas provavelmente um urso não daria ali.

Entramos na floresta e, assim que nos aproximamos de Willem, parei ao ver o grande urso preto ao lado dele. Eu não conseguia me mover e não sabia se a visão era bonita ou perturbadora. Já vi animais mortos na cabana. Caramba, já vi os três preparando a carne. Mas foi o fato de nunca ter chegado tão perto de um urso que me fez dar alguns passos para trás.

O animal era enorme e de repente Willem, Nordin e Summit pareciam minúsculos ao lado dele.

— Você está bem, doçura? — Willem perguntou. Ele tinha um sorriso orgulhoso no rosto e eu rapidamente assenti com a cabeça, depois olhei novamente para o urso.

— Vamos colocá-lo no trenó. Precisamos voltar antes que fique muito escuro — Nordin disse, e todos ajudaram a empurrar o urso para o trenó.

Eu queria ajudar, mas não tive coragem de chegar muito perto. E se ele não estivesse morto e nos atacasse do nada? Não. Certamente, eles sabiam quando um animal estava morto.

— Parece que você viu um fantasma. — Summit riu. — Já tocou em um urso? — perguntou.

— *Sim. O que tem na sala de estar e na porta do quarto de Willem* — sinalizei.

— *Touché.* — Summit sorriu, então acenou para que eu me aproximasse do animal.

Eu estava hesitante de novo, mas sabia que eles nunca me colocariam em perigo. Dei alguns passos até chegar ao trenó e, quando estava perto o suficiente, olhei para o animal com os lábios firmemente pressionados.

Relaxe, Echo, pensei.

— Aqui. — Nordin pegou minha mão e me puxou para perto dele.

Estávamos ajoelhados ao lado da metade inferior do urso e, lentamente, Nordin colocou minha mão em uma pata. Era incrivelmente grande e minha mão já minúscula parecia ainda menor ali dentro.

— Louco, não? É por isso que era perigoso para você ficar na floresta por mais tempo. Se topasse com um desses, não teria sobrevivido — Nordin explicou.

Eu sabia que não teria sobrevivido, mas tive sorte de não ter visto um até que já estivesse em sua cabana. Assenti e então rapidamente me levantei para aumentar a distância entre nós.

— Vamos voltar. Temos que prepará-lo hoje à noite — Willem falou.

Caminhamos de volta para a cabana e, com os três homens puxando o trenó, voltamos mais rápido do que eu pensava. Sem dizer nada a eles, entrei para começar o jantar. Todos os três precisariam trabalhar no urso para serem mais rápidos e, da janela da cozinha, eu poderia vê-los.

Eles não eram pessoas más. Estavam apenas fazendo seu trabalho. E se alguém pudesse ver o quão gentis eram com o urso, entenderiam que eles não matavam aqueles animais para fazer um troféu com eles.

Os três irmãos alimentavam centenas de pessoas com a carne que levavam para casa, e o resto era usado para museus e escolas.

Para educar as pessoas.

WILLEM

Finalmente.

Eles sempre aparecem quando menos se espera, mas fiquei feliz por essa fera ter cruzado nosso caminho esta noite. Com a carne, nosso *freezer* estava cheio, e até tivemos que tirar um pouco de carne de coelho para comer para que a do urso coubesse.

Não gostávamos de comer carne de urso, mas conhecíamos muitas pessoas que gostavam e pagavam um bom dinheiro por apenas um bife. E a maior parte ia para um restaurante da cidade que gostava de oferecer certa variedade.

Echo ficou quieta a noite toda, mas eu não sabia por quê. Estendi a mão sobre a mesa para pegar a dela e, depois que consegui sua atenção e seus olhos em mim, sorri para ela e inclinei a cabeça para o lado.

— Tudo bem, doçura?

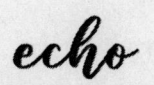

Ela sorriu de volta para mim e assentiu com a cabeça, então apertou minha mão antes de tirar a sua para sinalizar. Eu não consegui entender tudo o que ela estava falando, mas, felizmente, Summit estava aqui para ajudar.

— Ela está nervosa sobre ir para casa — ele disse, e olhei de volta nos olhos de Echo.

— Você gostaria de ficar mais um tempo aqui? — perguntei.

Tínhamos conversado com ela sobre voltar para casa mais cedo do que pretendíamos. A carne era suficiente, e não havia necessidade de ficarmos aqui para caçar mais. Então, voltar para casa era o próximo item de nossa lista, e planejávamos ir embora em dois dias.

Ela balançou a cabeça e franziu os lábios. Depois de sinalizar novamente, consegui entender algumas palavras. Uma delas foi "polícia".

— Não sabemos se eles ainda estão procurando ativamente por você, Echo — Summit respondeu, então suspirou e se recostou na cadeira. — Mas não importa se formos embora em dois dias ou em um mês. Você estará segura conosco, e faremos o que for preciso para mantê-la assim.

Ela já sabia disso, mas o fato de reafirmarmos era importante, especialmente para ela.

— O que quero dizer é que você tem dezoito anos. Tinha todo o direito de deixar aquele maldito, não importa se ele é seu tutor legal. Mesmo se a polícia a encontrar, eles não vão forçá-la a voltar para ele. Mas pode se tornar um problema se descobrirem que estivemos escondendo você aqui conosco — comentei.

— Ela não está sendo mantida aqui contra sua vontade. Não há nada que eles possam fazer, e se a polícia começar a especular que temos algo a ver com o desaparecimento dela, Echo vai esclarecer que não foi assim que aconteceu — Nordin disse, parecendo um pouco irritado.

— Ele tem razão. A menos que sua mãe ou Garrett queiram que você volte, não há nada que você tenha que temer. E lidaremos com os policiais se acharem que te sequestramos. Caramba, a cidade sabe que não somos assim — Summit disse.

Echo ainda parecia um pouco insegura, mas depois de respirar fundo e fechar os olhos por um segundo, ela assentiu.

— *Ok* — sinalizou, o que me fez sorrir, porque me lembrei do sinal.

Eu adorava vê-la se comunicar com a gente e mal podia esperar para que um dia eu pudesse fazer o mesmo com ela.

Sem usar minha voz.

Apenas sinais.

capítulo vinte e sete

ECHO

Eu estava terminando de limpar a cozinha quando os ouvi entrando, conversando. Logo após o jantar, eles voltaram para fora para limpar a bagunça que fizeram enquanto preparavam a carne do urso. Virei para olhar para eles quando passaram pela cozinha, e Willem avisou que tomariam um banho rápido antes que pudéssemos relaxar.

Eles tinha terminado de caçar e amanhã faríamos as malas para nos prepararmos para ir embora em dois dias. Era uma longa viagem e chegaríamos à casa deles tarde da noite, mas eu estava animada.

Guardei todos os pratos nos armários e decidi organizar a cozinha e jogar fora tudo o que não era mais necessário até que terminassem o banho. Kodiak estava dormindo no chão ao lado da mesa, e tive que admitir que comecei a amá-lo. Eu gostava dele e, sempre que ficava a sós com o cachorro, ou mesmo de manhã, quando estava cansada demais para me levantar, me aninhava com nele na cama ou no sofá. Kodiak conseguia fazer minha ansiedade desaparecer sempre que ela ameaçava assumir o controle.

Ele era um bom cachorro. Eu sabia disso agora.

Guardei tudo que não usaríamos mais antes de ir e, alguns minutos depois, ouvi os outros na sala, se ajeitando e tentando descobrir se deveríamos jogar alguns jogos antes de ir para a cama.

Mas eu tinha outras ideias.

Olhei para mim mesma, então rapidamente me livrei da minha calça jeans e suéter, assim como minha calcinha e meias. Isso definitivamente iria surpreendê-los e colocá-los no humor que eu queria que estivessem. Não que eu tivesse que me despir para colocá-los no clima. Mas isso seria divertido.

Fui até a sala de estar e, no segundo que me viram, ficaram de queixo caído. Nordin e Summit estavam sentados no sofá, enquanto Willem estava na poltrona, mas os três estavam virados na minha direção e me olhando de cima a baixo, observando cada centímetro do meu corpo. Eles não disseram uma palavra, e eu me aproximei para me ajoelhar bem na frente de Willem, querendo agradá-lo primeiro.

Coloquei minhas mãos em seus joelhos para abrir mais suas pernas e chegar mais perto de sua virilha.

— Porra… — ele disse baixinho e, com a mão, segurou minha nuca e puxou meu cabelo para trás em um rabo de cavalo.

Trabalhei rápido em seu botão e zíper, e com a ajuda dele levantando os quadris, puxei sua calça para baixo, junto com a cueca boxer.

— Nossa doce Echo quer brincar. — Ouvi Nordin dizer, e para provocar ele e Summit, arqueei minhas costas para que tivessem uma boa visão da minha bunda.

Envolvi minhas mãos em torno do pau de Willem e comecei a acariciar ao longo de seu comprimento, mantendo meus olhos nos dele. Então, para não dar o que ele queria rápido demais, lambi sua cabeça e deslizei a língua ao longo de seu eixo para molhá-lo e para que minhas mãos deslizassem mais facilmente para cima e para baixo.

— Pooooorra — murmurou novamente, e agarrando meu cabelo com mais força, empurrou minha cabeça para baixo para me fazer tomá-lo por completo.

Não resisti e o deixei enterrar seu pau bem no fundo da minha boca. Quando atingiu o fundo da minha garganta, movi a cabeça para cima para pegar um pouco de ar.

Eu sabia que Nordin e Summit estavam assistindo e os ouvi tirando as calças. Era isso o que eu queria; que esperassem pacientemente até chegar a sua vez.

Mas eles sabiam ser pacientes.

Mantive meus olhos em Willem enquanto movia minha cabeça para cima e para baixo mais rápido, e cada vez que ele empurrava dentro de mim, agarrava meu cabelo com mais força para me avisar o quão bom estava sendo. Ele já estava com tesão, e acho que surpreendê-los aumentou sua excitação.

— Bem assim, doçura. Continue e vou gozar nessa sua boca linda — ele murmurou.

Aprendi a gostar do sabor salgado do gozo deles e, dependendo do dia, às vezes era mais doce do que nos outros.

Seus gemidos ficaram mais altos, e com cada movimento da minha cabeça, eu o tomava mais fundo. Eu o senti pulsar contra minha língua, mas, antes que pudesse gozar em minha boca, me afastei e sorri maliciosamente para ele.

— Você não pode me provocar assim, doçura. — Sua voz soou como um gemido, mas não me importei se ele tivesse que esperar.

Eu tinha algo em mente e não queria que eles estragassem.

Porque eu sabia que gostariam.

Virei para olhar para Summit, esperando ele tirar os olhos da minha bunda.

— *Quero que vocês gozem mim. Ao mesmo tempo* — sinalizei e engatinhei entre as pernas de Nordin.

— O que ela disse, Summit? — Willem perguntou, enquanto me olhava de boca aberta.

— Ela quer que gozemos nela ao mesmo tempo — Summit disse a eles, e sorri com a minha própria ideia depois de ouvi-la em voz alta.

Parecia excitante.

Sensual.

Selvagem.

Exatamente do que eles gostavam.

— Me mostre o que você pode fazer com esses lindos lábios, Echo — Nordin pediu, e eu pretendia fazer com ele o que estava fazendo com Willem.

Envolvi meus lábios em torno do seu pau e, em vez de me deixar fazer tudo sozinha, Nordin moveu seus quadris, empurrando em mim para entrar cada vez mais fundo em minha boca. Dessa forma, não demorou muito até que ele estivesse a ponto de ter um orgasmo, e tive que recuar para que ele não gozasse.

Eu não queria que sofressem com a pressão crescendo dentro deles, mas queria provocá-los a ponto de que tudo o que fizéssemos fosse mil vezes mais intenso. E, por causa disso, rapidamente mudei para Summit, fazendo exatamente o mesmo com ele antes de ir para o sofá.

Os três se levantaram, ainda esfregando seus paus duros enquanto paravam na minha frente. Seus olhos se moveram da minha boceta nua até meus seios, em seguida, para o meu rosto, onde eles podiam me ver provocá-los ainda mais com um sorriso. Minhas mãos se moveram para meus seios e comecei a massagear e apertar enquanto eles lutavam contra o desejo de gozar.

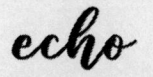

— Nos diga quando, querida. Estamos prontos para marcá-la. Todos ao mesmo tempo do jeito que você quer — Nordin disse, e suas palavras enviaram faíscas pelo meu corpo.

Lambi meus lábios e olhei para suas mãos esfregando seus paus. A visão que eles tinham de mim deve ter sido boa, mas nada comparado aos três homens da montanha, sensuais, altos e musculosos, parados na minha frente, se masturbando enquanto olham para mim.

Eu tinha sorte.

— Continue brincando com esses seios — Summit me disse, e eu escutei. Puxando ambos os mamilos, eu os apertei tanto quanto possível, e quando começaram a doer, eu os soltei novamente.

Senti a tensão na parte inferior da minha barriga aumentar e, para aliviar o formigamento, abaixei minha mão direita para circular meu clitóris suavemente. Os gemidos dos homens à minha frente ficaram mais altos, e pela forma como seus músculos flexionaram, eu poderia dizer estavam perto de gozar.

Continuei me tocando, mas não conseguia me concentrar muito em mim. Então, sem avisar, Willem foi o primeiro a gozar na minha barriga, seguido por seus irmãos. Eles se aproximaram mais de mim para não sujar o sofá, e mantive meus olhos abertos enquanto o sêmen cobria meu corpo, realizando uma das fantasias que comecei a ter algumas semanas atrás.

Quando tudo isso começou, eu não tinha certeza sobre me abrir em relação aos meus desejos, mas logo aprendi que não havia nada de errado com meus pensamentos sexuais e, para minha sorte, o que quer que eu quisesse, eles me dariam.

Demorou um momento para eles se acalmarem de seus orgasmos e, enquanto isso, olhei para a minha barriga coberta de gozo. Usei meu dedo para movê-lo, espalhando-o em pontos na minha barriga que não cobriam. Era bom e, embora fosse fora do comum, eu tinha gostado.

— Nossa vez — Willem grunhiu, e antes de me virar, ele pegou sua camisa para limpar o gozo na minha barriga para que eu não sujasse o sofá.

Depois que eu estava limpa, ele me virou, e então eu fiquei ajoelhada no sofá, com minha bunda empinada para eles. Willem se aproximou, e com ambas as mãos, ele segurou minha bunda antes de dar um tapa em cada lado.

Com força.

Fechei os olhos e deixei minha cabeça cair para trás, e com mais um tapa, me virei para olhar para ele.

— Acho que esta é uma boa noite para finalmente ir até o fim. O que vocês acham? — perguntou aos irmãos.

— Acho que ela está pronta — Nordin disse com um sorriso, ainda esfregando seu pau, assim como Summit. Eles estavam voltando a endurecer para a segunda rodada.

Era tão fácil para eles ficarem duros de novo e gozar novamente. Para mim, na maioria das vezes era um orgasmo, mas sempre era um orgasmo insanamente intenso, então era o suficiente.

Os dedos de Willem traçaram minha fenda e, quando chegaram ao seu destino, ele os empurrou suavemente para o buraco que anteriormente eles brincaram. Eu estava nervosa no início, mas a sensação de seus dedos dentro de mim era incrível, e eu estava animada para sentir ainda mais quando eles estocassem seus paus para dentro daquele buraco apertado.

Rebolei minha bunda, querendo que ele finalmente se movesse dentro de mim.

— Paciência, querida. Vai doer se ele não for devagar — Nordin disse, então se sentou ao meu lado. Ele me puxou para seu colo para montá-lo, e se posicionou debaixo de mim com uma camisinha já vestida.

Algumas semanas atrás, eles colocaram uma caixa de camisinhas na mesa de centro e isso tornou tudo muito mais fácil. Eles não precisavam ir no quarto sempre que precisavam usar uma.

Olhei para baixo e lentamente sentei em seu pau. Seu eixo me esticou, e me perguntei se caberia outro pau dentro de mim. Um gemido escapou de Nordin e, em vez de me mover para cima de si, ele me segurou ainda com as mãos nos meus quadris e seu pau enterrado bem fundo dentro de mim.

Summit deu a volta no sofá para ficar atrás dele e na minha frente, e estendi a mão para envolvê-la em torno de seu comprimento, acariciando-o enquanto sua mão agarrava meu cabelo.

— Você vai tomar o pau deles como uma boa garota? — Summit perguntou, e eu assenti com a cabeça.

Senti o pau de Willem contra a minha entrada de trás, e a cada empurrão lento, eu o sentia me esticar mais e mais. A sensação era incrível, e tentei relaxar ainda mais para tornar isso mais fácil para todos nós.

— Tão apertadinha, — Willem sibilou, e então, com um empurrão rápido, ele me encheu completamente.

Fechei meus olhos para deixar a dor passar, e quando me ajustei aos seus paus dentro de mim, me apoiei nos joelhos para deixá-los começar a estocar para dentro e para fora de mim.

Ficou claro que eles sabiam exatamente o que estavam fazendo. Um entrava em mim enquanto o outro saía, e vice-versa. Eu não conseguia abrir meus olhos, mas mantê-los fechados faria com que tudo o que eu estava sentindo fosse mais intenso, e era isso que eu queria.

— Você está bem, querida? — Summit perguntou enquanto se inclinava para beijar suavemente minha bochecha, e assenti quando percebi que estava segurando seu pau com muita força. Eu não estava com dor, apenas sobrecarregada por toda essa situação.

Willem e Nordin bombeavam cada vez mais rápido, como se tivessem praticado isso por toda a vida e nunca tivessem feito outra coisa. Eles sabiam exatamente como se moverem para fazer uma mulher sentir tudo, e eu não conseguia ter o suficiente disso.

— Continue apertando essa boceta, Echo. Nos deixe sentir o quanto você quer que gozemos dentro de você — Nordin murmurou, suas mãos subindo para segurar meus seios. Ele os apertou com força, e com as mãos de Summit ainda no meu cabelo, eu senti todos os tipos de coisas por todo o meu corpo.

Meus lábios se separaram, e depois de estocarem dentro de mim mais algumas vezes, meu corpo ficou tenso e eu não conseguia me mover. O orgasmo me atingiu com tudo, sem aviso, me fazendo estremecer e tremer.

Mas eles não pararam e continuaram a me foder até que ambos desaceleraram.

Eu os senti pulsar, mais forte do que o normal, e quando pude respirar normalmente de novo, seus gemidos ecoaram pela sala de estar.

Me inclinei contra Nordin, soltando o pau de Summit.

Eu estava acabada.

Cansada.

Exausta.

Mas foi uma das melhores experiências que tive desde que os conheci.

capítulo vinte e oito

SUMMIT

— Pronta para sentar no meu colo por vinte e quatro horas? — Sorri, puxando Echo para perto de mim quando saiu da cabana. Ela sorriu para mim e assentiu com a cabeça, em seguida, colocou os braços em volta da minha cintura para se encostar em mim.

Havíamos empacotado nossas coisas e colocado tudo na parte de trás da caminhonete, prontos para voltar para casa. Nunca pensamos que viríamos aqui, apenas nós três e Kodiak, e voltaríamos com mais uma pessoa. Não que estivéssemos reclamando.

Beijei o topo de sua cabeça e olhei para Nordin, que carregou a última mala para fora da cabana, seguido por Kodiak, que imediatamente correu até a caminhonete para entrar em sua caixa de transporte. Estranhamente, aquele cachorro gostava de longas viagens de carro naquela caixa.

— Você quer dirigir primeiro? — Nordin perguntou a Willem.

— Sim, acho que fico com as primeiras doze horas — ele respondeu, caminhou até o lado do motorista para deixar Kodiak entrar primeiro, depois entrou sozinho.

— Vamos, querida.

Ela se acomodou no meu colo, sentada de lado e encostada no meu peito, e Willem finalmente começou nossa jornada de volta para casa.

— Ela está bem aí atrás? — perguntou, e para responder a ele, Echo fez um sinal de positivo com o polegar. — Que bom. Me avise se precisar parar para ir ao banheiro. Existem alguns lugares no meio do caminho — ele disse a ela.

Normalmente, não fazíamos mais do que quatro paradas, mas, por ela, faríamos sempre que fosse necessário. Passei meus braços em volta de Echo e a abracei com força.

— É cedo ainda. Você pode dormir, se quiser — falei.

Echo assentiu e aninhou o rosto na curva do meu pescoço, e acariciei suas costas para fazê-la adormecer mais rápido.

ECHO

Acordei sentindo Summit se mexer, e quando abri meus olhos, o sol estava brilhando fortemente em meu rosto. Estávamos fora da floresta e parecia que paramos em um posto de gasolina no meio do nada.

— Bom dia, querida. Dormiu bem? — Summit perguntou e eu assenti em resposta. Ele abriu a porta e tentou sair comigo ainda em seus braços.

— Venha, vou te ajudar a descer — ele disse, me deixando sair da caminhonete primeiro.

Me alonguei assim que fiquei de pé e olhei em volta para ver se Nordin e Willem estavam em algum lugar por perto. Vi Kodiak imediatamente. Ele estava fazendo suas necessidades ao lado da estrada enquanto Willem esperava ao seu lado. Quando me viu, acenou com a mão e aquele sorriso sexy dele; acenei de volta, dando-lhe um sorriso doce.

— Ela está acordada! — Nordin falou, enquanto caminhava em nossa direção. Ele tinha barras de chocolate nas mãos e, quando me alcançou, as estendeu para mim. — Pegue uma. Uma pequena sobremesa depois de comermos nossos sanduíches.

Peguei uma das barras e sorri, agradecendo silenciosamente.

— *Há quanto tempo estamos na estrada?* — perguntei, olhando para Summit.

— Apenas algumas horas. É quase uma da tarde — ele me disse, encostado na lateral da caminhonete.

— Você parece um pouco confusa. Está bem? — Nordin questionou, levantando meu queixo com o dedo.

Assenti novamente, mas era um pouco estranho não estar mais na cabana. Eu tinha que me acostumar com o fato de que a vida continuaria em sua cidade natal.

Na casa deles.

— Você vai aproveitar o passeio. A paisagem é incrível — Summit me assegurou. — E, se quiser, podemos até assistir a um filme no meu celular, agora que temos sinal de novo.

Aquilo fez meus olhos se arregalarem.

Isso mesmo!

Meu celular deveria funcionar de novo.

Afastei-me de Summit para abrir a porta do carro e, depois de pegar minha mochila, tirei o celular. Quando a tela se iluminou, fiquei surpresa que ainda tivesse bateria.

Eu o tinha desligado alguns dias atrás, depois de jogar alguns dos jogos instalados nele enquanto Willem, Summit e Nordin estavam do lado de fora preparando a carne de alguns coelhos, mas mesmo assim foi uma surpresa que ainda tivesse bateria.

Demorou um pouco para conectar, mas, assim que o fez, havia várias chamadas perdidas de Garrett.

Seu número apareceu na tela. Eu nunca o tinha adicionado como contato no meu telefone, não senti necessidade de fazer isso.

Essas ligações eram de quinze de maio.

O dia em que fugi de casa.

Mas foi só isso.

Não havia mais ligações ou mensagens.

Ele não se importou, mas por mim estava tudo bem.

— Por que ela está chateada? O que você disse? — Willem parecia irritado, mas quando se aproximou e viu o celular na minha mão, suspirou. — Alguém tentou entrar em contato com você?

— *Garrett* — sinalizei.

E era isso.

Ninguém mais que estava procurando por mim.

Minha mãe tinha meu número, mas nunca o usou. Nem mesmo no meu aniversário.

— Não vale a pena ficar chateada com ele, Echo. Venha, desligue essa coisa e vamos continuar nossa jornada. Mal posso esperar para você ver nossa casa — Willem disse, colocando a mão no lado do meu rosto.

Sorri suavemente, então desliguei o celular, colocando-o de volta na mochila. Eu não precisava que ninguém se preocupasse comigo, e aquelas poucas chamadas perdidas eram evidências suficientes de que Garret não dava a mínima.

Continuamos nossa viagem e, como Summit disse, a paisagem era realmente linda. De tirar o fôlego. Eu nunca tinha saído de minha cidade natal e tudo que vi foram buracos nas ruas e cercas quebradas. Mas aqui, tudo era bonito. Ainda havia neve nas pontas de algumas montanhas e, mesmo quando estávamos na cabana, havia alguns pontos com neve que não derreteriam até que o sol brilhasse diretamente sobre elas.

Quando escureceu, Summit me deixou escolher um filme para assistir enquanto segurava o telefone na nossa frente.

Escolhi um filme romântico. Um que eu nunca tinha visto antes, mas fiquei imediatamente atraída logo nos primeiros minutos. Summit não pareceu ficar aborrecido em assistir, e até comentou algumas coisas, mostrando interesse.

Mas ficar sentada em seu colo enquanto encarava uma tela era cansativo, e adormeci em seus braços mais uma vez.

capítulo vinte e nove

WILLEM

Finalmente chegamos na manhã seguinte. Mais cedo do que pensávamos, já que era quatro e meia.

Nordin estacionou a caminhonete em nossa garagem, e como Summit dormiu um pouco na noite passada, ele já iria começar a embalar a carne em isopores para então distribuí-la entre os moradores da cidade enquanto Nordin e eu teríamos mais algumas horas de sono antes de ajudá-lo com tudo.

Saí da caminhonete e abri a porta de trás para, em seguida, pegar Echo nos braços e levá-la para o meu quarto. Ela estava dormindo e eu não queria acordá-la.

— Vejo vocês mais tarde — Summit nos disse, e subimos cansados as escadas para irmos para cama.

— Desça por volta das oito — eu disse a Nordin, antes que ele desaparecesse em seu quarto.

Entrei no meu e, depois de colocar a Echo cuidadosamente em um lado da cama, me despi e tirei seus sapatos antes de me deitar. Ela estava usando uma legging e um suéter, o que não era muito desconfortável para dormir.

Soltei um suspiro de alívio por finalmente estar em casa novamente. Mal podia esperar para mostrar nosso lar para Echo e fazê-la se sentir em casa. Havia algumas coisas que eu tinha em mente para ela, como ter seu próprio quarto e decorá-lo do jeito que ela queria, mas, por enquanto, tudo que precisávamos era dormir.

Acariciei seu cabelo e olhei para seu rosto.

Em julho, o nascer do sol era por volta das cinco da manhã; agora não estava brilhando muito forte, mas foi o suficiente para eu ver seu rosto com clareza. Echo se moveu em meus braços, e depois de perceber que estava em uma cama, soltou um suspiro suave.

— *Casa* — ela sinalizou.

Eu sorri, lembrando-me daquela palavra e de como sinalizá-la quando ela nos ensinou. Senti meu coração aquecer.

— Sim, você está em casa — eu disse a ela. — Durma mais um pouco, doçura. Vou lhe mostrar tudo quando acordar de novo — prometi.

Seus olhos estavam fechados, mas ela não tinha terminado de se comunicar comigo.

— *Eu amo você.*

Tive que olhar duas vezes para a sua mão enquanto ela sinalizava. Meu coração estava batendo forte no peito, e se ela tivesse dito essas palavras, eu sabia que ela tinha nós três em mente. Não apenas eu.

Nos afeiçoamos a ela durante o tempo na cabana, e se o meu coração e os dos meus irmãos não estivessem tão fechados, nós com certeza teríamos dito a ela o mesmo há algum tempo. Nossos sentimentos por ela eram fortes e cresciam a cada dia, mas nos abrir sobre isso nunca foi nosso forte.

— Nós também amamos você, Echo — respondi. — Com todo o nosso coração.

Um pouco mais de três horas se passaram rapidamente, e tive que ir ajudar os outros e deixar Echo na cama. Ela estava dormindo pacificamente e, para não acordá-la, levantei silenciosamente da cama, peguei algumas roupas do meu armário e saí para tomar um banho no banheiro de Summit no andar de cima.

Assim como a cabana, a maioria das paredes era feita de madeira e era possível ouvir facilmente o que estava acontecendo nos outros cômodos. Quando cheguei ao quarto de Summit, Nordin saiu do seu e acenou com a cabeça.

— Ela ainda está dormindo? — perguntou.

— Sim. Não quero acordá-la — expliquei, depois parei e mantive meus olhos nele enquanto pensava no que a Echo havia sinalizado no início da manhã.

Talvez ela não quisesse me contar e estivesse meio dormindo quando o fez. Talvez tivesse planejado dizer que nos amava, mas não percebeu que havia dito primeiro para mim. Eu não queria estragar o momento dela, então guardei para mim.

— Voltarei em alguns instantes — falei para ele. Nordin assentiu e desceu as escadas.

A tarefa de Summit era colocar toda a carne congelada dos *freezers* pequenos no grande para que não estragasse até que a distribuíssemos aos nossos clientes.

Tomei um banho rápido e me vesti antes de ir para a oficina, e esperava que, quando Echo acordasse, ela não se arrependesse do que havia dito.

Porque minha resposta para o seu *"eu amo você"* foi muito sincera.

ECHO

O sol estava brilhando bem no meu rosto quando abri os olhos para olhar ao redor do quarto. Lembrei de Willem me trazendo aqui, e de acordar por alguns segundos antes de cair no sono novamente.

Levei um momento para colocar a cabeça no lugar. Para perceber que era aqui que eu passaria o resto da minha vida ou pelo menos parte dela. Já me sentia em casa e mal podia esperar para ver mais deste ambiente e da forma como Nordin, Summit e Willem viviam.

Alonguei-me e sentei na cama, então olhei para fora da grande janela que ia do chão ao teto, me brindando com uma vista que outras pessoas só poderiam desejar.

Minha primeira impressão do quarto de Willem foi... positiva.

Surpreendente.

Eu não sabia o que esperar, mas a maneira como ele mobiliou seu próprio espaço privado era agradável. Madeira escura cobria o chão e as paredes eram revestidas com longos painéis de madeira. O teto era alto, mas acho que era uma vantagem ter paredes como aquelas quando se tinha mais de um metro e oitenta.

As cobertas da cama eram lisas e pesadas, perfeitas para se aquecer à noite, assim como na cabana. Na verdade, algumas coisas me lembraram de sua cabana, o que me fez sentir imediatamente em casa.

Willem não estava mais ali, e seu lado da cama ainda estava desarrumado, fazendo com que parecesse confortável e convidativo para apenas se deitar novamente e dormir por mais uma ou duas horas. Mas eu queria explorar, e depois de entrar no banheiro anexo, lavei meu rosto e prendi meu cabelo em um rabo de cavalo antes de sair para o corredor.

Eu não conseguia descrever o que estava vendo. Eles me disseram que reformaram o prédio para fazer uma grande casa, e parecia incrível. O corredor envolvia todo o andar, e a escada em espiral no meio era maior do que qualquer outra que eu já tinha visto.

Toda a madeira e os tons escuros faziam o espaço parecer rústico, e o tapete de pele de urso pendurado na parede contribuiu para a estética da casa.

Olhei para o andar seguinte e, como não havia outra porta por aqui, imaginei que os outros dois quartos fossem no andar de cima. Na frente, e do outro lado da escada, havia um espaço aberto com duas escrivaninhas e uma grande estante que envolvia as laterais.

Eles gostavam de ler. Principalmente Nordin, o que foi uma surpresa para mim no começo. Mas, eu o encontrava com um livro nas mãos sempre que tinha tempo. Mesmo que fosse apenas por cinco minutos.

Eu não queria subir sem a permissão deles, então quando ouvi um barulho vindo do andar de baixo, fui até a escada para descer. Havia novamente um espaço aberto com uma grande sala de estar, sofás de couro e uma televisão pendurada na parede.

À direita, ficava a cozinha e, atrás de mim, uma sala de jantar e o que parecia ser outra sala de estar. Os ruídos vinham dali, então fui até lá e encontrei uma porta aberta que dava para a oficina da qual eles falavam tanto.

Nordin estava lá, trabalhando em algo que eu não conseguia ver, e quando bati na porta para chamar sua atenção, ele se virou e sorriu para mim.

— Oi, querida — cumprimentou; em seguida, caminhou até mim para me puxar com força contra seu peito. Fechei os olhos para sentir seu cheiro, e depois de um tempo, me inclinei para trás para olhar para ele. — Quanto tempo você demorou para me encontrar? — Ele sorriu.

Sorri para ele e balancei a cabeça para que ele soubesse que não demorou muito. Depois de dar uma olhada na oficina, coloquei as mãos em seu peito e inclinei a cabeça.

— *Onde estão Summit e Willem?* — perguntei.

Não havia sinais específicos para o nome de alguém, e a maioria dos surdos ou mudos fazia um sinal para as pessoas próximas. No meu caso, nunca soletrei o nome de Garrett com os dedos quando estava falando com minha mãe sobre ele quando era pequena. Criei um sinal para ele, que basicamente era apenas deslizar meu dedo na minha têmpora duas vezes.

Não significava apenas *Garrett*, mas sempre indicava o quão idiota e estranho ele era. Mesmo aos três anos, eu sabia que tipo de homem meu padrasto era, e aquele sinal ficou comigo. E fiz o mesmo com os três, para que soubessem quando eu estava dizendo seus nomes.

Para Willem, eu colocava meu indicador, dedo médio e anelar esticados, batendo-os contra meu pescoço. Os dedos mostravam a primeira letra de seu nome e batê-los no meu pescoço indicava sua barba.

Para Nordin, eu apenas deixava minha mão espalmada e colocava contra a frente da minha cabeça e sacudia para cima, indicando o boné de baseball que ele usava com frequência.

E para Summit, eu usava o sinal de S, que era apenas um punho fechado, e torcia meus pulsos duas vezes para sinalizar seu nome.

Então, quando mencionei seus irmãos, Nordin sabia o que eu havia perguntado.

— Eles saíram, foram levar a carne para os vendedores. Estarão de volta em algumas horas. Com fome? — perguntou.

Assenti rapidamente; em seguida, coloquei minha mão na barriga para impedi-la de roncar. Nordin deu um beijo na minha têmpora antes de segurar minha mão e me puxar de volta para a cozinha.

— Você já deu uma olhada na casa? — Ele abriu a geladeira e tirou os ovos e o leite.

Balancei a cabeça, olhando ao redor da cozinha com um sorriso. Era grande, e adorei todo o espaço aberto e grandes janelas que nos permitiam olhar a bela vista do lado de fora. Havia montanhas à nossa frente e, quando me virei para olhar pela outra janela, vi uma cidade e o mar aparecendo por entre as árvores.

Estávamos um pouco mais no alto, mas não muito.

— Depois do café da manhã, mostrarei a casa, a oficina e o jardim. Você vai adorar — Nordin me disse.

Eu mal podia esperar para ver tudo.

E mal podia esperar para recomeçar com eles.

Aqui. Em seu lar.

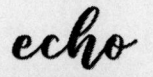

capítulo trinta

NORDIN

Seus olhos se arregalaram com cada cômodo da casa, e eu amei como ela estava fascinada com tudo. Sabia que Echo não tinha muito em casa, mas aqui ela poderia ter o que quisesse. Caramba, nós faríamos tudo para comprar o que ela tivesse vontade.

Mostrei a ela todos os quartos e também o que usávamos como quarto de hóspedes. Quando nossos pais ainda estavam vivos, muitas vezes vinham nos visitar e, quando ficava tarde, dormiam lá. Não tínhamos muito uso para ele ultimamente, mas Willem já tinha mencionado algo sobre ela ficar com aquele quarto, e torná-lo seu.

Porém, eu não me importaria se ela dormisse em uma de nossas camas todas as noites. Quando chegamos à caverna masculina que criamos anos atrás, ela não conseguia parar de sorrir. Havia tudo que um homem precisava aqui. Um bar, uma televisão grande, um sofá enorme e confortável e até uma mesa de sinuca. Summit e Willem gostavam de jogar. Nosso pai também adorava jogar, então tentávamos manter vivo seu hobby sempre que tínhamos tempo. Havia também um fliperama no canto, e os olhos da Echo brilharam quando viu.

— Você pode jogar quando quiser. Esta casa também é sua agora, e não precisa pedir se tiver vontade de jogar ou assistir um filme — eu disse a ela.

— *Obrigada* — ela sinalizou, e embora eu não pudesse ouvi-la dizer isso, foi provavelmente o "obrigada" mais sincero que eu já tinha ouvido de qualquer mulher.

— *Qualquer coisa por você, Echo* — respondi, demorando um pouco mais do que ela para me comunicar.

Mas Echo passou os braços em volta da minha cintura, ainda olhando para a televisão. Mordi o lábio, então acenei para o sofá.

— Vamos assistir um filme. Posso continuar trabalhando na oficina amanhã — assegurei a ela.

Echo olhou para mim e sorriu abertamente, então assentiu com a cabeça e caminhou até o sofá. Diminuí as luzes e caminhei até o bar para pegar algo para bebermos. Água e leite eram tudo o que tínhamos para beber na cabana.

— Quer uma Coca-Cola? — perguntei, e ela virou a cabeça para olhar para mim, com o cenho franzido e olhou para a lata que eu estava segurando, então balançou a cabeça. — Fanta? — ofereci, segurando outra lata.

Ela torceu o nariz e balançou a cabeça.

— Não gosta?

Ela encolheu os ombros.

— *Nunca tomei.*

Mais uma vez, levei um momento para perceber o que ela sinalizou, mas assim que entendi, arqueei uma sobrancelha.

— Nunca? Por quê? A sua mãe não deixava? — Pegando as duas latas de refrigerante e uma cerveja para mim, fui até ela e me sentei ao seu lado no sofá.

Echo negou; em seguida, sinalizou "dinheiro" com as mãos.

— Entendo. Então você sempre bebeu apenas água. Aqui, experimente um pouco — eu disse a ela e abri a lata de Coca-Cola.

Echo pegou a lata e primeiro cheirou, e eu me perguntei como ela viveu por dezoito anos e nunca provou refrigerante antes.

Mas... sua vida era diferente.

Depois de cheirar, ela esfregou o nariz por causa do gás que fez cócegas, e sorri enquanto me inclinei para trás para vê-la tomar seu primeiro gole. No começo, ela parecia insegura, mas depois de tomar o segundo, seus olhos se arregalaram.

— Bom? — perguntei, já abrindo a lata de Fanta.

Ela assentiu, e então tomou outro gole antes de pegar a outra lata. Desta vez, ela não teve tanta certeza do gosto e não tomou outro gole.

— Coca-Cola, então. Aqui, você escolhe o que vamos ver. Mas me deixe apenas dizer que não sou realmente fã de filmes românticos como Summit.

Echo sorriu, mas eu sabia que ela queria rir.

Eu a deixei escolher um filme e, sem passar por todas as opções primeiro, ela escolheu uma comédia.

Eu podia viver com isso.

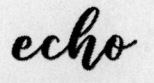

Colocou o controle remoto na mesa de centro, então se encostou em mim, segurando a lata de refrigerante na mão. Passei meu braço em volta dos seus ombros e beijei o lado de sua cabeça antes de olhar para a televisão.

Até meus irmãos voltarem, eu poderia aproveitar o dia com a minha doce Echo.

Só nós dois.

ECHO

Assistir a um filme rapidamente se transformou em assistir a três. E em uma sessão de beijos. Mas não me importei.

Eu estava montada no colo de Nordin enquanto sua mão se movia por todo o meu corpo. Minhas mãos estavam em seu cabelo, e enquanto eu puxava suavemente, ele empurrou meus quadris contra sua virilha, me fazendo sentir o quanto isso o estava excitando.

Os créditos do terceiro filme começaram a subir e, lá em cima, podíamos ouvir um carro estacionando.

— Eles estão de volta — Nordin murmurou, mas eu não queria parar. Suas mãos se moveram para meus quadris e, enquanto segurava com força, ele tentou me afastar de si para interromper o beijo.

Eu me agarrei a ele até que Nordin me apertou em seus braços, me fazendo me contorcer e me mover para trás. Sentia cócegas, e essa era a única maneira de me tirar de cima dele.

— Eu disse que eles estão de volta, Echo. Se os dois descobrirem que estamos nos pegando a tarde toda, vão querer pular o jantar e foder você a noite inteira. E você precisa de comida, então tire essa bunda deliciosa de cima de mim e vamos voltar lá para cima.

Suas palavras fizeram cada centímetro do meu corpo formigar, mas Nordin não tinha que se esforçar para me fazer sentir assim.

Assenti lentamente e me levantei do sofá, e depois que ele desligou a televisão e jogou fora nossas latas, subimos as escadas para encontrar Willem e Summit na oficina.

— Oi, linda — Summit disse ao me notar, e eu sorri, caminhando até ele para abraçá-lo. — É estranho ver você em nossa casa, mas eu gosto — completou, acariciando minhas costas com as mãos.

— Você teve um bom dia? — Willem perguntou, e me virei para olhar para ele e assenti.

— *Eu me diverti com Nordin. Assistimos um filme* — sinalizei, esperando que ele entendesse o que eu falei.

— Que bom — ele respondeu, observando meu rosto por um minuto antes de olhar para Nordin. — Abram nos convidou para jantar no bar esta noite. Como um agradecimento pela carne que conseguimos para ele.

— E a Echo? — Nordin perguntou, preocupado.

— Já passamos por isso. Se alguém descobrir que é ela quem está nos noticiários, não há nada que a polícia possa fazer. Não vamos dar grande importância a isso. Sabemos que nossas intenções com ela são boas e ela quer estar conosco.

Assenti, concordando.

E eu não poderia me esconder aqui para sempre.

— *Eu quero ir* — falei para eles, e Summit sorriu.

— Viu, ela quer sair. Além disso, é de Abram que estamos falando. E conhecemos o pessoal do bar. Ninguém vai suspeitar, ou até mesmo saber sobre o desaparecimento de uma garota. Eles são muito velhos — ele disse.

— Você está bem com isso, querida? — Nordin perguntou, e eu rapidamente assenti. — Então vá se trocar. Lavei as suas roupas esta manhã; já devem estar secas agora — informou, e eu o segui escada acima para pegar minhas roupas.

— Quer mais batata frita? — Willem perguntou, inclinando-se mais perto de mim para que eu pudesse ouvi-lo.

O bar estava barulhento, considerando que não havia muitas pessoas aqui. Havia fumaça de cigarro no ar, e para aumentar aquele cheiro horrível, cerveja era tudo o que se bebia por aqui. Bem, a não ser pela Coca que eu estava tomando.

Não deixei que isso me incomodasse muito, mas se eles me trouxessem aqui novamente, eu teria que trazer uma máscara para cobrir meu nariz. Talvez eu estivesse exagerando, mas o cheiro era insuportável e eu teria que me acostumar com ele.

Olhei para Willem e neguei.

Comemos bife de cervo com batata frita e alguns vegetais. Claro, foi o cervo que eles pegaram, e não fomos os únicos a comê-lo esta noite. Alguns homens — na casa dos sessenta anos — vieram parabenizar os irmãos por uma ótima temporada de caça. Eles eram conhecidos nesta cidade, mas, como cresceram aqui, e não foi uma surpresa tão grande.

A maioria dos homens me ignorou, nem mesmo olhou para mim. Talvez porque não me viram sentada no canto da mesa, com Willem ao meu lado. Mas não me importei. Eu ainda não queria conhecer novas pessoas.

Por algum motivo, me senti sendo observada. Como se alguém tivesse nos seguido todo o caminho até aqui e estivesse me observando do outro lado do bar. Mas eu estava ficando louca e tinha que me livrar desse pensamento.

— Você está se sentindo bem, querida? Não parece muito feliz esta noite — Summit disse.

— *Estou feliz. Só cansada. E tenho que me acostumar com isso. Mas estou feliz, juro* — sinalizei, com um sorriso suave, esperando não estragar a noite deles com o meu humor.

— Você vai se acostumar — ele me assegurou.

— Na próxima semana, vamos para a cidade e dar uma olhada nas lojas. Comprar mais roupas e talvez você comece a pensar em como quer que seu quarto seja decorado — Willem me disse.

Eu gostava de como o quarto de visitas estava agora, e não havia muito o que eu gostaria de mudar. Mas cairia bem mais algumas roupas, agora que não estávamos mais na cabana. Eu também queria ver alguns lugares onde pudesse encontrar um emprego.

Talvez um café.

Ou uma padaria.

Ou um lugar onde eu não tivesse que me comunicar com as pessoas.

Apenas um lugar onde eu ganhasse meu próprio dinheiro, mesmo que não fosse muito.

Abram, o dono do bar, tinha falado comigo quando entramos, e a princípio, ele ficou um pouco surpreso quando me viu com os irmãos. Eu achava que para os outros era normal vê-los com uma mulher, mas imaginei que nunca levassem uma para jantar fora. Ele caminhou até nossa mesa e colocou uma torta de frutas vermelhas no meio da mesa.

— Esta também é por conta da casa. Levem o resto se não comerem tudo. É só esquentar no microondas de manhã e vai ficar tão deliciosa quanto.

— Obrigado, Abe. Sua esposa que fez? — Willem perguntou.

— Claro que sim. A mulher cozinhou durante todo o verão. Não saía da maldita cozinha — o dono do bar explicou, com um aceno de cabeça.

Sorri para ele ao sentir seus olhos em mim, então desviei o olhar porque me sentia desconfortável.

— Bom apetite. Tenho que colocar mais alguns bifes na grelha — Abram nos disse, então finalmente se afastou com nossos pratos vazios.

— Quer um pedaço? — Nordin me perguntou, apontando para a torta.

— *Sim, por favor* — respondi, na esperança de tirar minha mente do que estava me incomodando.

Passamos o resto da noite no bar, comendo e conversando principalmente sobre o que os irmãos teriam que fazer nas próximas semanas, e assim que as pessoas no bar começaram a sair, nós também fomos embora.

Enquanto andávamos de volta para a caminhonete, Willem foi parado por Abram, e eles conversaram um pouco antes de Willem se aproximar.

— O que ele disse? — Summit perguntou.

— Nada — Willem murmurou, então olhou para mim e deu um suspiro. — Ele perguntou se você é a garota que está desaparecida há meses. Eu disse que não, mas acho que ele não acreditou em mim. Mas não importa. Vamos para casa, estou cansado.

Todos estávamos, e eu esperava que o bom e velho Abe não chafurdasse ainda mais em toda essa situação.

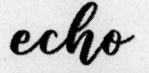

capítulo trinta e um

ECHO

Não demorou muito para que Abram avisasse à polícia sobre mim.

Os policiais bateram na porta alguns dias depois, de manhã cedo, e eu nunca tinha sentido tanto medo antes. Nem viver com Garrett era tão assustador assim. Eu havia me acostumado a morar na casa dos irmãos nos últimos dias, e por um breve segundo pensei que Abram simplesmente deixaria quieto depois de perguntar a Willem se eu era a garota que estava sendo procurada. Eles me disseram que Abram não iria tão longe a ponto de avisar a polícia, mas eles estavam errados.

Eu não poderia culpá-lo por contar à polícia. Se eu achasse que tinha visto uma garota que tinha sido dada como desaparecida, teria ido imediatamente para a delegacia avisar. Mas, novamente, eu tinha idade suficiente para fugir de casa. Já tínhamos estabelecido isso.

Eu estava de pé no topo da escada no primeiro andar, olhando para a porta da frente, observando Willem lidar com os policiais. Eles não deram a ele um olhar suspeito como aqueles que apareceram na cabana. Em vez disso, esses eram calmos e respeitosos, o que levou Willem a ser gentil. Eles também pareciam se conhecer, já que se chamavam pelo nome.

Homer não era uma cidade muito grande e as pessoas que cresceram aqui se conheciam.

— Olha, cara. Recebemos uma ligação de Abram ontem à noite, dizendo que viu vocês com a garota que está desaparecida, de Juneau. Você sabe alguma coisa sobre isso? — um dos policiais perguntou.

Ouvi Willem suspirar, então ele assentiu com a cabeça e deu um passo para o lado.

— É melhor deixar vocês falarem pessoalmente com ela — ele disse, surpreendendo não só a mim, mas também Summit que estava parado logo em minhas costas.

Nordin saiu da cozinha e cumprimentou os policiais, depois passou a mão pelo cabelo, parecendo estressado e ligeiramente irritado.

— Ela está lá em cima. Saiba apenas que não a sequestramos nem nada do tipo. É uma longa história de como ela acabou morando aqui conosco — Willem explicou.

Mas os policiais continuaram calmos, deixando claro que não vieram aqui para culpá-los ou prendê-los.

— Fiquem à vontade — Nordin falou, acenando para o sofá, e enquanto os policiais se sentaram na sala de estar, Willem olhou para nós e acenou com a cabeça.

— Eles estão aqui apenas para conversar. Eles têm que esclarecer porque você está aqui, ou então continuarão procurando por você — Summit disse baixinho, apertando meu ombro firmemente para me encorajar. Assenti, sentindo meu coração acelerar e bater forte no meu peito. — Eles vão ouvir você. Basta ser honesta e tudo acabará em breve — prometeu.

Segurei sua mão e entrelacei meus dedos nos seus, então desci as escadas com ele para encontrar Willem.

— Está tudo bem. Estamos aqui — ele me disse, beijando minha testa antes de todos nós irmos para a sala de estar.

— Bom dia — o policial mais velho disse, sorrindo gentilmente para mim, enquanto eu me sentava com Willem e Summit, um de cada lado, e Nordin parado ao lado do sofá com os braços cruzados sobre o peito.

Ainda estávamos de pijama e íamos fazer o café da manhã quando bateram. Não havia motivo para ficar com medo. Eu tinha dezoito anos e estava aqui por minha própria vontade.

— Para ser honesto, não era exatamente o que esperávamos — o policial da direita comentou.

Olhei para o distintivo dele e tentei encontrar um nome ao qual pudesse associá-los.

— *Posso saber seus nomes?* — questionei, olhando para Summit para que ele traduzisse.

Ele assentiu com a cabeça e olhou para os policiais.

— Ela perguntou se vocês poderiam dizer seus nomes para que ela saiba com quem está falando — Summit disse a eles.

— Claro. Eu sou Aaron. Este é meu parceiro Kurtis. Você é a Echo, certo? — Aaron perguntou, e eu assenti lentamente.

— Você pode ouvir — Kurtis afirmou.

— Ela não é surda. Echo tinha um nódulo nas cordas vocais quando era pequena e teve que passar por uma operação. Ela pode ouvir muito bem — Summit explicou.

— Entendo. — Aaron sorriu para mim e observou meu rosto por um momento antes de continuar: — Posso dizer que é óbvio que você está aqui porque quer estar. Mas preciso saber como você veio de Juneau até aqui. Pode nos contar sobre isso?

Eu sabia que Nordin, Summit e Willem não podiam falar por mim. Os policiais tinham que me ouvir dizer. Mas, antes de começar a sinalizar, Nordin deu uma risadinha.

— Como vocês saberiam o que ela está dizendo se não conhecem a língua de sinais? — Ele tinha razão.

Summit poderia traduzir qualquer coisa, embora eu soubesse que ele não faria isso.

— Certo — Kurtis murmurou, então olhou para Nordin com uma sobrancelha arqueada. — Talvez um pedaço de papel em que ela possa escrever?

Nordin foi até a mesa do outro lado da sala e pegou um bloco de notas e uma caneta; em seguida, se aproximou e os entregou a mim.

Escrever tudo foi cansativo e demorei um pouco até ter tudo escrito, mas assim que terminei, entreguei para eles lerem. Os irmãos e eu assistimos enquanto os policiais liam minhas palavras, e Willem colocou a mão na minha coxa para que eu soubesse que eles estavam ali comigo.

Os policiais demoraram alguns minutos para ler tudo e, com minha caligrafia ruim, lutaram para entender algumas palavras. Mas então, finalmente, eles olharam para mim e, por algum motivo, seus olhos foram direto para os meus pés.

— É uma longa caminhada pela floresta para se fazer descalço. Você se machucou? — Aaron perguntou e eu assenti, confirmando suas palavras. — E quando você chegou à cabana, usou uma pedra para quebrar uma das janelas e depois entrar?

Assenti novamente, porque isso era tudo que eu poderia fazer no momento. Havia escrito detalhes suficientes sobre como vim parar aqui e parecia que essas duas perguntas eram tudo o que eles precisavam saber sobre a minha fuga.

— Tudo bem. — Kurtis suspirou. — Ainda temos que avisar seus pais. Já havíamos entrado em contato com eles ontem sobre a possibilidade de tê-la encontrado, e sua mãe disse que viria aqui se isso significasse que ela poderia vê-la.

Não.

Não, não era isso que eu queria!

Balancei minha cabeça e olhei para Willem, esperando que ele dissesse algo para impedi-la de vir.

— Acho que ela não quer ver a mãe — ele disse.

— Não podemos impedi-la de vir aqui. Não sei muito sobre por que você deixou seus pais, e não posso questionar muito, mas diria que o ideal seria permitir que viesse para que possa explicar a ela o que está acontecendo. É melhor que sua mãe saiba, para que possa seguir em frente com a vida e não se preocupar muito — Aaron falou.

Cruzei meus braços sobre o peito e desviei o olhar.

Ver minha mãe não mudaria nada. Não havia necessidade de ela vir. Ela sabia o que eu sentia por ela.

— O que quer que você decida fazer, nosso trabalho aqui está feito. Apenas tínhamos que verificar e ter certeza de que vocês não...

— Nem se atreva a terminar essa frase — Nordin sibilou.

Aaron ergueu as mãos na frente de si, como que para se proteger.

— É o nosso trabalho, cara. Sabemos que vocês não fariam uma merda dessas.

Os policiais se levantaram do sofá e olharam novamente para mim.

— Nós não vamos ocultar a informação sobre onde você está morando de sua mãe. Se ela aparecer, deixe-a falar. Isso é tudo o que é preciso — Kurtis me disse, mas eu sabia que minha mãe faria algo assim que descobrisse que tenho vivido com três homens todo esse tempo.

Mas... isso era típico dela, então talvez ela entendesse.

WILLEM

Meu instinto de proteger a Echo entrou em ação, e desde que os policiais foram embora esta manhã, eu não saía do lado dela. Eu tinha que ter certeza de que ela estava bem, e não pirando sobre sua mãe vir para a cidade. Se ela realmente viesse, eu queria que conversassem para que pudessem acabar com isso. Echo morava com a gente agora. Mas eu também odiava a ideia de sua mãe querer vê-la quando a Echo claramente não queria. Não podíamos impedi-la de vir e, até que ela aparecesse à nossa porta, garantiríamos que Echo estivesse preparada para isso.

O dia todo ela tinha estado... quieta.

Bem, Echo sempre era quieta, mas hoje você poderia dizer pelas suas feições que ela estava chateada e com raiva, tudo isso misturado com nervosismo.

Mesmo no jantar, ela realmente não falava com a gente. Apenas cutucou a comida e deu uma mordida aqui e ali, mas fora isso, Echo estava completamente perdida em seus próprios pensamentos.

E agora que estava sentada no sofá de nossa casa, ela apenas olhava para as mãos e brincava com as mangas da camisa. Fui até o sofá e me sentei ao seu lado, puxando-a para mim e envolvendo meus braços ao seu redor. Deslizando a mão por seu cabelo, eu esperava de alguma forma fazê-la se acalmar e não ficar tão preocupada.

— Você sabe que estaremos bem ao seu lado, Echo. Não importa o que aconteça, é sua escolha se quer ficar conosco ou... — Eu não queria dizer essas outras palavras.

Echo balançou a cabeça e se virou para olhar para mim enquanto colocava a mão no meu peito. Suas sobrancelhas estavam franzidas, me dizendo que o que eu não disse era ridículo.

— Me desculpe, eu não queria dizer isso. Apenas saiba que se você já tem uma decisão tomada, não há nada que ela possa fazer para mudá-la. Mas talvez falar com a sua mãe a ajude a entender — eu disse baixinho, mantendo meus braços firmemente em volta dela.

— Ok — ela sinalizou e, finalmente, havia um sorriso em seus lábios.

— Ótimo. Agora, vamos focar sua mente em outra coisa. Que tal assistirmos um filme juntos? Nós quatro — sugeri.

— *Eu gostaria disso.*

Dei um sorriso orgulhoso.

— Você gostaria disso. Viu? Eu sou profissional. Estou ficando melhor nisso a cada maldito dia — eu disse a ela, na esperança de fazê-la sorrir.

Echo sorriu, mas então bateu no meu peito e revirou os olhos.

— *Idiota* — ela sinalizou.

Segurei seu queixo e inclinei sua cabeça para trás para beijá-la profundamente, e depois que nossas línguas se moveram uma contra a outra, me afastei do beijo para olhar em seus olhos.

— Vá em frente e escolha um filme. Vou buscar alguns lanches e os caras — eu disse a ela, então me levantei e fui para a cozinha.

— Ela está bem? — Nordin perguntou.

— Sim, está melhor. Disse a ela que assistiríamos um filme, então terminem tudo aqui e vão para a sala.

Quando estávamos todos sentados no sofá, com a cabeça da Echo no meu colo e os pés dela sobre os de Nordin, começamos a assistir o filme.

Summit estava sentado na outra ponta do sofá, mas ele não parecia se importar em não ter a Echo por perto. Ele sabia que chegaria um dia em que poderia tê-la consigo, e nós apenas compartilharíamos. Éramos bons nisso, e nenhum de nós jamais reclamou por não conseguir tocá-la alguma vez.

Embora eu fosse a pessoa a dizer a ela para não pensar muito sobre sua mãe, não segui meu próprio conselho. Eu não conseguia suportar a ideia das duas se encontrando, especialmente quando ela havia ido embora há quatorze anos.

Mas isso tinha que ser feito.

E aconteceria mais cedo do que pensávamos.

capítulo trinta e dois

ECHO

Devo ter adormecido enquanto assistia o filme, mas era difícil ficar acordada com Willem acariciando meu cabelo e Nordin massageando meus pés. Abri meus olhos e encarei os de Willem enquanto meu corpo era abaixado na cama.

— Não quis acordar você, doçura. Volte a dormir. É tarde — ele sussurrou, mas havia um desejo dentro de mim que me impediu de fechar os olhos.

Eu o puxei para mais perto de mim com uma mão na parte de trás de sua cabeça, e uma vez que seus lábios tocaram os meus, ele se moveu sobre mim, se apoiando com as mãos perto da minha cabeça. Willem não saiu do meu lado hoje, e isso me fez sentir muito mais perto dele, tanto que eu queria senti-lo dentro de mim e mostrar o quanto ele me ajudou hoje.

Seu joelho empurrou entre os meus, e uma vez que minhas pernas estavam bem abertas, ele se posicionou entre elas e pressionou sua virilha contra a minha. Puxei seu cabelo e aprofundei o beijo, e com uma mão, ele se moveu pelo meu corpo e então por baixo do meu suéter. Isso não tinha demorado muito, mas eu precisava tê-lo dentro de mim. Sua mão segurou meu peito e apertou com força antes de beliscar meu mamilo. Meus quadris pressionaram contra ele, querendo sentir seu pau enquanto endurecia e, para minha surpresa, já estava duro como pedra.

Willem se afastou do beijo para descer entre as minhas pernas, e depois de tirar minha calça do pijama e deslizar para baixo em um movimento rápido, ele beijou o interior das minhas coxas antes de finalmente deslizar sua língua ao longo da minha fenda.

Minhas mãos ainda estavam em seu cabelo, e eu o pressionei mais contra minha boceta para intensificar a sensação dele lambendo meu clitóris. Inclinei a cabeça para trás e fechei os olhos, empurrando meus quadris cada vez que sua língua passava contra aquele pequeno ponto.

— Olhe para mim, Echo — exigiu, e eu me forcei a olhar para ele. Sabia que ele gostava quando eu o observava, mas era sempre difícil.

Ele manteve seus olhos nos meus enquanto lambia meu clitóris, e a visão que eu tive era incrível. Eu amava vê-los me fazer gozar assim.

Willem agarrou meus quadris com força quando eu não conseguia mais mantê-los parados, e quanto mais rápido ele movia sua língua, mais intensa ficava a pressão dentro de mim. Meus dedos do pé se contorceram e finalmente senti o orgasmo tomar conta, e um céu escuro e estrelas cintilantes foram tudo que eu vi.

Agarrei seu cabelo com mais força do que nunca, e enquanto ele continuava a mover sua língua contra o meu clitóris, eu silenciosamente implorei para ele parar e ao mesmo tempo continuar.

Era tão bom que doía.

Quando ele se mexeu, consegui abrir os olhos novamente e, enquanto o observava baixar a calça e a cueca boxer, levantei meu suéter para que ele também tivesse algo para olhar. Ele sorriu, e quando sua calça finalmente sumiu, esfregou o pau algumas vezes antes de se inclinar para a mesa de cabeceira e pegar uma camisinha. Eu o observei vestir a proteção, e depois que se posicionou entre as minhas pernas, ele deslizou suavemente para dentro de mim.

— Então isso é fácil pra você, hein? Ser fodida sempre que quiser — ele murmurou, abaixando seus lábios nos meus.

Realmente, era fácil, mas eles nunca me rejeitariam.

Willem estocou em mim lentamente, mas com força, e com cada investida, ele ia mais fundo. Era raro que me fodessem quando estavam sozinhos, mas aqui e ali eu gostava de me concentrar em apenas um. Ele se ergueu com a mão direita perto da minha cabeça e sua mão esquerda agarrou minha cintura com força, não permitindo que eu me movesse.

Eu queria que ele fosse mais rápido, mas sabia que não importava o que eu dissesse, ele iria me provocar até que não pudesse mais. Então eu o deixei fazer como desejava e aproveitei cada segundo de seu pau bombeando em mim uma e outra vez. Depois de um tempo, ele saiu de mim e me virou de bruços, e depois de me colocar de joelhos, apertou minha bunda com força antes de entrar novamente em mim.

— Porra — gemeu. — Tão apertada... Continue apertando essa boceta, Echo. Quero que aperte meu pau enquanto eu te fodo por trás.

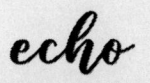

Ele não teve que pedir duas vezes. Tensionei cada músculo que tinha lá embaixo e, enquanto o fazia, ele não era o único a sentir prazer nisso. Suas estocadas aceleraram e, com cada uma, ele chegava mais fundo dentro de mim. Suas mãos agarravam meus quadris agora, e dessa maneira, ele poderia me foder até mais forte.

Fechei os olhos e agarrei o travesseiro com força, querendo tanto gritar. Mas tudo que pude fazer foi prender a respiração e, assim que o senti pulsar, empurrei os quadris contra ele para encontrar suas estocadas.

— Continue fazendo isso. Merda, pooorra — encorajou.

Assim eu fiz e, minutos depois, ele parou de se mover com seu pau enterrado bem dentro de mim enquanto gozava.

Estávamos respirando rápido e levamos um momento para nos acalmar; em seguida, saiu lentamente de dentro de mim enquanto eu caía de bruços na cama. Fechei os olhos para controlar a respiração e, assim que o fiz, olhei para Willem, que estava se livrando da camisinha no banheiro.

Quando ele voltou para o quarto, pegou uma cueca boxer limpa, apagou as luzes e foi deitar. Levantou as cobertas e me puxou para mais perto, e eu me aninhei nele com a cabeça apoiada em seu peito.

— Você está se sentindo bem? — perguntou baixinho.

Bati em seu peito uma vez, lembrando da primeira noite que passei em sua cama e ele me dizendo para bater uma ou duas vezes para responder.

No escuro, essa era realmente minha única maneira de me comunicar.

Ele deu um beijo na minha cabeça, então agarrou uma mecha do meu cabelo em sua mão.

— Durma bem, doce Echo. E não se preocupe. Estamos bem aqui perto, do seu lado — prometeu.

Eu sabia que sim, e não importava quantas vezes eles me falassem isso, eu sempre adoraria ouvi-los dizer essas palavras.

WILLEM

Acordei cedo na manhã seguinte, mas, em vez de sair da cama e ver se os outros já estavam acordados, encarei Echo enquanto ela dormia pacificamente em meus braços. Observá-la tinha um efeito tranquilizador em mim, e tomei meu tempo para observar sua beleza enquanto o sol lentamente começava a nascer atrás das montanhas.

Echo nos contou como eram lindas as vistas dos nossos quartos e que adorava acordar com o sol brilhando diretamente em seu rosto. Segurei sua bochecha e deslizei suavemente meu polegar ao longo de sua pele, tentando não acordá-la.

Depois de ficar na cidade, exposta ao sol, por apenas alguns dias, suas sardas começaram a aparecer um pouco mais. Elas ficaram mais escuras e, quanto mais apareciam, mais bonita ela ficava. Echo era uma garota linda, o que me fez imaginar como seria sua mãe. Ela era tão bonita quanto a filha? Aquele cabelo acobreado de Echo era herança dela? Ou era do seu pai?

Seu pai... que percebi que Echo nunca o mencionou. Ela só tinha falado sobre Garrett. Talvez ela não soubesse quem era, ou simplesmente não queria falar sobre ele. De qualquer maneira, eu não a pressionaria a me dizer. Se ela nunca o mencionou, estava claro que não queria conversar sobre ele.

Meus dedos traçaram sua bochecha, então sua mandíbula, até que finalmente alcançaram aqueles lábios carnudos e vermelhos. Eu me perguntei quantos homens ela tinha beijado antes. Eles tiveram muita sorte, mas agora ela era nossa, e aqueles lábios pertenciam a nós.

Eu poderia ficar aqui e vê-la dormir pelo resto da minha vida, porque eu sabia que nunca me cansaria disso. Inclinei-me para beijar sua bochecha, perto do canto de sua boca. Echo se moveu em meus braços, mas não acordou. Porém, sua mão se moveu do meu peito até meu pescoço e no meu cabelo, e suavemente ela agarrou meu cabelo.

Mesmo quando estava dormindo, ela demonstrava afeto, e isso resumia muito bem quem era Echo. Uma garota gentil, atenciosa, terna e dedicada, que tínhamos a sorte de chamar de nossa.

E eu esperava que para sempre.

capítulo trinta e três

ECHO

Exatamente como havíamos suspeitado, alguém bateu na porta à tarde. Eu estava na sala de estar com Summit, assistindo a um vídeo em seu celular para passar o tempo. Era sábado e os irmãos tiraram a tarde de folga para relaxar. Mas, no segundo em que ouvimos a batida na porta, Summit ficou tenso ao meu lado.

Poderia ser mesmo a minha mãe?

Por algum motivo, não achei que ela viria aqui sozinha.

Willem foi até a porta da frente e, antes de abri-la, olhou para mim com um olhar questionador. Senti meu corpo começar a tremer e manter os olhos na porta não era uma opção, porque ficava mais nervosa a cada segundo que passava.

Ele não disse nada, provavelmente por medo de tornar a situação mais difícil para mim. E quando ele abriu a porta, me virei para olhar para as minhas mãos. Summit estava acariciando as minhas costas e me puxou para mais perto dele, tentando me acalmar.

— Boa tarde, Willem. — Ouvi uma voz familiar dizer.

Era Aaron ou Kurtis.

Mas o que eles estavam fazendo aqui de novo?

— Aconteceu alguma coisa? — Willem perguntou, parecendo um pouco irritado. Eu não era a única sofrendo com tudo isso e odiava o quanto isso os afetava também.

— Estamos aqui para levar a Echo. A mãe dela está na delegacia, esperando por ela. Ela nos pediu para levá-la para lá.

Franzi o cenho e me virei para vê-los parados na porta. Minha mãe estava na delegacia? Eu deveria ter adivinhado que ela não teria coragem de vir aqui sozinha e me enfrentar sem qualquer tipo de proteção ao seu redor. Mal sabia ela que eu tinha três caras, e eles me seguiriam aonde quer que eu fosse.

— Podemos falar com ela por um momento? — Aaron perguntou ao me ver.

— Para ser honesto, ela não pode falar muito — Nordin murmurou, enquanto se aproximava da porta.

Revirei os olhos e, embora tivesse me acostumado com ele zombando de mim por não ser capaz de falar, nesta situação, realmente não caía bem. Levantei e puxei Summit comigo até a porta.

— Aí está ela — Aaron disse, com um sorriso. — Suponho que ouviu o que eu disse para o Willem. Sua mãe chegou na delegacia há cerca de uma hora e, depois de conversar um pouco, pediu para vir buscá-la — explicou. — Ela só quer conversar. Só isso — acrescentou, inclinando a cabeça para o lado e olhando para mim como se tivesse pena.

Eu não precisava de pena. O que eu precisava era que tudo isso acabasse para que pudesse continuar a vida com Willem, Nordin e Summit.

E Kodiak.

— *Ok. Vou falar com ela* — sinalizei, esperando que Summit traduzisse.

— Ela vai se encontrar com a mãe — ele disse aos policiais.

— Mas não irá sozinha — Willem adicionou, olhando para seu irmão mais novo. — Vá com ela. Nordin e eu perderíamos a cabeça só de ver aquela mulher.

Isso aconteceria mesmo, e eu sabia que Summit iria manter a calma e deixá-la falar sem fazer uma cena.

— Vamos esperar no carro — Aaron respondeu.

— Eu mesmo vou levá-la até lá. Não há necessidade de irmos na viatura — Summit disse a eles, sua voz séria.

— Tudo bem. O que for melhor para vocês, cara. Eu os vejo na delegacia. — Depois que saíram, subi para tirar o pijama e vestir uma calça jeans e um suéter.

Summit já estava vestido, e enquanto eu escovava meu cabelo para ficar um pouco decente para estar cara a cara com minha mãe, ele se encostou na porta do banheiro e cruzou os braços sobre o peito.

— No que você está pensando, querida? — perguntou, olhando para mim pelo espelho.

Dei de ombros porque, honestamente… não sabia o que esperar.

— *Quero acabar com isso* — sinalizei, depois de largar a escova.

— Ótimo. Vamos, então.

Ele estendeu a mão para eu pegar, e depois que coloquei a minha na sua, descemos as escadas para ver Willem e Nordin encostados no sofá. Raiva não era a expressão certa para descrever a emoção no rosto de Nordin, e eu poderia dizer que ele não estava pronto para isso.

Eu me encontrar com minha mãe...

Se dependesse de Nordin, eu nem mesmo iria.

— Pronta? — Willem perguntou, enquanto se aproximava de mim.

Assenti e sorri, estendendo a mão para envolver meus braços em volta do seu pescoço. Eu estava na ponta dos pés, e mesmo assim ele teve que se abaixar para ser mais fácil para eu alcançá-lo. Willem esfregou minhas costas e beijou o lado do meu pescoço antes de me soltar novamente.

— Estaremos bem aqui. Não tenha pressa — ele me disse, então olhou para Summit. — Cuide dela.

Summit assentiu, e fui até Nordin, que tinha um profundo vinco entre as sobrancelhas. Parei bem na frente dele e segurei seu rosto com as duas mãos. Com meus polegares, acariciei suavemente suas maçãs do rosto salientes, na esperança de acalmar um pouco a sua mente.

— Você vai ficar bem? — sussurrou, observando meu rosto de perto.

Eu teria Summit comigo, e não havia nada que pudesse me machucar. Pelo menos não fisicamente.

Assenti e me inclinei para beijar seus lábios, e quando seus braços envolveram minha cintura, ele me puxou para mais perto de seu corpo comigo entre suas pernas. Nunca pensei que um dia teria de tranquilizá-lo. Nordin sempre foi o mais durão, ou pelo menos tentava ser. Mas no fundo de seu coração havia um ponto fraco que precisava de um pouco de amor de vez em quando.

Seus lábios se moveram lentamente contra os meus, e antes que pudesse se transformar em uma sessão completa de amassos, terminei o beijo e sorri para ele.

— *Vai ficar tudo bem* — sinalizei, e ele sorriu para mim dando um aceno de cabeça.

— Eu sei — ele sussurrou. — Agora vá. Antes que eu mude de ideia e a tranque no meu quarto para que você não possa sair.

Eu ri, então saí pela porta com Summit para a caminhonete.

O caminho para a delegacia foi tranquilo, e com sua mão na minha, ele me ajudou a ficar calma e não pirar quanto mais perto chegávamos. Quando entramos no estacionamento, apenas alguns carros estavam parados, e rapidamente reconheci um carro que pensei que nunca veria novamente.

Eu congelei, mantendo meus olhos naquele carro verde-escuro e surrado.

— O que foi, Echo? — Summit perguntou, sua voz soando preocupada.

Franzi o cenho e apontei para o veículo que estava fazendo minha ansiedade aumentar. Meu peito estava pesado e meu estômago embrulhou.

— *Esse é o carro de Garrett* — eu disse a ele. — *Não quero ir lá se Garrett estiver aqui também.*

— Merda — Summit murmurou, olhando para o carro e então para a delegacia. Ele estava pensando em algo, então se virou para olhar de novo para mim. — Sei que não será fácil ficar na frente deles novamente, mas você é forte. Você é muito forte, Echo! E depois que isso acabar, você verá que se sentirá melhor.

Senti as lágrimas ardendo em meus olhos, mas não queria chorar. Não por causa de minha mãe e Garrett.

— *Mas essa dor no meu peito... é insuportável* — sinalizei, com as mãos tremendo.

— E é temporário. Vai acabar mais cedo do que você pensa e, quando estivermos de novo em casa, com Nordin e Willem, você poderá finalmente deixar tudo para trás e nunca mais pensar nisso. Faça por você, Echo. Eu sei que você pode.

Suas palavras me encorajaram, mas meu corpo não parava de tremer de medo de olhar novamente nos olhos deles. Eu teria que explicar por que fugi e reviver todas as lembranças que me levaram até aquele ponto. Mas se isso significasse um encerramento, então era o que eu tinha que fazer.

— Pronta? — perguntou, e assenti com a cabeça, respirando fundo para aliviar a dor no meu peito.

Depois que Summit me ajudou a sair da caminhonete, entrelacei os dedos nos dele e caminhei até a entrada da delegacia. Assim que chegamos na recepção, Kurtis estava lá, já esperando.

— Que bom que você veio, Echo. Seus pais estão em uma das salas de interrogatório nos fundos. Summit vai com você?

— Por que diabos você os colocou em uma maldita sala de interrogatório? — Summit revidou.

— Porque é a única sala de que temos para possibilitar encontros como este. Não vamos ouvi-los, mas se você não vai lá com ela, pode ficar do outro lado do vidro para assistir.

Isso soou como uma ideia melhor do que ele sentado lá comigo, conhecendo minha mãe e Garrett.

— *Acho que é uma boa ideia. Eu sei que minha mãe não agiria como ela mesma se um estranho estivesse sentado ao meu lado* — sinalizei para Summit, e felizmente, ele não disse nada contra.

— O que você quiser, querida. Onde fica a sala? — questionou ao Kurtis, que apontou para um corredor, e então nos acompanhou até os fundos.

Quando entramos na primeira sala, parei quando vi minha mãe sentada à mesa, com Garrett ao lado dela, recostado e não parecendo muito interessado em estar ali.

— Eles não podem nos ver ou ouvir aqui — Kurtis me assegurou. — É um espelho unilateral, então você pode simplesmente ficar aqui — indicou para Summit.

O policial apertou um botão que abriu a porta para onde meus pais estavam, e depois que ouviram o zumbido da porta, minha mãe e Garrett se viraram para olhar para ela. Minha mãe tinha um olhar esperançoso em seu rosto, mas, por algum motivo, não era apelativo para mim.

— Me chame quando eles quiserem sair.

Kurtis saiu, deixando Summit e eu parados ali sozinhos. Ele segurou meu rosto e deu um beijo na minha testa antes de acenar em direção à porta.

— Vá. Estarei bem aqui — sussurrou.

Reuni todas as minhas forças e me virei para empurrar a porta. No segundo que minha mãe me viu, ela pulou da cadeira e diminuiu a distância entre nós, me abraçando com força.

Não parecia certo.

Nem um pouco.

E embora eu ainda tivesse uma imagem dela na minha cabeça, era estranho ver que eu tinha crescido e que agora estava da mesma altura que ela. Nunca me senti muito baixa ou muito alta, mas não imaginei que um dia teríamos a mesma altura.

— Minha menina. Ah, Deus. Minha doce menininha. — Ela chorou e, quanto mais me abraçava, mais desconfortável eu ficava.

Foquei meus olhos no espelho unilateral, sabendo que Summit estava lá, observando. Dei a ele um olhar dolorido, sem saber exatamente onde estava parado, mas eu sabia que via tudo.

— Eu estava tão preocupada! Estou tão feliz que você esteja aqui, minha doce Echo. Ah, estou tão feliz que você esteja bem.

Eu não estava.

E sua voz estridente não ajudava.

Não a afastei de mim, mas esperava que se separasse logo.

— Já chega, Tara — Garrett murmurou, e eu olhei para ele, encontrando seu olhar pela primeira vez.

O nó na garganta dificultou a respiração, mas quando ela finalmente me soltou, fui capaz de respirar um pouco.

— Venha se sentar com a gente, minha menina.

Eu odiava que ela me chamasse assim.

Eu não era *sua menina*.

Não desde que ela me deixou com o homem que estava olhando para mim com uma sobrancelha arqueada e olhar crítico.

Fui até o outro lado da mesa e me sentei na cadeira com minha mãe bem ao meu lado. Ela continuou segurando minhas mãos, e talvez assim, eu não precisasse falar com ela. Havia lágrimas rolando pelo seu rosto, mas por algum motivo, elas pareciam falsas. Ela também parecia estar fazendo isso por si mesma, não por mim.

— Por que você fugiu? Deveria ter me ligado. Você tem meu número, certo? — perguntou.

Neguei.

Eu tinha o seu número, mas ligar para ela não me levaria a lugar algum. Ela ainda estava segurando minhas mãos com força, e realmente não se importava se eu dissesse algo ou não.

— Eu estava tão preocupada. Garrett também. Voei da Flórida para vir ver você. Foi um longo voo, mas você sabe que eu faria qualquer coisa por você.

Aí.

Era tudo sobre ela.

Esta era sua hora de brilhar.

Olhei de novo para o espelho, esperando ter um vislumbre de Summit, mas não conseguia ver nada além de mim e das pessoas que deveriam ter me criado da maneira que bons pais faziam. Eu parecia triste e rapidamente desviei o olhar para não ter pena de mim mesma.

— Vamos conversar, Echo. Por que você fugiu? Fiquei muito preocupada quando Garrett me disse que estava desaparecida.

Eu já ouvi o suficiente, mas tinha que passar por isso.

Não importava quanto tempo demorasse.

capítulo trinta e quatro

SUMMIT

Não parecia que sua mãe estava lá por ela. O que quer que estivesse fazendo naquela sala, não era pela filha.

Echo explicou a eles por que fugiu, e enquanto sua mãe observava a filha sinalizar, Garrett apenas ficou sentado lá com os braços cruzados sobre o peito, encostado na cadeira e olhando para a parede à sua frente. Ele não parecia se importar, e se eu cruzasse seu caminho, definitivamente não deixaria escapar a oportunidade de dar um soco nesse maldito. Mas fazer isso em uma delegacia não era uma ideia muito boa.

Meus punhos estavam cerrados e, embora não houvesse mais nada que Echo pudesse dizer à mãe sobre o motivo de ter fugido, ela teve que repetir suas respostas, pois Tara repetiu as mesmas malditas perguntas.

Como se não houvesse mais nada que ela quisesse saber.

Por exemplo, ela não perguntou a Echo onde ela morava, ou quem eram os homens que lhe ofereceram abrigo e proteção.

Talvez ela estivesse com medo.

Ou simplesmente não ligava.

Eu escolheria a segunda opção depois de conhecer a mãe de Echo através de um maldito espelho.

— Você não tem que ficar aqui. Pode voltar para Juneau com Garrett ou vir para a Flórida comigo. Não sei se você vai gostar do sol e do calor que faz por lá, mas eu gosto e nunca gostei do tempo quente, lembra? — Tara deu uma risadinha, e eu queria tirar aquele sorriso idiota de seu rosto.

Mas fiquei calmo.

Algo que Willem e Nordin não poderiam ter feito se estivessem aqui no meu lugar.

— *Eu não quero ir embora* — Echo sinalizou, mantendo suas frases curtas, mas diretas.

Porém, sua mãe não entendeu bem suas intenções.

— Mas talvez você goste da Flórida. Jim é um cara legal e pode ajudá-la com as inscrições para faculdade. Você se formou no ensino médio, certo? Por que você não tenta ir para a faculdade?

Tudo o que aquela mulher disse parecia um bom plano, se ela não estivesse apenas bancando a boa mãe. Ela não se importava se Echo iria para a faculdade, e iria empurrar todas as necessidades de Echo para um homem que ela nunca tinha conhecido. Mas, para ser honesto, eu prefiro ver Echo morar em uma grande casa de praia com um estranho que sua mãe fodeu por dinheiro em vez de vê-la sair daqui com Garrett.

Porém, Echo não queria nos deixar.

— *Eu quero ficar aqui.*

Echo se manteve calma e educada.

Traços que ela definitivamente não herdou de sua mãe.

Não havia sardas no rosto de Tara, e seu cabelo também não era acobreado, porém mãe e filha tinham os mesmos olhos castanhos. Mas eu tinha que admitir que o rosto de Echo era muito parecido com o da mulher.

— Talvez você mude de ideia. Que tal sairmos para jantar? Só nós três. Podemos conversar e resolver isso. Tenho certeza que você apenas tem que se ajustar ao fato de estarmos aqui agora — Tara disse.

Echo parecia insegura sobre sua proposta e, embora eu não gostasse da ideia de eles a levarem para jantar sozinha, eu sabia que ela via isso como uma oportunidade de se despedir de sua mãe para sempre.

— *Ok* — Echo concordou, virando para me olhar pelo espelho.

Ela não podia me ver, mas assenti e saí para avisar Kurtis que eles já haviam terminado ali.

— Deixe-os sair. Eles vão jantar.

— Parece que foi melhor do que o esperado — ele disse, e eu apenas dei de ombros.

Esperei na recepção e vi quando Echo foi a primeira a deixar a sala e, assim que me viu, pareceu aliviada.

— *Estarei logo atrás e de olho em você, não se preocupe* — prometi a ela.

— *Obrigada* — Echo respondeu, pouco antes de sua mãe e Garrett se aproximarem por trás dela.

Quando Echo se virou para olhar para sua mãe, ela sugeriu que eles fossem até o restaurante mais próximo, que ficava a apenas cinco minutos a pé daqui.

E assim, eles não teriam chance de ir embora com ela.

Não que eu achasse que aquele pedaço de merda ambulante chamado Garrett faria uma coisa idiota como essa, mas nunca se sabe.

Melhor prevenir do que remediar, certo?

Enquanto passavam por mim, dei a Echo um sorriso rápido e encorajador, então olhei para Garrett e o encarei até que ele desviasse o olhar.

Filho da puta.

— Você vai segui-los? — Kurtis perguntou.

— Sim. Para ter certeza de que ela vai ficar bem — expliquei.

— Tome cuidado, cara. E espero que logo tudo dê certo para vocês.

Assenti, apertando sua mão para agradecê-lo e depois saindo da delegacia para andar alguns metros atrás deles até o restaurante.

Quando chegaram lá, esperei do lado de fora e peguei meu celular para avisar Willem e Nordin do que estava acontecendo. Tive a sensação de que eles não aceitariam muito bem, mas antes de começarem a se preocupar, eu tinha que avisá-los.

Depois de alguns toques, Willem atendeu.

— Como foi? — perguntou, e pude ouvir Nordin ao fundo dizendo para colocar o telefone no viva-voz.

— Ainda está indo. O padrasto dela também está aqui — comecei a dizer, e Nordin imediatamente surtou.

— Você está brincando comigo? O que aquele idiota quer? — Ele estava com raiva, e eu tive que afastar o telefone do meu ouvido para não estourar a porra do meu tímpano.

— Relaxe, ele nem está olhando para ela. Está apenas sentado, fumando um maldito cigarro enquanto a mãe dela fala tudo — eu disse a eles.

— Estou escutando barulho de carros. Onde diabos você está? — Willem perguntou, confuso.

— Do lado de fora do Rip's. Eles vão jantar.

— Merda, Summit. Por que diabos ela vai jantar com eles? — Nordin sibilou, lentamente começando a me irritar.

Toda essa situação era tensa, e ele não precisava ficar com raiva de mim por querer o melhor para a Echo.

— Eles estão conversando. Echo queria, e eu sei que isso será algum tipo de encerramento para ela.

— Se você não a trouxer de volta para casa, irmão, eu juro que vou...

Willem interrompeu Nordin, e revirei os olhos:

— Você realmente acha que ele vai deixar que aqueles dois malditos a tirem de nós? Relaxe. Pegue uma maldita cerveja e pare de ameaçar seu irmão.

Ouvi Nordin murmurar algo baixinho e, alguns segundos depois, uma porta se fechar.

— Fique de olho neles. Vejo vocês mais tarde — Willem disse calmamente.

— Tudo bem. Até mais tarde.

Depois que desligamos, olhei de volta para o restaurante, direto para Echo, que estava me encarando enquanto sua mãe e Garrett estavam olhando para os menus.

— *Tudo bem?* — perguntei, e ela rapidamente assentiu com a cabeça, me dando um sorriso gentil.

Ótimo.

Porque se não estivesse tudo bem, eu agiria rapidamente e a tiraria de lá em um piscar de olhos.

ECHO

Summit entrou no restaurante e, depois de pedir uma mesa, ele se sentou, seus olhos focados em mim.

— O que você quer comer, Echo? Eles têm nuggets de frango e batatas fritas aqui. Você gosta disso, não? — minha mãe perguntou.

Eu gostava.

Mas porque eu *tinha que gostar,* já que era tudo o que ela cozinhava para mim, a não ser por pizza congelada e, quando queria, palitinhos de peixe.

— *Não tenho mais quatro anos* — sinalizei, tentando o máximo possível não aborrecê-la.

— Que tal um bife então? Felizmente, Jim me mandou um pouco de dinheiro, mas se você quiser um bife, posso pedir um para você.

Eu não conseguia lidar com ela.

O dinheiro não deveria desempenhar um maldito papel em tudo isso, mas era tudo o que ela pensava além de tentar fazer com que tudo parecesse melhor. Não funcionou, mas nada do que ela dissesse seria capaz de mudar as coisas.

— *Vou comer uma salada.*

Isso faria sua carteira feliz.

Pedimos nossa comida, e olhei para Summit, que agora estava bebendo uma cerveja. Ele me deu um sinal de positivo e um olhar questionador, e assenti para tranquilizá-lo, que eu estava bem.

Na verdade, eu estava entediada.

Irritada e cansada disso tudo.

Eu nem tinha mais lágrimas para derramar, mas o nó na minha garganta ainda estava lá. O constrangimento quando estávamos todos em silêncio era insuportável, e quando minha mãe não falava, ficava mais claro a cada minuto que eu não seria capaz de passar mais tempo com ela depois do jantar. Garrett nem estava prestando atenção, e me perguntei o que ele estava fazendo aqui.

Mas não me incomodei em perguntar a ela sobre isso. Minha mãe provavelmente só precisava de algum apoio. Porque, claramente, foi ela quem teve uma infância de merda e pais horríveis.

— Por que você não me pergunta algo? Talvez possamos encontrar algo em comum. Eu vi tantas coisas nos últimos anos, e adoraria que você experimentasse tudo o que vivi.

Novamente.

Ela. Ela. Ela.

Ela não percebeu que esta era a última vez que nos veríamos?

— *Não estou realmente interessada em saber o que você fez todos esses anos enquanto me deixava em Juneau com um homem abusivo.*

Pronto, eu disse.

Ela tinha que ouvir.

— Ah, Echo — ela suspirou, então soltou uma risada, me dizendo que não acreditava no que eu tinha acabado de dizer.

Mas isso era tudo que ela tinha a dizer.

Nem se esforçou.

Nada.

E não havia ninguém que pudesse me dizer que eu estava sendo insensível ou infantil.

Minha mãe não se importava comigo, e eu não tinha ideia de quem ela estava tentando impressionar aqui.

capítulo trinta e cinco

ECHO

Nossa comida chegou, mas em vez de pegar meu garfo, olhei para Summit, esperando que ele tivesse alguma ideia de como eu poderia acabar com este jantar. Mas eu sabia que ele não interviria. Esta batalha era minha, e eu mesma precisava sair dela viva.

— Querida, então o que você está interessada em saber? Se não quer saber sobre mim, o que quer saber?

Ela realmente se ofereceu para não falar sobre ela?

Impossível!

Franzi o cenho e olhei para minha salada.

Durante anos, só pensei em uma coisa.

Algo que nunca perguntei a Garrett, já que ele nunca leu os bilhetes que escrevi para ele. Mas agora era minha chance de descobrir sobre uma pessoa que poderia ter a chance de me mostrar que eu tinha uma família de verdade.

Claro, os irmãos eram minha família agora, mas eu precisava saber se ainda havia alguém lá fora que compartilhava do mesmo DNA que pudesse se importar comigo.

— *Eu quero saber quem é meu pai* — sinalizei, mantendo meus olhos em minha mãe enquanto ela me observava cuidadosamente.

Essa não era uma pergunta difícil de responder. No fim, ela tinha que saber com quem dormiu quando engravidou. Ou ela pulava de cama em cama quando isso aconteceu?

Muitas vezes pensei que eu era um erro.

Uma camisinha que estourou.

Ou que ela esqueceu de fazer o cara colocar uma.

Mas minha mãe não queria me contar sobre isso, é claro.

— Isso não é algo que eu realmente queira falar, Echo. Coma sua salada — respondeu, mas eu não desisti.

— *Me diga quem é meu pai. Isso é tudo que eu quero saber. Não estou pedindo muito de você.*

Senti a raiva crescer dentro de mim. E como eu não conseguia levantar minha voz para fazer com que ela soubesse o quão irritada eu estava com ela, meus gestos com as mãos ficaram mais rápidos e intensos.

Ela suspirou e balançou a cabeça antes de apontar para o meu prato.

— Coma sua salada, Echo. Eu realmente não sinto vontade de falar sobre isso. Estamos tentando retomar nosso vínculo aqui, então, por favor, não torne isso mais difícil do que já é para mim.

A audácia que ela teve de virar a situação para bancar a vítima estava além da compreensão.

Como ela ousava fazer isso?

Bati minhas mãos sobre a mesa para chamar sua atenção, e até Garrett levantou o olhar.

— *Me diga ou eu vou me levantar e ir embora! Você não está sendo justa e, se quiser se relacionar com sua filha que abandonou há quatorze anos, pelo menos responda a uma simples pergunta!*

Pelo canto do olho, vi Summit se sentar e se preparar para se mover caso precisasse. Mas, felizmente, minha mãe decidiu falar:

— Por que você não diz a ela — ela disse, olhando para Garrett.

Confusa, olhei para ele e depois para minha mãe. Com minhas sobrancelhas arqueadas, esperei que qualquer um deles falasse.

— Continue. Se ela quer tanto saber — minha mãe disse a Garrett.

Levei um momento para perceber o que ela estava insinuando, mas antes que eu surtasse completamente, eu precisava ouvi-los dizer isso.

Os olhos de Garrett permaneceram em seu bife, e só depois que minha mãe o cutucou com o cotovelo, ele me olhou diretamente nos olhos e disse palavras que eu nunca pensei que ouviria de sua boca.

SUMMIT

O rosto de Echo ficou pálido depois que Garrett disse algo, e ela parecia doente, como se estivesse prestes a vomitar. Eu poderia dizer que ela não estava respirando, e a tensão em todo o seu corpo estava me deixando loucamente nervoso.

O que quer que aquele filho da puta lhe disse, não foi coisa boa. Eu queria me aproximar e abraçá-la, dizer que estava tudo bem e que íamos sair daqui e voltar para casa.

A casa que agora ela compartilhava conosco. Três homens que a amavam profunda e incondicionalmente, e nunca lhe fariam mal.

Esperei até que ela se mexesse, mas, em vez de relaxar, ela empurrou o prato e se levantou.

— *Mentiroso!* — Suas mãos estavam agitadas e sinalizavam de forma agressiva. O que quer que eles acabaram de dizer a deixou irritada.

Quando Echo passou por mim, eu me levantei e a segui para fora do restaurante, agarrando seu pulso e puxando-a contra meu peito enquanto seu corpo começava a tremer.

— Eu estou aqui, querida. Você está segura — sussurrei, contra sua cabeça, esfregando suas costas e esperando acalmá-la.

Paramos em frente ao restaurante e eu tinha certeza de que sua mãe logo sairia e procuraria por ela. Echo se agarrou a mim, com os punhos segurando com força a parte de trás do meu suéter enquanto apoiava o rosto no meu peito. Seu corpo estava tremendo, e quanto mais eu a segurava, mais irritado eu ficava.

Eu tinha cansado de bancar o bonzinho e, assim que descobrisse o que aconteceu lá, faria questão de dizer aos dois o que pensava deles.

Um momento mais tarde, sua mãe saiu, andando calmamente como se sua filha não estivesse tendo um colapso nervoso. Ela demorou um pouco para perceber que Echo estava em meus braços e, quando parou de me olhar, arqueou uma sobrancelha.

— Com licença, o que você está fazendo com a minha filha?

Minhas mãos se fecharam em punhos, mas tive que relaxar pelo bem da Echo.

— Estou protegendo ela. O que quer que você tenha dito, está claro que ela não quer vê-la novamente. Já chega. Pode ir embora. E leve aquele merda com você — sibilei.

Tara inclinou a cabeça para o lado e cruzou os braços sobre o peito.

— Ela é minha filha! Solte-a ou chamarei a polícia!

— Vá em frente — murmurei, colocando minha mão na lateral da cabeça da Echo, que se afastou um pouco, os olhos vermelhos e as bochechas cobertas de lágrimas.

— *Casa* — ela sinalizou, e eu assenti.

— Vou levar você para casa, não se preocupe — assegurei a ela, então olhei de novo para Tara.

— Você não pode levar minha filha! Meu Deus, Garrett, faça alguma coisa! — gritou, soando como a pior pessoa que eu já tinha visto.

— O que você quer que eu faça? Ela não quer seus pais por perto. Deixe-a ir — Garrett respondeu, e pela primeira vez, eu concordei com ele.

— Echo, minha menina. Você conhece esse homem? Podemos conversar sobre qualquer coisa. Só estou tentando salvar nosso relacionamento — falou, esperançosa.

Echo ficou tensa contra mim e, assim que se libertou dos meus braços, olhou para a mãe diretamente nos olhos e a colocou em seu lugar enquanto as lágrimas continuavam rolar pelo seu rosto.

— *Este homem e seus irmãos fizeram mais por mim do que você fez naqueles quatro miseráveis anos! Não recebi nada de você! Não aprendi nada! E agora você está tentando salvar o quê? Não há nada que possa ser salvo! Nada! Eu não quero te ver nunca mais! Você não é minha mãe e nunca foi. E você...*

Suas mãos pararam de se mover, e quando ela olhou para Garrett, toda a emoção em seus olhos sumiu em um instante.

— *Você nunca foi e nunca será meu pai. Tenham uma boa vida.*

Ela se virou para mim e agarrou minha mão; em seguida, me puxou para o caminho que tínhamos vindo. Dei um olhar furioso para eles, e uma vez que os dois entenderam que não havia mais nada para fazerem, balançaram a cabeça e voltaram para dentro.

Parei a Echo quando chegamos à caminhonete e, depois de virá-la, ela foi a primeira a sinalizar.

— *Garrett é meu pai biológico. Pelo menos foi o que Tara disse.*

Bem, merda.

Uma boa razão pela qual eu deveria ter batido nele.

Suspirei e segurei seu rosto para fazê-la olhar nos meus olhos. Sequei as lágrimas de seu rosto e beijei sua testa, em seguida, olhei para ela com um olhar encorajador.

— Sinto muito, querida — sussurrei, tentando encontrar as palavras certas.

Por alguma razão, ouvir sobre Garrett ser potencialmente seu pai não me incomodou. Não depois de tudo o que ela nos contou sobre ele e de tudo que ele fez.

— Não vou dizer para você parar de pensar neles. Vai demorar para esquecer tudo, e não tem problema ficar chateada e com raiva. Não importa o que você precise... se quiser falar comigo ou Willem, ou mesmo Nordin, estamos aqui para apoiá-la. Mas você já sabe disso, não?

Ela assentiu, tentando conter um soluço.

— Não — eu disse a ela. — Chore, querida. Chore o tanto que precisar. Segurar esse sentimento não ajuda, e você logo verá que se sentirá melhor se apenas deixar fluir.

Eu estava feliz por ter sido eu a trazê-la aqui. Willem teria perdido a cabeça naquele estacionamento e Nordin teria espatifado a porra do espelho da delegacia.

Coloquei suas mãos no meu peito depois de beijar seus dedos.

— Estamos aqui. E eu sei que você vai ficar cansada de nos ouvir dizer isso, mas continuaremos falando mesmo assim. Uma e outra vez. Seu lar é onde estamos, e faremos o que for preciso para mantê-la segura.

Pela primeira vez no dia, um sorriso verdadeiro apareceu em seu rosto e, embora não chegasse aos seus olhos, foi o suficiente para mim.

Echo ficou na ponta dos pés e deu um beijo na minha bochecha, em seguida, afastou as mãos das minhas para sinalizar.

— *Vamos para casa, Summit.*

Não havia nada mais que eu preferisse fazer.

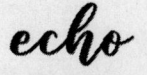

capítulo trinta e seis

ECHO

Chegamos em casa e Nordin já estava parado na porta da frente com os braços cruzados sobre o peito. Quando me aproximei dele, seus olhos procuraram sinais por todo o meu rosto e, assim que sorri, ele relaxou.

— Estou tão feliz por você estar aqui. — Ele suspirou, depois de me puxar para si e passar os braços em volta da minha cintura.

Ele me levantou do chão e enlacei as pernas ao redor de seus quadris, deixando-o me levar para dentro. Eu me agarrei a ele com a mão enterrada em seu cabelo e meu rosto em seu pescoço.

— Eu estava preocupado pra caralho — ele sussurrou, e então se sentou no sofá enquanto eu montava nele. Nordin segurou meu rosto com as mãos e me fez olhar para ele, e assim que nossos olhos se encontraram, sorriu. — Você está bem?

Ele nunca foi de falar muito, mas não precisava. Assenti com a cabeça, colocando minhas mãos em seus pulsos e me inclinando para beijar seus lábios antes de olhar para Willem.

— Como foi? — perguntou, enquanto se sentava ao nosso lado, com Summit do outro.

Encolhi os ombros com sua pergunta e olhei para Summit. Ele seria mais rápido para explicar tudo sem ter que traduzir ou esperar que eles descobrissem o que eu sinalizei.

— A mãe dela era... — ele parou, olhando para mim.

— *Uma vaca* — sinalizei, terminando sua frase.

— Sim. Uma vaca — ele riu. — Tentei fazer com que Echo criasse uma conexão com ela, conversar e tudo mais, mas a mãe dela nem mesmo tentou. Estava apenas falando sobre como estava se sentindo, em vez de perguntar a Echo como ela estava. Fiquei a poucos metros de distância no restaurante, e simplesmente não parecia... confortável.

Ouvi Summit falar enquanto olhava para o suéter de Nordin, então comecei a brincar com o tecido, torcendo-o em meus dedos. O irmão do meio estava me observando atentamente e também senti os olhos de Willem em mim. Talvez eu devesse ter ficado chateada. Ou melhor, ainda mais chateada.

Mas de alguma forma, no segundo em que chegamos aqui, toda a minha raiva se foi. Tudo que eu queria era me livrar da imagem de Tara e Garrett. Eles não eram minha família. Nunca foram.

— E, depois de um tempo, a Echo perguntou sobre seu pai verdadeiro.

— E você descobriu quem é seu pai? — Willem perguntou calmamente.

Assenti, olhei para ele e sorri suavemente, levantando minha mão para fazer o sinal que eu havia atribuído a Garrett quando era criança. Eles entenderam imediatamente, e senti Nordin novamente ficar tenso embaixo de mim.

— Merda — Willem murmurou.

— Esse filho da puta ainda está na cidade? — Nordin sibilou.

Empurrei seu peito para fazê-lo ficar bem ali.

— Acabou, Nordin. Não há necessidade de ir atrás dele. Echo já colocou os dois em seus devidos lugares e eles sabem que são pessoas más. Acabou — Summit disse, e assenti para concordar com ele.

— *Não quero mais falar sobre eles* — sinalizei.

— Nós não precisamos, querida. Eles estão fora da sua vida. Não há necessidade de continuar mencionando os nomes deles — Summit garantiu.

— E se eles mentiram? E se ele não for o pai dela? — Willem perguntou.

— *Não me importo* — eu disse a eles. — *Eu não tenho pai. Ou mãe. Eu tenho vocês, e isso é tudo que quero e preciso.*

Nordin entendeu e me puxou novamente para perto de seu peito, e me aninhei nele de boa vontade, fechando os olhos com força.

Eles eram tudo que eu precisava e, em breve, nossas vidas voltariam ao normal. Meu plano ainda era encontrar um emprego e, com a ajuda deles, eu sabia que conseguiria. Tudo o que aconteceu comigo nos últimos meses me transformou na pessoa que eu era hoje, e mesmo que ainda houvesse algumas coisas em que eu tivesse que trabalhar, sabia que um dia chegaria àquele lugar feliz de que tantas pessoas falavam.

Não que eu não estivesse feliz.

Eu estava, quando tinha meus homens ao meu redor, mas, no fundo, ainda havia feridas que precisavam ser curadas e nem mesmo eles poderiam me ajudar.

Depois de alguns minutos, sentei novamente e olhei em seus olhos enquanto meu coração batia forte no peito. Eu tinha encontrado o meu para sempre e, para minha sorte, foi em dose tripla.

— *Eu amo vocês* — sinalizei para os três.

Eles não disseram uma palavra, e no começo, eu me perguntei se entenderam o sinal. Eu sabia que Summit sabia, e ele sorriu abertamente. Continuei ostentando o sinal, com o polegar, o indicador e o dedinho abertos e os outros dois contra a palma da mão.

Então, para fazer meu coração bater ainda mais rápido, cada um fez o mesmo sinal, me fazendo sorrir feliz.

— Nunca duvide disso, Echo — Nordin me disse com seu habitual charme rude, mas eu sabia que ele tinha boas intenções.

Eu estava nas nuvens, e em seguida passei meus braços em torno dos pescoços de Summit e Willem, puxou-os para um grande abraço.

Nosso amor com certeza era diferente.

Mas eu não mudaria nada.

Nunca.

Mais tarde naquela noite, depois que Willem preparou algo gostoso para nós, já que eu não comi aquela salada no restaurante, fomos todos para a sala para assistir um filme.

Depois de escolher um, eu queria ficar confortável com os três e, embora fosse um pouco desafiador tê-los me abraçando ao mesmo tempo, de alguma forma conseguimos fazer acontecer.

Eu estava deitada de lado com as pernas no colo de Summit e a cabeça no de Willem, e com a mão esquerda estendida debaixo da minha cabeça, eu poderia facilmente segurar as mãos de Nordin, que estavam apoiadas em seu colo.

Precisávamos nos acostumar com algumas coisas e, a princípio, não me importava de passar o tempo com apenas um deles. Mas eu tinha um desejo dentro de mim, de querer estar perto dos três o tempo todo. Sabia que isso não seria possível, mas, sempre que tinha a chance, tentava fazer com que eles me abraçassem todos juntos.

Kodiak estava deitado no chão logo abaixo da televisão, mas o filme não o interessou muito. Desde que voltamos para casa, o cão dormia muito e mal se movia pela casa. A única vez que ele se levantava era na hora da comida ou para sair para fazer xixi. Fora isso, ele estava realmente exibindo seu lado preguiçoso.

Virei a cabeça para olhar para meus homens, mas apenas Willem percebeu que eu estava olhando para eles. As luzes estavam suaves e o filme também não estava clareando muito a sala, mas ele sorriu para mim e colocou a mão na minha bochecha, acariciando suavemente a pele com o polegar.

As palavras não eram necessárias e nossos olhos bastavam para dizer o quanto nossos corações batiam um pelo outro.

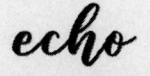

epílogo

ECHO

As ruas de Homer estavam vazias, mas cobertas de neve, e eu estava andando pelo caminho que levava à minha casa com meus fones de ouvido colocados, e a música que Nordin me apresentou tocando bem alto.

O mês de novembro no Alasca era frio e a temperatura caiu, passando de seis graus negativos. Felizmente, consegui comprar casacos e botas de inverno, e tudo por baixo deles também me mantinha aquecida.

Eu estava usando uma touca que Willem me deu de presente quando recebi o telefonema dizendo que havia conseguido o emprego na biblioteca da cidade. Adorava trabalhar lá, e isso tirava minha mente de Nordin, Summit e Willem, então eu não estaria pensando neles vinte e quatro horas por dia, sete dias por semana.

As duas mulheres que trabalhavam na biblioteca, Ella e Lori, eram gentis e, como já estavam com cinquenta e sessenta anos, eu me dava bem com elas. Não tinha encontrado ninguém da minha idade com quem pudesse conversar, mas estava de boa com isso por agora.

Não havia pressa.

Nenhuma das duas sabia a língua de sinais, mas só conversávamos nos intervalos, e eu havia comprado um pequeno quadro branco no qual poderia escrever. Exatamente como fiz na cabana, no começo de tudo.

Quando cheguei em casa, todas as luzes estavam acesas e pude ver direto na cozinha onde Willem estava parado perto do fogão. Sorri e, ao entrar, fui recebida por Kodiak, que estava deitado no chão, todo chateado e choramingando.

Normalmente, o cachorro corria e pulava em mim sempre que eu entrava pela porta, mas desde que ele torceu a pata há uma semana, tudo o que fez foi ficar deitado no chão. Eu me agachei e acariciei sua cabeça com as duas mãos, depois dei um beijo em seu focinho e me levantei. O veterinário nos disse que ele deveria estar de volta ao normal rapidamente, mas Kodiak viu isso como uma oportunidade para ser ainda mais preguiçoso do que o normal.

Tirei o casaco e as botas, depois me livrei da touca e do cachecol antes de ir até a cozinha onde Willem mexia algo em uma panela.

— Teve um bom dia, doçura? — perguntou, enquanto eu envolvia meus braços em volta de sua cintura.

Assenti com a cabeça contra suas costas, e quando ele terminou de mexer na panela, ergueu o braço e me puxou para o seu lado, beijando o topo da minha cabeça.

— O jantar está quase pronto. Você se importa de ir para a oficina e avisar os outros?

Assenti de novo e fiquei na ponta dos pés para beijar seu queixo, então saí para ir à oficina onde Nordin e Summit estavam trabalhando na estrutura da cama para o meu quarto.

Eles disseram que era um presente para mim, então eu teria uma cama muito maior para quando quisesse ter mais de um deles comigo. Não reclamei.

Acenei minha mão quando cheguei à porta, e quando Summit me viu, sorriu e apontou para o enorme pedaço de madeira.

— Está quase pronto. Só mais alguns dias de trabalho e você terá uma cama nova — ele me disse.

— *Mal posso esperar para compartilhar com vocês* — sinalizei. — *O jantar está quase pronto.*

Summit se aproximou de mim e deu um beijo na minha têmpora antes de ir para a cozinha. Quando Nordin finalmente colocou suas ferramentas no chão, passou a mão pelo cabelo e olhou para mim com um sorriso.

— Senti sua falta esta manhã. Quando você saiu da cama? — questionou, caminhando até mim e colocando as mãos na minha cintura.

Movi as mãos até seu peito, mas depois as usei para respondê-lo.

— *Eu tinha que estar no trabalho às sete. Ella precisava de mim para ajudá-la a reorganizar uma prateleira* — expliquei.

Nordin havia ficado muito melhor em língua de sinais, e ele até assistia alguns vídeos para aprender mais a cada dia. Ele estabeleceu como objetivo ser capaz de se comunicar totalmente comigo antes do final do ano, mas eu tinha que dar crédito a ele... o cara era quase tão bom quanto Summit.

— Entendi — respondeu, franzindo os lábios e tentando esconder um sorriso. Ele havia mudado muito, mas ainda era um encrenqueiro. — Vamos comer.

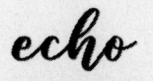

Mas, em vez de caminhar até a cozinha, ele se inclinou para me beijar nos lábios, me puxando para mais perto de si e me fazendo envolver os braços em seus ombros. Eu o deixei explorar minha boca com seus lábios enquanto minha mão se movia em seu cabelo, e quando Willem nos chamou, ele finalmente me soltou.

Com um sorriso torto, segurou minha mão e me puxou para a cozinha, e quando estávamos todos sentados, Willem continuou a conversa que estávamos tendo na noite anterior. Não foi uma conversa que eu gostei de ter, e depois que se transformou em uma discussão acalorada na noite passada, eu me levantei e fui para o meu quarto.

O assunto era transplante de cordas vocais.

Foi Summit que uma vez trouxe isso à tona aleatoriamente e, desde então, discutimos sobre quase todos os dias. Mas, esta noite, eu queria acabar com isso.

— Você já pensou sobre isso, Echo? O doutor Patterson ainda está esperando por uma resposta, e eu não quero fazê-lo esperar muito tempo — Willem disse calmamente.

Os três gostaram da ideia de eu fazer um transplante e poder falar pela primeira vez na vida, mas fui contra. Claro, eu teria novas cordas vocais e finalmente seria capaz de aprender a falar, mas não queria viver com um buraco na garganta pelo resto da vida, tendo que colocar meu polegar sobre ele para fazer um som. Não que eu não achasse que era uma ótima maneira de ter sua voz de volta, ou ganhar uma, no meu caso, mas simplesmente não era para mim.

— Você sabe que não nos importamos com o custo da cirurgia. Vamos deixar você fazê-la, e Patterson é um bom médico. Ele sabe o que está fazendo — Summit comentou.

— *Não é pelo dinheiro. E eu não me importo se ele é o melhor médico do mundo. Eu não quero novas cordas vocais. Eu não quero falar.*

Esperava que desta vez eles simplesmente parassem com esse assunto.

— Você está assustada? Ou... você tem medo que possa acontecer algo? — Nordin perguntou calmamente, sabendo que nenhum de nós queria começar uma briga sobre isso novamente.

Neguei, agarrando o garfo para cutucar a batata no prato.

— Então, quais outras razões existem pelas quais você não quer ser capaz de falar? — Willem perguntou.

Abaixei meu garfo e olhei para eles, esperando que esta fosse a última vez que eu tivesse que me explicar.

— *Eu não seria mais eu mesma se pudesse falar. Tenho a sensação de que isso mudaria a maneira como vivi minha vida. Como se mais portas se abrissem e de repente eu quisesse explorar o mundo. Sei que parece idiota, porque é o que a maioria das mulheres da minha idade desejaria. Mas eu não quero. Quero ficar aqui com vocês. Viver esta vida simples e nunca mudar. Estou com medo de que, se eu começasse a falar, isso me mudaria. Só porque sou muda... não significa que não tenho voz. E estou feliz com a minha voz.*

Os três irmãos olharam para mim e deixaram minhas palavras pesarem. Desta vez, parecia que estavam lentamente entendendo. Era o meu corpo, e não importava o quanto significasse para eles que pudessem me ouvir um dia, eu não queria mudar nada sobre mim.

— Ok — Willem respondeu baixinho, estendendo a mão para segurar a minha sobre a mesa. — Se essa for a sua decisão final, informarei ao doutor Patterson amanhã.

Assenti com a cabeça, grata por sua compreensão. Olhei para Summit e Nordin, e depois de alguns segundos, ambos concordaram com um sorriso.

— Isso significa que não tenho assistido esses malditos vídeos educativos todos os dias à toa — Nordin brincou.

E não assistiu.

E eu estava feliz por ele e Willem estarem dando duro para aprender como se comunicar comigo, mesmo quando Summit não estava por perto.

Eles fariam qualquer coisa por mim.

E eu faria o que fosse necessário para que sentissem meu amor da mesma forma.

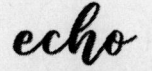

capítulo extra

ECHO

Estávamos relaxando na sala de estar.

Eu tinha adormecido na minha cama depois de jantar. Tive um longo dia de trabalho e um cochilo era tudo de que precisava.

Eles estavam conversando e bebendo cerveja enquanto algum jogo de hóquei estava passando, mas não me pareceu que estavam acompanhando.

Perfeito, pensei, sabendo exatamente o que queria fazer com eles.

Baixei o olhar para o meu pijama e rapidamente tirei a blusa antes de tirar a calça e a calcinha. Então, antes que qualquer um deles pudesse se virar, fui até o sofá e me coloquei na frente deles, fazendo-os virar a cabeça.

— Acordou de bom humor, querida? — Nordin sorriu, deixando seus olhos se moverem por todo o meu corpo nu.

Assenti, mordendo o lábio inferior e esperando que os outros também dissessem algo. Mas Summit foi o único a se manifestar, e depois que soltou um assobio baixo, Willem me chamou até ele.

Quando parei na frente dele, eu o deixei me puxar para seu colo, e no segundo em que o montei, ele cobriu um dos meus mamilos com a boca enquanto sua mão descia entre minhas pernas, circulando lentamente meu clitóris. Inclinei a cabeça para trás e fechei os olhos, mas quando senti meu outro mamilo sendo chupado, olhei para baixo para ver Willem e Nordin, cada um abocanhando um seio.

Minha respiração falhou e olhei para Summit quando se levantou e tirou a calça jeans, deixando-a cair no chão seguido por sua cueca boxer. Quando seu pau já endurecido saltou livre, eu peguei e comecei a acariciá-lo.

Summit segurou minha nuca e agarrou meu cabelo com força, então se inclinou para me beijar apaixonadamente, deixando sua língua entrar imediatamente na minha boca. Permiti que aprofundasse o beijo, e conforme os dedos de Willem se moviam mais rápido, comecei a rebolar meus quadris contra seu toque para intensificar a pressão que já crescia dentro de mim. Um gemido escapou de Summit, e eu acariciei seu pau mais rápido para senti-lo pulsar ainda mais.

Quando a boca de Nordin deixou meu mamilo, olhei para ele e o observei se levantar. Assim como seu irmão fez, ele se livrou de sua calça e cueca boxer. Agarrando seu eixo com minha mão direita, me inclinei para o pau de Summit e envolvi meus lábios em torno de sua ponta para, então, tomá-lo tão profundamente quanto conseguisse.

— Poooorra... — Rosnou, apertando meu cabelo com força e empurrando minha cabeça contra ele para colocar seu pau ainda mais fundo em minha boca.

Os dedos de Willem encontraram o caminho para minha entrada e, quando estavam molhados o suficiente, ele os empurrou para dentro de mim com facilidade. Rebolei meus quadris novamente, montando seus dedos enquanto ele os movia dentro de mim.

— É isso aí, doçura. Continue cavalgando com esses quadris — ele me encorajou.

Tive que soltar o pau de Summit e Nordin, e quando meu olhar estava de volta em Willem, ele moveu seus dedos mais rápido até que eu tive que pará-lo. Eu não queria gozar ainda. Não antes de um deles estar dentro de mim.

— Vire-se, Echo — exigiu, e eu sabia exatamente o que estava por vir.

Eu me levantei de seu colo e me virei para que minha bunda ficasse contra seu pau. Depois que os três colocaram camisinhas, Willem estava pronto para deslizar para dentro de mim. Ele era o que mais gostava de foder minha bunda, mas mesmo Nordin e Summit às vezes tomavam esse lugar, mesmo quando eu estava sozinha com um deles. Era uma sensação totalmente diferente e que, surpreendentemente, me deixava mais perto de um orgasmo do que quando eles fodiam minha boceta.

Willem estava enterrado bem fundo dentro de mim, e Summit se posicionou na minha frente e entre minhas pernas, então colocou a cabeça de seu pau contra a minha outra entrada suavemente. Já tínhamos feito a maioria das posições, mas havia muito mais que gostaríamos de experimentar e ver se funcionava para nós.

Para não deixar Nordin se sentir excluído, estendi a mão para ele e envolvi a em torno de sua base e lentamente esfreguei seu comprimento para cima e para baixo. Seria a vez dele depois que seus irmãos acabassem, e ele provavelmente me tomaria só para si.

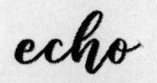

Willem e Summit se moviam ritmicamente, e com cada estocada, a tensão dentro de mim aumentava. Fechei meus olhos enquanto os lábios de Summit traçavam beijos por todo o meu pescoço. Quando Nordin segurou meu seio, me soltei e relaxei a ponto de sentir como se estivesse voando.

O que eles faziam comigo sempre me surpreendia, e cada vez que transávamos era diferente.

— Porra! — Willem gemeu, e não demorou muito para que seu pau começasse a pulsar dentro de mim enquanto seus quadris resistiam.

O mesmo aconteceu com Summit, e depois de mais algumas estocadas, ambos gozaram dentro de mim. Eles ficaram enterrados em mim por um tempo, então saíram e deixaram Nordin ter sua vez.

Mas antes que ele estocasse para dentro de mim, Willem me puxou de volta contra ele, envolvendo seu braço em volta da minha barriga e me segurando com força para que eu não pudesse me mover.

Nordin então entrou em mim, sem se conter e me mostrando o quão forte queria me foder.

— Mantenham as pernas dela abertas — Nordin ordenou, e eles rapidamente seguraram minhas coxas, afastando-as ainda mais.

Nordin era ousado quando se tratava de ele ser o único dentro de mim e, com cada impulso, fazia questão de me foder com mais força. Mantive os olhos fechados enquanto ele colocava a mão em volta da minha garganta e bombeava em mim sem piedade.

Desta vez, eu queria gozar e, relaxando meu corpo, me deixei levar pelo prazer.

— Não se segure esta noite, doçura — Willem sussurrou, perto do meu ouvido. — Quero que você goze ao mesmo tempo que ele. Entendido?

Asssenti com a cabeça e, para tornar a coisa toda mais intensa, Summit começou a esfregar meu clitóris.

— Olhe para mim, Echo. Quero que você olhe para mim quando gozar — Nordin ordenou.

Lutei para manter meus olhos nele, mas não demorou muito para gozarmos ao mesmo tempo.

Com força.

E meu corpo não parava de tremer.

Guardei todas as lembranças de como me sentia por causa deles trancadas em uma caixinha bem no fundo do meu coração, e toda vez que eu precisava sentir algo, ou quando me sentia perdida e sozinha, fechava os olhos e me lembrava daqueles momentos que mantinha em minha memória.

Esses três homens me mostraram que até mesmo estranhos, não importa sua idade ou personalidade, podem um dia se tornar as pessoas que você ama profundamente.

Incondicionalmente.

Eles me amariam para sempre, e eu faria o mesmo com eles.

Eles eram meus salvadores e prometeram me manter a salvo.

Para sempre.

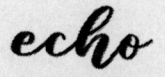

The Gift hot

Prepare-se para derreter no calor dos livros do nosso selo The Gift Hot! Ele foi pensado especialmente para quem gosta de histórias quentes, com temas polêmicos e romances de tirar o fôlego, dentro do gênero dos livros eróticos.

Acompanhe a The Gift Box nas redes sociais para ficar por dentro de todas as novidades do selo.

🏠 www.thegiftboxbr.com

📘 /thegiftboxbr.com

📷 @thegiftboxbr

🐦 @GiftBoxEditora